마나즈루

마나즈루

가와카미 히로미 장편소설

류리수 옮김

은행나무

차례

1

걷고 있는데 따라오는 자가 있었다.

아직 멀어서 여잔지 남잔지 모르겠다. 어느 쪽이든 무슨 대수냐고 개의치 않고 계속 걸었다.

오전 중에 포구에 있는 숙소를 나와서 곶이 튀어나온 끝자락을 향하고 있다. 어젯밤에는 그 마을에서 어머니와 아들로 보이는 남녀 둘이서 운영하는 작은 숙소에 묵었다.

도쿄에서 전철로 두 시간, 저녁 9시쯤 도착한 숙소의 앞문은 이미 닫혀 있었다. 앞문이라고 해봤자 민가와 마찬가지로 낮은 철제문에 가냘프게 뒤틀린 소나무 두세 그루만 있을 뿐, 숙소의 이름도 보이지 않고 그저 '스나(砂)'라고 붓으로 적힌 낡은 문패만 툭 걸려 있을 뿐이다.

"스나라는 성은 드물죠?" 하고 물으니 어머니 쪽이,

"이 동네엔 몇 집 있어요"라고 답했다.

아들은 흰머리가 많긴 하지만 나와 그리 나이 차가 없는 듯해서 사십대 중반을 넘긴 정도로 보였다.

"아침 식사는요?" 하고 묻는 아들의 목소리는 어디서 들어본 적이 있었지만 분명히 초면이고 아는 사람 목소리랑 닮았다 하더라도 그것이 누군지 생각나지 않는다.

목소리 자체가 아니라 소리의 밑바닥 깊은 곳에 있는 흔들림이 기억에 있는 것이었다.

필요 없어요. 그렇게 답하자 아들은 카운터에서 나와 앞장섰다. 맨 끝 방으로 안내받았다. 이불은 곧 펴드리러 오겠습니다. 목욕탕은 지하에 있습니다. 쌀쌀맞게 설명하는 아들이 나가고 나서 얇은 커튼을 젖히자 바로 바다가 보였다. 파도 소리가 들린다. 달은 떠 있지 않았다. 파도를 보려고 주시했지만 불빛이 어두웠다. 방은 꽤 오래전부터 준비되어 있었던 것처럼 후끈했다. 창을 열고 찬 공기를 들였다.

지하에 있는 목욕탕은 어두웠다. 때때로 천정에서 물

방울이 떨어졌다.

세이지를 떠올렸다. 오늘 밤은 도쿄에 있는 회사에서 묵게 될 거라고 말했었다. 회사 안에 있는 수면실에 대해 몇 번인가 설명을 들었는데 아무래도 구체적으로 떠올릴 수가 없다. 침대 한 대뿐인 좁은 방이 세 개 있고. 열쇠로 잠겨 있으면 누군가 자고 있다는 표시예요. 회사에 근무해본 적이 없는 나로서는 병실 같은 곳밖에 떠올릴 수 없었다. 연갈색 담요가 덮인 파이프 침대 주위에 커튼이 둘러쳐져 있고 발소리가 울리는 바닥에는 슬리퍼가 놓여 있고 머리맡에는 버저와 체온표.

그런 게 아니라 천정이 낮고 그냥 아무것도 아닌 방이에요. 누군가 읽다 버리고 간 잡지가 굴러다니기도 하고요. 그렇게 말하고 세이지는 입가에 생긋 미소 지었다. 세이지는 소리 내지 않고 웃는다. 입꼬리만 살짝 올린다. 처음엔 익숙해지지 않았지만 지금은 그게 웃는 거라는 걸 잘 알고 있다.

수면실에서 묵을 때는 날이 밝아올 무렵 자러 들어간다고 한다. 새벽녘엔 조용해요. 각 층의 불이 거의 꺼져 있으면 건물 안에 울리는 소리도 낮아지죠. 녹초가 된 몸을 딱딱한 침대에 눕혀도 신경이 곤두서서 좀처럼 잠이 안 와요. 잠들기 위한 의식을 어렸을 때 이후로는 해본 적이 없었는데, 이렇게 회사에서 묵는 일이 많아지고부터는 다시 그 의식을 치르게 되었어요. 물에 떠 있다고 생각하는 거예요. 하지만 실제처럼 몸이 절반 정도 물에 잠긴 게 아니라 수면 위에 온전히 그대로 올라와 있는 거예요. 팽팽한 물 위에 뒷머리부터 등으로 엉덩이로 발바닥으로 살며시 띄워서 그냥 그대로 가만히 있으면 돼요. 물에 닿은 곳이 점점 따뜻해져오면 잠들 수 있게 되죠. 세이지는 그렇게 말하고는 다시 입꼬리를 살짝 올렸다.

목욕탕을 나온 뒤, 세이지와 달리 나는 억지로 잘 필요가 없기 때문에 쭉 깨어 있었다. 커튼 틈으로 보이는 바깥이 검정에서 청색으로 바뀔 무렵 잠이 왔다. 세이지도 이맘때쯤 잠이 들려나 생각하면서 불을 끄고 눈을 감았다.

일어나 보니 아침 9시가 넘어서 방 안에 빛이 가득 차 있었다. 파도 소리가 어젯밤보다 높다. 카운터에서 곳까지 가는 길을 물었다. 아들이 종이에 연필로 그려가며 설명했다. 땅의 형태를 휙 그리고서 한가운데에 길을 그려 넣었다. 이 모양 뭔가랑 닮았네요. 그런가요? 아들의 목소리가 누굴 닮았는지 아직 떠오르지 않는다. 곳의 모양은 금세 알 수 있었다. 용의 머리처럼 보였다. 코끝에 수염도 있다.

곳부리까지 걸어서 한 시간 정도 걸릴 거예요. 아들은 말했다. 천천히 걸으면 좀 더 걸려요. 어머니가 안에서 소리친다. 어쩌면 오늘 밤도 묵을지 모르겠어요. 남은 방이 있나요? 인기척이 없는 걸로 봐서 아마도 어젯밤엔 투숙객이라곤 나 혼자밖에 없었겠지. 물어보면 바로 묵으실 수 있어요, 라는 답을 들을 줄 알았는데 아들은 고개를 갸우뚱했다.

금요일엔 낚시 손님이 와서. 파도가 그리 높지 않으면 대개 만실이에요. 전화 주세요. 그런 답을 듣고 애매하게 끄덕이고는 숙소를 나왔다. 버스 정류장 시간표를 보니 다음 편까지 30분이나 남았다. 일단 역까지 가서 짐을 맡길 셈이었다. 30분이면 걸어서도 역에 갈 수 있다. 급경사가 진 언덕을 올려다보고 망설이다가 그냥 버스를 기다리기로 했다. 바닷가로 내려왔다.

　바다는 별것 없었다. 파도가 밀려올 뿐이었다. 가운데쯤 있는 바위에 앉아서 먼바다를 바라봤다. 바람이 거세다. 물거품이 때때로 덮쳐서 옷을 적신다. 입춘은 벌써 지났는데도 추운 날이다. 갯강구가 바위 밑을 들락거린다.

　처음부터 여기에 묵으러 올 생각은 없었다. 도쿄역에서 사람을 만날 용건이 있어서 간단한 식사를 마친 것이 저녁 7시였다. 중앙선을 타려고 했는데 어째선지 도카이도선으로 발걸음이 향했다. 아타미까지 갔다가 돌아오는 길에 그래도 아직 중앙선이라면 도쿄행 전철은 다니지 않을까 생각하는 동안 왠지 너무 불안해져서 꾹 참았지만 결국엔 내려버렸다. 그렇게 내린 곳이 마나즈루였다.

　승강장을 내려가서 좁은 복도를 지나 개찰구를 나왔다. 역 앞은 광장이었다. 안내소는 벌써 한참 전에 문을 닫았다. 택시 운전사에게 물어서 숙소를 안내받았다. 작긴 해도 제대로 된 곳이에요. 그렇게 말하고 '스나'라는 명패가 달린 집까지 태워다 줬던 것이다.

도카이도선 승강장에서 엄마에게 전화를 걸었다. 내일 모모(百) 도시락에 뭘 싸주면 좋을까? 엄마가 물었다. 냉장고에 있는 닭고기 말고는 뭐든지 괜찮다고 대답했다가, 뭐든 전부 다 싸줘도 돼, 하고 말을 바꿨다. 미안해 갑자기, 라고 말하자 엄마는 괜찮다고 했다. 목소리가 멀게 들렸다. 여기에도 나를 따라오는 자가 있나 싶어 뒤돌아봤지만 승강장에는 나밖에 없다. 그림자도 없다.

도카이도선을 달리는 전철 창으로 바다가 보였던 것 같다. 어두워서 정말 바다인지 아닌지 분간이 가지 않았다. 엄마랑 모모 둘만 남겨놓고 일 때문에 출장 간 적은 가끔 있었지만 이런 식으로 갑자기 돌아가지 않은 적은 한 번도 없었다. 세이지하고 묵은 적도 없다. 세이지에게도 아이가 있다. 셋 있다. 아내도 있다. 가운데 아이는 모모랑 같은 나이로 중학교 3학년이라고 들었다.

역까지 버스로 돌아간 다음 다시 곶부리까지 걷기 시작했다.

그러고 보니 이르지도 않은 저녁 시간에 작은 가방

하나만 들고서 갑자기 들이닥친 손님을 누군지 묻지도 않고 잘도 재워줬다는 생각이 들었다. 문득 '스나'라는 성이 이상하게 느껴졌다. 어젯밤에는 아무렇지도 않았는데. 발음이 이상하다기보다도, 어떤 이름이 그 뒤에 같이 와야 딱 어울릴지가 잘 상상되지 않았다.

완만한 오르막 외길이었다. 항구를 지날 무렵부터 길은 바다를 따라 이어지기 시작했다. 지나가는 차들은 걷고 있는 나를 한 대 한 대 크게 돌아서 피해 간다. 역 근처에서는 사람과 스쳐 지나기도 했지만 이 근처까지 오자 도로에는 아무도 보이지 않는다. 민박이나 생선요리집이 늘어선 모퉁이가 하나 있고 지나치면 그저 길이 뻗어 있을 뿐이다. 민박도 음식점도 쥐 죽은 듯이 고요하다.

'스나'의 아들 목소리가 누굴 닮았는지 생각났다. 실종된 남편, 12년 전에 갑자기 자취를 감춘 남편이 잠들려 할 때의 목소리를 닮았던 거다. 안개가 낀 듯한 졸음이 서리며 막 잠들려는 찰나 남편은 아이로 돌아간 듯한 목소리가 되었다. 케이(京), 하고 나를 부르던 목소리. 목소리 표면은 평소의 어른 목소리인데 어째선지

저 깊은 바닥이 달콤하게 풀려 있어서 어른이 되어가는 소년인지 청년인지 분간할 수 없는 남자의 목소리였다.

남편은 아무런 표식도 남기지 않고 사라졌다. 소식은 지금도 전혀 들리지 않는다.

나를 뒤따라오는 것은, 바다의 존재가 아닐까. 그렇게 생각해보기도 했다. 남편은 바다를 좋아했다.

개의치 않고 곶부리를 향했다. 숨이 찼다. 빠른 걸음으로 걷고 있기 때문일 것이다. 달랑 하나 들고 온 작은 천 가방이 흔들거렸다. 자동판매기에서 녹차를 샀다. 망설이다가 따뜻한 것으로 골랐다. 잠시 들고서 걸었다. 따라오던 녀석이 스윽 떨어져 나갔다.

평지가 거의 없는 곳 같다. 오른쪽이 깎아지른 듯 높이 솟은 산비탈로 이루어진 탓일까. 솔개가 난다. 낮게 난다. 바다에 살짝 튀어나온 바위가 있는데 그 위에서만 높게 난다.

담담해진 것 같다. 남편이 실종되고 2년 동안은 어떻게 살았는지 기억나지 않는다. 엄마에게 부탁해 함께 살면서 닥치는 대로 일을 떠맡아서 간신히 생활이 되었다. 세이지와는 그 무렵 만났다. 관계는 바로 가졌다. 관계라는 건 도대체 뭘까.

모모가 막 태어났을 무렵 젖을 물리면서 가깝다고 생각했다. 이 아이하고 얼마나 가까이에 있는 걸까? 배 속에 있을 때보다도 훨씬 가깝게 여겨졌다. 귀엽다거나 사랑스럽다거나 하는 그런 것이 아니었다. 그냥 가까웠다.

남자와 가지는 관계는 가깝지 않다. 멀다고 할 정도는 아니지만. 관계가 있든 없든 반드시 조금 거리가 있다.

버스가 지나갔다. 피곤해졌다. 버스 정류장까지 100미터 정도였지만 뛰지 않았다. 버스는 서지 않고 지나가버렸다. 생선요리집이 또 몇 채 늘어서 있다. 갈매기가 지붕에 앉아 있다. 그중 한 집만 '영업 중'이라는 팻말과 함께 등에 불이 들어와 있다. 낮에 켜진 등은 왠지 쓸쓸하다. 들어갔다.

다진 전갱이 정식을 시켰다.

잘게 다진 것이 아니라 엄지손가락 한 마디 크기로 자른 전갱이에 자소엽과 채 썬 생강을 얹었는데, 전체적으로 쫀득한 식감이 느껴지는 것은 미리 간장을 발라

됐다가 한참 물기를 짜냈기 때문이리라. 남은 생선 뼈로 국물을 낸 된장국과 커다란 밥그릇에 산처럼 수북이 담은 밥을 남김없이 먹었다.

손님은 나 혼자다. 무뚝뚝한 주인이 주문을 받으러 왔다가 그대로 카운터에 들어가서 국이랑 밥을 담았다. 들고 나오는 것도 주인이다. 소매 달린 흰 앞치마 차림으로 쟁반을 식탁에 올리면서 몸을 숙였다. 이때 못 같은 데 걸려서 ㄴ자로 찢어진 앞치마를 단정히 휘갑친 게 보였다.

창문이 넓게 바다 쪽으로 나 있다. 솔개는 변함없는 모습으로 날고 있다. 갈매기도 있다. 삐이 하는 소리와 날개 퍼덕이는 소리가 조금 전까지 들렸는데 식당 안으로 들어오니 이젠 들리지 않는다. 함께 들려야 할 소리가 들리지 않으니 돌부리에 걸린 심정이다. 무성영화를 보고 있는 것 같다.

남편과 필름 센터에 무성영화를 보러 간 적이 있다. 변사가 붙어서 영상과 교대로 나타나는 자막을 풍성하게 가락을 넣어 들려주었다. 그다음 두 번째로 상영한 영화에는 변사가 없었다.

"이게 더 낫네." 내가 말하자 남편도 끄덕였다. 나도 그래.

남편에 대해서는 얼마 전부터 잊게 되었다. 그렇게 기억이 진하게 있었는데. 갑자기 사라진 그가 점점 농도를 더해갔었는데.

비가 오나 했더니 물보라였다.

바닷가라고 해도 파도치는 곳에서 10미터나 떨어져 있다. 바람이 강하게 불어서다. 몸이 점점 추워졌다. 뭔가를 먹으면 늘 손끝 발끝부터 열을 빼앗긴다.

"위장에 피가 모이고 있는 거야"라고 엄마가 말하곤 했다.

슬슬 모모가 학교를 나올 때쯤 되었을까? 금요일은 오후 수업이 한 시간밖에 없다. 모모는 남편을 닮았다. 나를 닮은 수년과 남편을 닮은 수년간의 시간이 교대로 지나갔다. 중학생이 되고부터는 쭉 남편을 닮았다. 턱선이 뚜렷하고 눈은 부리부리. 피부는 거무스름하다.

곶부리에 가까워지고 있다. 오르막 경사가 급해졌다. 벼랑이 없어지고 대신에 숲이 나타났다. 사람의 발길이 없어서 헤치고 가야 할 길이 깊숙이 이어져 있다.

또 따라오는 자가 있다.

이번엔 여자다. 날 따라오는 자에 대해 아무에게도 말한 적이 없다. 물론 남편에게도. 오늘은 남편의 기억이 짙다. 오랜만의 일이다. 남편의 고향이 떠오른다. 세토내해와 가까운 마을이었다. 언덕이 많은 곳이었다. 오르막 끄트머리가 막다른 골목이 되어 바람이 빠져나갈 길이 없게 된 곳에 특히 바다 내음이 서려 있었다.

남편의 어머니는 남편이 실종되기 2년 전, 모모가 한 살일 때 돌아가셨다. 그의 아버지는 지금도 그 마을에서 살고 계시다. 만나는 일은 없다.

남편은 죽고 싶다고 생각했던 걸까?

그렇지 않으면 살고 싶다고 생각했기 때문에 사라진 것일까?

산다든지 죽는다든지 하는 건 생각 밖의 일이었는지도 모른다. 나무가 뜨문뜨문해지면서 길이 넓어졌다. 막다른 곳은 로터리였다. 분명히 조금 전 그냥 지나가 버린 바로 그 버스가 종점에 서 있다. 운전사는 없다.

문은 열려 있다.

갑자기 하늘이 넓어졌다. 바다는 까마득히 아래 있다. 여러 겹의 파도가 하얗게 부서지고 있다. 들여다보니 한 사람 두 사람 좁고 구부러진 비탈길을 따라 벼랑 아래 파도치는 곳으로 내려간다. 손가락만하게 보인다.

여기서 뛰어내리면 바로 죽는다. 그렇게 생각하다가 도중에 멈췄다. 생명에 대한 모독이라고 생각해서 멈춘 것은 아니다. '바로 죽는다'고 생각했을 즈음, 발열 직전의 나른함과 둔함이 뒤섞인 기분이 되었다. 내 멋대로 아무렇게나 할 수 있을 만큼 죽음은 멀리 있지 않다. 바로 코앞에 있는 것도 아니지만.

잠시 가만히 바라보고 있는 사이에, 내려간 사람 둘이 바닥에 닿았다. 양손을 위로 쭉 뻗어서 기지개를 켜고 있는 걸까. 손가락 정도의 크기로밖에 보이지 않아서 기분이 좋은지 아닌지 알 수 없지만 상쾌한 그림이다. 바람이 구름을 날려버려서 하늘은 온통 파란색뿐이다. 마나즈루, 라고 입으로 소리 내어보고 잠시 벼랑 밑을 내려다보며 아주 조금 욕정이 일었다.

형태가 있는 것에 욕정을 품는 일은 적다. 적어졌다.

기쁨으로 이어질 때도 있고 가슴 에이는 쓸쓸함에 다다를 때도, 어느 쪽으로도 가지 않고 그냥 거기에 동동 떠 있기만 할 때도 있다. 어느 쪽이든 그것을 욕정이라고 이름 붙였을 뿐이다.

출발한다는 방송이 있고 나서도 되돌아가는 버스의 문은 한참 열린 채로 있었다. 아이를 데려온 남자가 발판을 딛고 올라왔다. 아이는 맨 뒷좌석으로 달려간다. 남자는 천천히 따라간다.

버스는 올라올 때와 다른 길로 내려갔다. 만원이 되는 일은 없었다. 내리면 타고 또 내렸다. 나 말고는 맨 뒷좌석에 아이를 데려온 남자만 마지막까지 남았다. 역 앞 광장에는 차가 많이 드나들고 있었다. 어젯밤은 한적했었는데.

아이는 손에 이끌려 내려갔다. 횡단보도를 건너 맞은편에 서 있는 승용차 유리창을 두드린다. 뒷문이 열리고 남자가 아이를 안아 올리듯이 해서 함께 탄다. 여기에 사는 사람일까? 지나쳐 가는 과객은 아니다.

발권기에 지폐를 미끄러뜨려 넣고 표를 샀다. 하룻밤 더 묵을 생각은 애초에 없었다. 그냥 물어봤을 뿐이다. 스나라는 성의 여자와 남자는 오늘 밤 많은 낚시꾼을 맞겠지. 바람은 잦아들고 있다. 승강구에 오르자 곧바로 도쿄행 전철이 왔다.

"다녀왔어요" 하고 소리쳤다.

모모는 애매한 소리를 냈을 뿐이었다.

모모는 요즘 무뚝뚝하다. 기분이 안 좋다는 게 아니라 생글생글 웃기에는 노력이 필요한 나이인 거다. 그냥 그대로 두면 부루퉁해진다.

선물이야, 하며 소금에 절인 오징어젓을 꺼내자 끄덕였다. 오다하라에서 쾌속으로 갈아탈 때 연결 통로에 일단 내려서 구내 선물 가게에서 산 것이다. 모모는 어렸을 때부터 젓갈을 좋아했다. 남편도 젓갈을 좋아했었다. 나도 젓갈을 좋아하니까 모모가 어느 쪽을 닮았는지 모른다.

엄마는 장 보러 나가고 없었다. 현관문을 열었을 때나는 냄새가 아주 조금 바뀌어 있었다. 밥 짓는 냄새가 좀 강하게 났다. 오늘 도시락 뭐였어? 하고 묻자, 모모는 잠시 생각하더니, 닭이었어. 좀 달았어, 라고 답했다.

옷을 갈아입으러 방으로 들어갔다. 어제 입을까 말까 망설이던 끝에 침대 위에 던져둔 회색 스커트가 그대로 있다. 옷걸이에 걸어서 치웠다. 방 안의 공기가 점점 풀어진다. 하루를 비웠을 뿐인데 사람이 들어가지 않으면 공기는 금세 부드러움을 잃는다.

거실로 돌아오자 모모는 잡지를 펼쳐 들고 있었다. 머리를 좀 자를까, 하고 중얼거린다. 자르는 것도 어울릴 거야. 그렇게 말하자 다시 부루퉁해졌다. 오늘 저녁은 나베 요리래. 한참 지나서 모모는 말했다. 언제부터 모모가 가깝지 않은 사람이 되었을까. 멀다기보다는 가깝다. 하지만 가깝다기보다는 먼 사람이 되어갔다.

갓 태어난 모모를 커다란 대야에서 씻겨줬었다.

생후 한 달까지는 욕조에 넣지 않고 식탁 위를 다 치운 다음 더운물을 채운 쇠 대야를 놓고 그 안에서 모모를 씻겨주곤 했다.

왼손을 펴서 서로 마주 보는 엄지와 중지로 모모의 머리 뒤쪽을 받치고 얼굴을 위로 향하게 하면서 몸을 물속에 뻗게 해주었다. 부력으로 가볍게 떴다.

처음엔 말라서 오므라들어 있던 몸이 생후 2주가 되는 사이에 점점 펼쳐졌다. 발목이랑 손목, 모든 관절 부분의 살이 홈이 패여 잘록해졌다. 거기에 쌓이는 것이다. 새로운 피부가 생기면서 벗겨져 나온 낡은 것이. 하루만 지나도 벌써 쌓인다. 지우개 찌꺼기를 닮았다. 다른 점은 새하얗다는 것. 냄새도 없다. 끝도 없이 끝도 없이 나온다.

물속에서 그런 것을 깨끗이 닦아낸다. 몸을 씻어주고 있을 때 모모는 눈을 반쯤 감고 있었다. 잠들어버린 적도 있었다. 머리를 씻을 때면 온 얼굴에 주름을 모으고 울었다.

물에서 꺼내는 순간 갑자기 무거워진다. 물체로서의 무게가 돌아온다. 펼쳐둔 타월에 눕히고 물기를 닦아낸다. 얼른 가슴을 열어젖히고 젖을 물린다. 목이 말랐겠지. 꿀떡꿀떡 소리를 내며 빤다.

역시 사랑스럽다는 마음은 아니었다. 뜨거운 입술이 한순간 지겨워졌다. 지겨운 것과 소중한 것은 반대되는 것이 아니라는 걸 알았다. 남자의 몸을 그렇게 지겹다고 생각한 적은 없었다. 남자의 몸이, 남편의 몸이 무엇보다도 필요하다고 생각하고 있었다. 모모의 몸은 필요한 것이 아니라 소중한 것이었다.

모모의 마음은 알 수 없었다. 그저 울기만 하는 녀석이다. 그냥 젖먹이일 뿐이었다. 벌레 웃음이라는 말이 있다고 들었다. 생후 2주가 채 안 된 갓난아기가 웃는 일이 있는데, 스스로 웃는 것이 아니라 벌레가 웃게 하는 것이라고 한다.

모모는 벌레 웃음을 곧잘 지었다. 그래도 모모의 마음은 알 수 없었다. 아이를 이제 막 낳은 참이라서, 모모는 모모 자신의 것이 아니라 아직 나의 것이라는 기분이 들었다. 나의 일부라고 할 정도는 아니고 단순한 소유의 감각이다. 그러니까 여기에 상처를 입혀선 안 된다고 생각했다. 아깝다고 생각했다. 소중하다고 생각했던 것이다. 사랑스럽다는 것과는 역시 다르다.

남자를, 남편을 원치 않았다. 모모가 충분히 뜨거웠기 때문에. 젖을 주고 있는 동안에는 몸이 남편을 원하지 않았다. 남편의 경우 소중하지는 않았다. 소중하지 않지만 머리로는 남편을 사랑했다. 밤이 되어 남편이다가오면 몸 표면으로만 쾌활하게 맞이했다. 머리와 몸이 따로따로인가 생각했었지만 사실은 몸뿐이었다. 머리는 몸의 일부였다.

하지만 더 이상 모모는 뜨겁지 않아졌다. 식어서 형태를 가지게 되었다. 젖을 떼고 발로 걷게 되고 말을 가지게 되었다.

"다음 주 수요일에 학부모회가 있어" 하고 모모가 말했다. 머리를 하나로 묶으면서 거실로 들어서자 마침 모모가 자기 방으로 돌아가는 참이었다. 냄새가 났다. 어젯밤 샴푸 냄새. 이젠 모모의 몸은 낡은 피부를 뚝뚝 떨어뜨리거나 하지 않는다. 차갑게 잘 굳혀진 상태로 샴푸 냄새를 지닌다.

'출석'에 동그라미를 쳐서 학교에 내라고 하자 알았어, 하면서 모모는 가버렸다. 현관에서 소리가 난다. 엄마가 돌아온 거겠지. 공기가 움직인다. 엄마는 남편을 좋아하지 않았다. 실제로 입 밖에 낸 적은 없었지만 알고 있었다.

남편에게 다시 욕구를 느끼게 된 것은 모모가 형태를

갖추게 되고 난 다음이었다. 젖을 떼고 바로였다. 현금 같은 거라고 생각했다. 몸은 현금. 기죽지 않고 남편을 찾는 자신이 부끄러웠다. 부끄러움은 욕구 속에서 금세 사라졌다.

마나즈루는 어땠어? 엄마는 노래 부르듯이 말하며 거실로 들어왔다.

강한 장소였어.

그렇게 대답하자 엄마는 지긋이 바라봤다. 강해? 다시 노래하듯이 말하며 나를 들여다보고는 장바구니를 내려놓았다. 거꾸로 된 사다리꼴 모양에 올이 촘촘한 장바구니는 손잡이가 짧아서 야채나 생선을 많이 담았을 때는 옆구리에 끼고 잔뜩 끌어안아야 한다. 그렇게 옆구리 가득 바구니를 끌어안은 엄마 뒤에서, 내 손 좀 잡고 가줬으면 좋겠는데 엄마가 잡아주지 않아서 허리 뒤로 팔을 돌려 숨기듯이 하고서 걸었던 것은 아직 내 키가 엄마 날갯죽지에도 미치지 못했을 무렵이었다.

"이번 것이 몇 대째지?" 그렇게 묻자 엄마는 바구니를 가리키며 이걸 말하는 거냐는 듯이 돌아봤다.

"몰라" 하더니 엄마는 손가락을 꼽기 시작한다. 케이가 태어나기 전에 하나. 다음 것은 학교에 들어간 후. 그렇군, 그 후로 두 개 아니 세 개 정도 닳을 때까지 썼을 거야.

망가져도 쓰기 불편하지 않으면 새건 필요 없어. 굳이 새로 살 게 뭐 있어. 이렇게 말하면서 엄마는 망가진 곳이 움푹 들어가서 찌그러진 장바구니를 매일 끌어안고 걸었다. 찢어진 곳이 너무 벌어지고 나서야 어쩔 수 없다는 듯이 새것을 사러 갔다.

같은 걸로요. 노부부가 하는 잡화점에서 엄마는 다 찢어진 바구니를 내밀면서 같은 것을 달라고 했다. 밀짚모자나 양철로 된 유탄포*, 나사못 같은 것들 사이에 섞어 장바구니를 팔고 있었다. 천정 조금 아래 걸쳐 있는 봉에 커다란 S자형 갈고리가 있었고, 엉덩이처럼 구부러진 갈고리 밑쪽에 바구니 두세 개가 겹쳐서 걸려 있었다.

예, 똑같은 거 말이죠? 잡화점 노파가 말하고 남편이

---

* 따뜻한 물을 담아 이불 안에 넣는 난방 용품.

묵묵히 까치발을 들어 바구니를 갈고리에서 빼낸다. 햇빛에 바랬으니까 깎아드리죠. 백 엔 할인. 어떤 때는 그런 말도 들었다. 장식도 없이 조잡하게 짜여 있어서 군데군데 지푸라기 끄트머리가 튀어나오는 탓에 여름에는 맨살이 드러난 팔을 찔렀다. 언제나 손님은 늘 같은 바구니군요. 가끔 다른 건 안 해요? 하고 노파는 물었다. 질리지 않아서. 이게 안기 좋으니까. 엄마는 이렇게 답하고는 쌀쌀맞게 돈을 치렀다.

몇 년에 한 번밖에 안 가는데 항상 똑같은 말을 하네. 가게를 나오고서 엄마는 중얼거렸다. 섬뜩한 목소리였다. 놀라서 올려다보니 웃고 있었다. 섬뜩하게 웃고 있었다.

엄마는 바구니에서 사등분으로 자른 배추를 꺼내고 있다. 쑥갓과 표고버섯을 잇달아 꺼냈다. 푸른 냄새가 순간 일었다.

저녁 식사가 끝나자 텔레비전이 켜졌다.

셋이서 우동 사리를 먹어치우고 이미 뜨겁지 않아서 맨손으로 집어도 되는 냄비를 그래도 혹시 몰라서 행주를 손바닥과 손잡이 사이에 끼우고 부엌으로 가져가는 도중에 뿌우, 하는 소리가 나면서 텔레비전이 켜졌다.

"갑자기 켜졌어." 모모가 말하며 웃었다.

"건들지도 않았는데." 엄마도 웃었다.

몇 초 후에 귓가를 때리는 자명종 같은 소리가 울리기 시작했다. 저거야. 모모가 말하며 몇 개의 수동 조절기가 늘어서 있는 곳을 가리켰다. 빨간 불이 들어와 있었다. 알람이라고 적혀 있어. 모모가 말하며 빨간 부분의 스위치를 손가락으로 눌렀다. 소리가 멎었다. 텔레비전은 여전히 켜져 있다.

8시 정각이었다. 알람이 모르는 사이에 설정돼 있었네. 누가 그런 짓을 했지? 모모가 다시 웃는다. 웃음소리는 아이 같다. 냄비를 개수대 안에 두고 수도꼭지를 비틀어 물을 채운다. 담궈두자. 그렇게 생각하면서 물을 잠근다. 어떤 일을 할 때 행하고 있는 것에 관한 말을 생각하는 경우와 말이 아닌 그림을 생각하는 경우, 아무것도 생각하지 않는 경우가 있다. 담궈두자, 라고 다시 한번 머릿속에서 말해본다.

할머니, 할머니가 그랬어요? 모모가 말한다. 난 안 그랬다. 엄마가 대답한다. 알람 기능이 있는지도 난 몰랐어. 엄마는 텔레비전의 설명서를 서랍에서 꺼내서 노안경을 끼고 읽기 시작했다. 샀을 때부터 저녁 8시로 설정되어 있었던 걸까? 지금까지 한 번도 울린 적이 없었는데. 어째서 갑자기 이러지?

텔레비전은 아직 켜진 채다. 남자가 화면에 나와서 달리기 시작한다. 푸른 하늘이 비친다. 파도가 밀려온다. 마나즈루. 머릿속으로 말하며 화면 속의 남자를 본다. 살짝 여윈 볼의 선이 오히려 남자의 용모를 두드러지게 하고 있다. 마나즈루라는 말과 남자의 영상은 겹쳐지지 않은 채로 멀어져간다. 마나즈루. 다시 말한 것도 아닌데 여운이 남는다.

뿌우, 하는 소리가 나면서 텔레비전 화면이 어두워졌다. 모모가 리모콘으로 끈 것이었다.

남편의 이름은 레이라고 했다. 성으로 야나기모토 씨라고 부른 적은 한 번밖에 없다. 맞선에서 소개해준 사람의 말에 따라서 야나기모토 씨군요, 라고 확인하듯이 말한 그때 한 번뿐이다.

레이라고 부르는 것도 처음에는 어려웠다. 이름을 부르고 싶어서 견딜 수 없었지만 우물거렸다. 이름 부르는 걸 피하다 보니 뒤틀린 말투가 되었다. 몸의 한쪽에 무서운 것이 앉아 있는데, 내가 그것을 피하려는 몸짓을 뚜렷하게 드러내서 알아채게 해선 안 된다. 그래서 매끄럽게 움직이려 하지만 아무래도 몸은 무의식적으로 무서운 그것을 피해버린다. 그러면 움직임이 삐걱거리며 부자연스러워진다. 그러한 느낌으로 말투가 무너지게 되었다.

"어땠어요?"

"그러니까 뭐가요?"

"어제 가겠다고 말했던······."

레이가 어제 갔었을 모임에 누가 있었는지, 사람들과 어떤 이야기를 나눴는지, 그런 간단한 것을 묻는데도 이름을 부를 수 없으니 쩔쩔맸다. 한참이 지나 뚜껑이 열리듯 레이라고 부른 다음부터는 괜찮아졌다. 그래도 때때로 무너졌다. 레이라는 이름을 부르는 내 입이 울먹이게 되어서.

레이는 맨 처음부터 나를 케이라고 능숙하게 불렀다.

도구를 만드는 걸 좋아했던 레이가 나무판자를 잘라서 망치로 두들기고 조립하면서 케이라고 불렀던 목소리를 잘 기억하고 있다. 못은 망치에 맞아 부드럽게 나무판자 속으로 가라앉아갔다. 나무판자가 딱딱할 텐데 모래밭에 빨려 들어가듯 들어갔다. 망치에 날카롭게 맞을 때마다 휘어지기도 하는 못대가리가 부드러운 고무공으로 누르기만 한 것처럼 상처 하나 없이 새것처럼 빛나고 있었다.

"깨끗이 못이 박혀서 기분 좋다"라고 하자 레이는 만족스럽게 미소 짓더니 말했다.

"이름을 불러줘."

레이. 어려워하며 말하자 그는 못을 두 개 손가락에 끼운 채 내게 입을 맞췄다. 아니, 하며 몸을 조금 뒤로 빼자 레이의 어깨가 거칠어졌다. 아! 하고서 다시 한번 당황해서 레이의 이름을 불렀다. 못이 손가락에서 떨어졌다. 레이는 얼른 주워 들었다. 날카로우니까. 위험할까 봐서. 변명을 했지만 레이는 주워 든 못을 나무판자에 대고 판에 빨려 들게 하는 일에 정신이 팔린 것처럼 더 이상 내 쪽을 돌아보지 않았다.

그때 조립했던 도구는 모모의 그림책을 넣는 상자가 되었다. 지금도 모모 방에 놓여 있다.

'야나기모토'라는 성이 적힌 문패를 떼어버릴까 말까 망설였던 적이 있다.

실종된 지 5년이 지나서 이제 레이는 돌아오지 않을 거라고 생각을 굳혔을 무렵이었다.

법률적으로는 아직 사망이라고 확인되지는 않았다. 하지만 이혼은 이미 가능한 세월이었다. 남편의 문패를 달고 그 아래 사는 것에 갑자기 신물이 났다. 엄마와 함께 살기 시작하고부터는 원래의 성인 '도쿠나가'라는 문패가 나란히 있었다. 그렇게 나란히 늘어선 모습에도 신물이 났던 것이다.

"원망하고 있어?" 그렇게 나 자신에게 물어보았다. 모모가 초등학교의 오전 수업 교실 중간쯤에 혼자 얌전히 앉아서 멍한 눈으로 칠판을 바라보고 있을 시간이면 엄마는 아직 방에서 나오지 않고 토막잠을 자는 체질이다. 엄마는 한밤중 묘한 시간에 내가 부엌에 조용히 앉아 있는 걸 보고 흠칫 놀란 적이 있다. 나는 혼자 앉아 있는 자신에게 원망하고 있어? 하고 정면으로 물어봤다.

"원망하고 있어." 바로 대답이 왔다. 내가 나 자신에게 대답했다.

원망한다는 말은 너무 강하려나. 아니 강하지 않아. 오히려 너무 약할 정도야. 레이를 원망하고 있다. 어째서 사라진 건지 원망하고 있다.

문패는 떼지 않았다. 지금도 그 성을 쓰고 있다. 원망하긴 하지만 표면적으로 원망하는 게 아니다. 깊은 곳에 깃들어 있는 몸의 심지가 남편을 원망하고 있는 거다.

몸의 심지는 레이를 원망하는 동시에 원하고 있기도 하다. 세이지로는 잘 가라앉힐 수 없는 무언가가 있다. 레이가 아니면 안 되었다. 남편이라는 역할 때문이 아니라 레이라는 사람이었기 때문에 가라앉힐 수 있는 것이 있었다.

그래서 엄마는 레이를 좋아하지 않았을 것이다. 레이는 가까운 것을 멀어지게 했다. 옮기는 재주가 뛰어나서 부서진 조각이나 자투리 하나 남게 하지 않고, 딱 맞는 크기의 상자에 빈틈이 생기지 않도록 차곡차곡 담지도 않고 설렁설렁 나를 담아서 날라 와버렸다. 가까웠던 딸을 레이라는 남자가 멀리 떼어놓은 셈이었다.

다시 이렇게 함께 살면서 우리는 가까워진 걸까. 세 여자의 육체. 공이 어우러지듯 세 개의 육체가 있다. 중심이 같은 공이 아니라 중심을 따로따로 가지고 있고 평면이 아니라 입체로 존재한다.

문패에는 '도쿠나가'라는 성이 걸려 있다. 야나기모토 모모. 발음하기 어려우니까 도쿠나가 모모가 되고 싶어. 언젠가 모모가 그렇게 말한 적이 있다. 웃으면서 말했다. 모모는 잘 웃는다. 뚱해지곤 하는 지금도 웃음은 쉽게 터져 나온다.

레이를 부를 땐 어려웠지만 세이지라는 이름은 바로 부를 수 있었다.

두 살 위였던 레이보다 다섯 살 위로 나보다 일곱 살 많은 세이지. 일을 하다가 알게 된 세이지라면 이름도 부를 수 있다. 예고 없이 뒤에서 어깨와 허리를 쓱 쓰다듬을 수도 있다. 세이지는 목소리가 부드럽다.

"야나기모토 씨" 하고 세이지는 부른다. 말투를 바꾸지 않는다. 맨 처음 만났을 때와 같은 거리를 두고. '그렇군요'가 '그렇군' 정도가 되는 일은 있지만 그것도 자주 제자리로 돌아간다. 나는 세이지에게 스스럼없다.

"세이지, 해줘"라는 식으로 말한다.

세이지는 응하는 일도 있고 응하지 못할 때는,

"미안해요" 하고 사과한다. 역시 똑같은 거리를 두고서.

좋아하게 될 거라고 생각했다. 세이지를 좋아하게 될 것 같다고 느꼈을 때 그럼 좋아해보자고 생각했다. 세이지는 거부하지 않았다. 감정이 세이지 쪽으로 흘렀다. 그것이 나의 좋아해보자인 것이다. 강한 감정도 약한 감정도 세이지에게 그대로 다 흘러갔다고는 할 수는 없지만 세이지가 있는 쪽을 향해서 흘러갔다. 거부하지 않아서 그저 고마웠다. 레이가 실종된 이후 머물 곳이 없었다. 어디로 기분을 흘려보내면 좋을지를 찾지 못했다. 흘러갈 곳이 정해지지 않으면 내가 있는 장소를 알 수 없게 된다. 강의 어느 쪽이 상류인지 하류인지, 물은 어느 쪽으로 흘러가고 있는 건지 분간하지 못해서 무서워지는 것과도 같은 심정이었다.

관계를 가질 때, 세이지는 소리를 낸다. 웃을 때는

내지 않는데.

간판에는 세로로 '악기 레코드'라고 적혀 있다.

역에서 남쪽으로 내려가서 한참을 곧장 걸어가면 나오는 그 간판 밑에서 왼쪽으로 돌았다. 골목이라고까지는 할 수 없지만 길이 좁아지는 곳에 있는 소바 가게 모퉁이를 꺾어서 들어가면 나오는 집들 중 하나에 결혼 전 레이가 살았었다.

"여긴 아파트? 아니면 맨션?" 물으니 레이는 고개를 갸우뚱하며 오히려 되물었다.

"그걸 꼭 알고 싶어?"

아니. 그냥 물어봤을 뿐이야.

레코드점 간판에는 기타가 그려져 있었다. 레코드처럼 생긴 원반 그림도. 오래된 가게네. 저기서 레코드 산 적 있어? 레이는 또 고개를 갸우뚱했다. 잘 모르겠어. 샀을지도 몰라. 안 샀을지도 몰라. 점잖은 사람이었다. 어느 날 갑자기 사라져버릴 줄은 몰랐다. 상상한 적도 없었다.

그 레코드점에 한번 들어가본 적이 있다. 혼자서 레

이의 집으로 가는 길에 들어갔다. 틈만 나면 레이의 방을 찾아가곤 했다. 레이가 있을 때뿐 아니라 없을 때도 갔다.

"케이는 한 곳에만 틀어박혀 사는 동물이야?"라고 레이가 물은 적도 있다.

처음이야, 이런 거 처음. 그렇게 대답하자 레이는 웃었다. 모모랑 똑같이 레이도 잘 웃는 사람이었다.

레코드점 내부는 밖에서 들여다보면서 짐작했던 것보다 훨씬 밝았다. 남자 목소리의 가요가 흘렀고 청년이 가게를 보고 있었다. 갸름한 얼굴에 머리를 기른 스무 살 전후의 청년은 흘러나오는 곡과 다른 리듬으로 몸을 살짝 흔들고 있었다. 손님은 없었다.

서양음악 코너에 쭉 꽂혀 있는 레코드판을 한 장한 장 둘러보던 중 레이 방에 가고 싶어졌다. 바로 옆인데. 금방 도착하는데. 잠시도 지체할 수 없는 심정이 되었다.

빈손으로 나와버리면 좋을 것을 서둘러 아무거나 골라서 샀다. 여자 사진이 곁에 있는 흑백 재킷이었다. 여자가 노래하는 음악인가 하고 생각했는데 리듬을 뚜렷이 각인시키는 악기로만 된 연주곡이었다. 뛰어들듯 도착한 레이의 방에서 포장을 뜯고 얼른 들어봤다.

이거 괜찮은데. 나 맘에 들어, 이거. 레이가 말하기에 췄다. 결혼할 때 가져온 레이의 레코드 몇십 장 중에 섞인 그 흑백 재킷을 봤을 때 기뻤다. 재회. 그렇게 그 단어를 떠올렸다. 재회. 레이가 실종되고 나서는 생각하기 어려운 말이 되었다. 레코드점 내부는 밝은 브라운 색상으로 따뜻했다.

학부모회에는 아무리 가도 익숙해지지 않는다.

먼지투성이 교실과 게시판에 붙인 습자지가 말려 올라간 모양, 잡다한 향수 냄새를 풍기는 어머니들의 체온, 그 안에 가끔 섞여 있는 왠지 꼭 검정이나 감색 옷을 입은 아버지들, 나도 어렸을 때 이런 비슷한 교실에 매일 앉아 있었다는 것이 불가해하다. 중학생 무렵에는 중학교 교실에 익숙해 있었다. 초등학교 시절에는 초등학교 교실에. 달리 갈 곳이 없었기 때문일까. 그렇다 하더라도 지금처럼 안절부절못하고 몸이 밀려난 것처럼 느낀 적은 없었다.

예전에는 생각하지 않고 익숙해질 수 있었다. 레이에게도 금세 익숙해졌다. 결혼해서 일생을 함께하려고 생각할 정도로. 익숙해졌다는 감각도 하릴없다. 신기루와도 같은 것이다. 바다 위에 나타나는 먼 풍경.

익숙해지지 않는 학부모회에서 계속 고개를 숙인 채 있었다. 차례대로 요즘 자녀분의 모습을 말씀해주세요. 휴대전화를 줘야 할지 말지 고민하고 있어요. 중3이 된 후로 줄곧 시비조가 돼서 힘들어 죽겠어요. 너무 피곤하다고 해요. 바쁘기만 한 건 좋지 않다는 걸 알고 있을 텐데 시간 분배를 할 줄 몰라요. 어릴 적부터 걸핏하면 아파서 골골거리고 지금도 병원에 드나들고 있으니 우선은 체력을.

정말 말하고 싶은 것은 아무도 말하지 않는다. 말할 자리가 아닌 거다. 수많은 '요즘 자녀분의 모습'들을 듣고 있는 사이에 평소 내가 사람들과 어떤 식으로 이야기를 하고 있었는지 알 수 없게 되어버렸다. 혼란스럽다.

오늘 학부모회 다녀왔어. 돌아와서 모모에게 말하자 무뚝뚝하게 끄덕였다. 안 잊어먹었네. 두 번 정도 잊어버린 적이 있다. 그때마다 모모가 물었다. 오늘 안 왔었

지? 학부모회 전에 수업 참관이 있기 때문에 모를 일은
없다. 안 갔다고 해서 책망하지는 않았지만 익숙해지지
않는 장소를 내가 무의식적으로 피해왔을지도 모른다
는 걸 깨닫고 부끄러웠다.

"뭐라고 했어?"

"학교가 즐거운 것 같습니다, 라고 했던가?"

"쓸데없는 말은 좀 하지 말아줘."

"그래."

한숨이 나온다. 모모에게는 들리지 않도록 쉰다. 사
춘기. 머릿속에서 말한다. 모모가 나보다 훨씬 자신이
있는 것처럼 보인다. 살아간다는 것에 대한 자신. 벼랑
끝에 있는 것을 모르기 때문에 생기는 자신.

하지만 알고 있는 건지도 모른다. 물방울 속에 우주
의 모든 것이 있듯이 어린 세계 속에도 생의 모든 것이
있는 건지도 모른다. 어땠을까. 생각나지 않는다. 엄마
는 참 바보지? 소리 내어 말해본다. 바보였어? 어안이
벙벙한 얼굴로 모모가 묻는다. 웃으면서 모모가 옆으로
다가온다. 모모가 좋다. 귀엽고 착하다. 뛰어오를 듯이
좋다. 안아주고 싶다. 하지만 주저한다. 가까웠을 때는

망설이지 않고 안았는데. 가슴팍에 끌어안듯이 감싸 안았는데.

큰맘 먹고 안아봤다. 모모는 웃으며 스르르 내 팔을 빠져나가 사라졌다.

같이 백화점에 좀 가자. 엄마가 부탁했다.

신세 진 사람에게 선물을 보내겠다고 한다. 나도 두세 군데 보낼 곳이 있어서 바로 승낙했다. 백화점에 가면 몇 명이 따라붙는다. 혼잡한 식료품 매장 막다른 곳의 꺾이는 곳에 한 사람. 에스컬레이터의 빈 공간 쪽으로 알고 보니 또 한 사람.

백화점에서 따라오는 자는 흐리다. 흐릿흐릿하게 몇 명이나 떨어졌다가는 따라붙고 따라붙다가는 떨어진다. 흐릿해서 여자인지 남자인지 구별이 가지 않는다.

"있잖아, 말린 표고버섯 같은 건 어떨까?" 엄마는 말했다. 말린 표고버섯 말이지. 맞장구를 친다. 그게 좋겠다고 분명하게 말하는 게 아니라 그걸로 괜찮을까, 히고 망설이듯이 말하는 편이 맞장구가 된다. 그게 좋다고 바로 인정해버리면 엄마도 나도 힘들어진다.

내가 보낼 것까지 해서 전부 네 명에게 똑같이 말린 표고버섯을 보내는 수속을 했다. 볼펜으로 받을 사람 이름을 적고 있을 때 또 새로운 자가 따라붙었다. 확실하게 여자였다. 백화점인데 형체가 흐리지 않았다.

"잠깐 화장실 좀." 서둘러 이름을 마저 다 적고 발송표를 엄마에게 맡긴 다음 사각지대에 설치된 화장실로 뛰어들었다. 거울에 여자 그림자만 어렴풋이 비치고 있다. 곁눈질해서 보고 잽싸게 화장실 칸막이 안으로 들어갔다. 속이 매슥거렸다. 조금 토했다.

금세 진정되어 세면대에서 입을 헹궜다. 목을 뒤로 젖히고 가글을 했다. 여자는 아직 따라온다. 말하고 싶은 게 있는 걸까. 지금까지 이런 적은 없었다. 토한 것도 처음이었다. 여자 때문인지는 모르겠지만.

돌아가자 엄마가 서 있었다.

"케이, 점심 어떻게 할래?"

"식당에 갈까?"

"지라시 초밥*이라도 먹을까?"

---

* 소금, 식초, 설탕으로 조미한 밥 위에 생선, 야채 등 여러 종류의 재료를 뿌려서 만든 초밥의 일종.

여자가 흔들렸다. 촛불의 불빛이 깜빡이듯이 주위가 확 어두워졌다가 다시 밝아졌다. 이제 메슥거리지는 않았다. 안 좋았던 것은 아까 입에서 나와버렸다. 뒤에 여자가 따라붙은 채로 식당에 갔다. 엄마는 장어를, 내가 지라시 초밥을 주문했다. 백화점의 식당은 천정이 높다. 소리가 잘 울린다. 엄마도 나도 남김없이 먹었다. 여자는 백화점을 나올 때 스윽 떨어졌다.

한참 뒤에 그 여자가 이틀 연속해서 따라왔기 때문에 다시 마나즈루에 가자는 생각이 들었다. 레이와 뭔가 관계가 있는 여자인 것 같은 느낌이었다.

"바다에 가고 싶어." 모모가 말하기에,

"같이 갈래?" 하고 묻자 *끄덕였다.*

아직 추우니까 두껍게 입어야 해. 응. 전철이 흔들릴지도 몰라. 응.

모모는 멀미를 잘하는데. 아냐, 요즘은 괜찮아. 학교 통학도 전철이고. 중학교와 고등학교가 붙어 있는 사립학교에 가고 싶다고 모모가 말을 꺼냈을 때, 수험보다도 학비보다도 전철 통학이 제일 먼저 걱정이었다. 영뚱한 걸 걱정하고 있어, 엄만. 모모가 비웃었다.

"일로?" 모모는 물었다.

"아니."

"그럼, 왜?"

"그냥."

놀러 가기에는 계절에 맞지 않네. 할머니도 가려나? 모모는 즐거운 듯이 말한다.

"할머니는 안 가신대."

"왜?"

강한 장소에는 가고 싶지 않아. 엄마와 말했었다. 강한 장소는 피곤해. 너희들끼리 잘 다녀와. 거절하는 말이었지만 엄마는 노래하듯이 말했다. 엄마와 가깝다고 느꼈다. 이렇게 노래하면서 웃으면서 모르는 자가 따라붙은 채로. 세 여자의 육체가 이 집 안에 있다.

마나즈루는 처음이야. 모모가 웃는다. 나도 요전이 처음이야. 함께 웃는다. 곶부리에서 갑자기 하늘이 넓어지고 까마득히 아래로 바다를 내려다봤을 때, 바람이 뺨과 귀를 매만졌던 감촉을 동시에 떠올렸다.

2

철로 소리가 안 나. 모모가 말했다.

철로 소리? 되묻자 모모는 고개를 갸우뚱하며 작은 목소리로 타당타당 타당타당, 하고 답했다.

단지 그렇게만 반응할 뿐 창밖으로 고개를 돌려버렸다. 우리는 두 사람씩 마주 보는 좌석에 대각선으로 앉아 있다. 모모가 안쪽, 내가 통로 쪽. 점심 전에 도쿄역을 나왔다. 모모가 말한 대로 무거운 철로 차량의 율동이 들리지 않는다. 전부 소리로 가득 차 있는데 그 가운데 한 줄기 뚜렷하게 도드라진 리듬이 없어서 소리라는 느낌으로 귀에 들리지 않는다. 차량과 그 안에 있는 나의 몸은 그저 소란한 장소에 붕 떠 있는 존재처럼 느껴진다.

모모의 목을 무심코 봤다. 가늘다. 그렇지만 태어난

당시 몇 년 동안 힘을 주면 뚝 부러져버릴 것처럼 불안하게 했던 만큼은 이미 아니었다.

차 마실래? 물으면서 작은 페트병에 든 차 두 병을 창가에 늘어세웠다. 모모는 페트병을 한번 손에 들어보더니 바로 내려놓았다. 나는 뚜껑을 비틀어 열고 차를 마셨다. 액체가 목을 타고 내려갔다. 시원해서 너무 좋아. 마셔봐. 다시 한번 말하자 모모는 다시 페트병을 손에 들었다. 망설이고 있다. 역시 됐어, 하더니 페트병을 살짝 흔들었다. 거품이 일었다.

가지고 놀면 안 돼. 어린아이에게 하는 말투로 주의를 줬다. 안 그랬어. 뾰족한 목소리가 돌아온다. 그 뾰족함에 뜻하지 않게 찔린다. 내가 찔려서 상처받았다는 걸 모모는 상상도 못 하고 있다. 뾰족해져 있을 뿐이니까. 그저 반사적으로 되받아치고 있을 뿐이니까.

이런 식으로 아픔을 가할 수 있는 것은 모모뿐이다. 가차 없다. 여린 곳에 가차 없이 아픔을 가해온다. 상처가 되어 곪는 줄도 모르고. 모모에게는 나의 여린 부분을 찌르게 둔다. 단단하게 감싸서 나를 보호하면 될 텐데. 내 몸이 옛날에 모모를 소유하고 있었던 걸 기억하기 때문에 나를 보호하자고 모모에게 거리를 만들어서 공격을 거부할 수는 없다.

"바닷가의 리조트호텔." 모모가 소리 내어 말했다.

리조트라니 왠지 쑥스럽네, 하고 웃자 모모도 웃었다.

'스나'라는 명패가 걸린 숙소에서 모모랑 묵을 생각은 없었다. 어머니와 아들로 보이는 두 사람의 분위기는 어른을 상대로 하는 것이라서 아이와 함께 묵고 싶지 않았다. 나와 모모 둘만의 세계에서 삐져나와 버릴 것 같은 느낌이 들었다.

바닷가의 리조트호텔은 안내소에서 권해준 곳이다. 거기 갈 거야? 모모는 들여다본다. 천진한 얼굴이다. 안내소의 여자가 호텔에 전화를 걸고 있다. 모모는 밖으로 나갔다. 하늘이 흰빛을 띠고 있다. 기온은 그리 낮지 않다. 도쿄에서는 뼛속까지 추위가 스며들었다. 해변은 따뜻해요. 매화도 많이 피어 있어요. 안내소의 여자가 말한다. 일박이죠? 언제든지 체크인할 수 있습니다.

바다에 가보자. 모모가 춤추듯 걸으며 말한다.

이미 이쪽이 다 바다야.

바다, 오랜만이다.

레이와 모모와 셋이서 바다에 가곤 했다. 매년 빠뜨리지 않고 갔다. 레이가 실종되고 나서도 모모가 열 살이 될 때까지는 계속 갔다.

처음으로 간 해는 모모가 생후 3개월 남짓. 아직 고개도 잘 가누지 못하는 갓난아기를 바닷가에 데리고 나온 순간 두려워졌다. 내 몸만 생각하고 있을 때는 아무렇지 않았는데, 갓난아기인 모모의 몸 쪽으로 마음을 기울이게 된 순간 굉장히 무서워졌다.

아기에게는 모든 것이 너무 거셌다. 바람도 밀물도 바닷소리도. 모모를 거친 바다로부터 보호하려 감싸듯이 덮어씌웠다. 울기 시작했다. 이것 봐, 덥고 답답하다고 울고 있어. 레이는 말했다.

이렇게 무서운데. 우는 건 당연한데. 레이는 전혀 몰랐다. 바다는 참 크지, 하며 모모에게 말을 걸고 있었다. 갈래. 당장 돌아갈래. 그렇게 우기자 레이는 놀랐다. 진심으로 놀란 것 같았다.

결국 한 시간 정도 바닷가 근처 휴게소에서 숨듯이 있다가 돌아왔다. 이상한 사람이야, 케이는. 돌아오는 차 안에서 레이는 몇 번이나 웃었다. 모모는 푹 잠들어 있었다. 그런 곳에 데리고 가면 어떡하니. 햇살도 강했을 텐데, 아직 백일도 안 된 갓난아기를. 나중에 엄마한테 혼났다. 다음 해에도 비슷한 무렵에 셋이서 바다에 갔다. 그때는 더 이상 무섭지 않았다.

돌풍과 함께 비가 내리기 시작했다.

모처럼 바다에 온 건데 이럼 재미없는데. 모모가 몸을 기대왔다. 넓은 유리창 너머로 바다가 보인다. 파도가 높게 일고 있었다. 창밖에 달린 작은 테라스에는 흰색 해변 의자가 두 개 놓여 있다. 리조트구나, 정말. 모모가 가리킨다. 의자는 흠뻑 젖어 있다.

이마를 창에 딱 붙이고 둘이서 비를 바라봤다. 모모의 몸이 따뜻하다. 호흡도 빠르다. 가여웠다. 어린 것은 가엽다. 모르는 사람도 가엽다. 아는 사람도 나이가 든 사람도 가여움은 없어지지 않지만 그래도 덜하긴 하다.

침대에 뒹굴며 둘이서 호텔 안내서를 읽었다. 호화로운 디너가 있어. 호화라는 발음에 웃음이 배어 있다. 호화로운 디너를 바닷가 리조트에서 먹을까? 먹자 먹자.

근데 비싸네. 엄마 돈 부족해?

바람이 거세져 비가 내리친다. 마나즈루에 왔는데 아직 아무것도 따라오지 않는다. 방 안은 밝고 청결하다. 깊다란 붙박이 서랍을 열어보니 하얀 가운과 파자마가 있었다. 모모는 옷 위에 가운을 걸쳐보고 있다. 옷감이 톡톡해. 그러더니 가운을 벗고 외투를 벗은 다음 티셔츠랑 바지만 입고서 가운을 다시 걸친다. 의자 끝에만 살짝 엉덩이를 걸치고 등받이에 단정치 못하게 기대서 깍지 낀 양손으로 머리를 받친 채 천정을 올려다보고 있다.

"가운을 나도 한번 입어보고 싶었어." 고쳐 앉고서 타월 재질의 옷자락을 만지작거리며 말한다.

병원 냄새를 떠올린다. 방이 밝기 때문일까. 심장병 때문에 쓰러진 아버지가 일단 집중치료실을 나와서 개인 병실로 옮겼을 때의 냄새. 병원은 밝고 조용한 장소라고 생각했다. 누우면 아버지는 흐려졌다. 집중치료실에서 입힌 환자 가운을 늘 입던 파자마로 갈아입혔드렸다. 엄마랑 나랑 간호사가 조심조심 뒤집었다. 아버지는 의식이 돌아와 있었지만 굳게 눈을 감은 채로 있었다. 입과 코에 몇 개의 줄이 연결되어 있었다. 그때는 잠시 있다가 퇴원했지만 그다음 해에 쓰러졌을 때는 퇴원하지 못한 채 끝났다.

"잘 어울리네." 그렇게 말하자, 모모는 헤헤, 하고 콧등에 주름을 모았다.

"호화로운 디너 먹을 돈 있어."

"아싸!"

"비 그치면 밖에 나가보자."

"그치려나."

"그칠 거야. 언젠가는."

"언젠가는?"

말을 하다 말고 모모는 다시 가운 옷자락을 만지작거렸다.

갑자기 비가 내리기 시작했다가 갑자기 멈췄다.

비 온 뒤에는 풀 냄새가 짙게 풍긴다. 아직 잡초로도 자라지 못한 솜털 같은 풀이 냄새를 풍긴다. 길을 빙 돌아왔다. 모모는 작은 가방을 사선으로 메고 있다. 돌풍은 아직 그치지 않았다. 머리카락이 나부꼈다. 모모는 머리 묶는 핀을 꺼내서 딸깍 소리를 내며 묶었다. 머리 카락을 그러모을 때 빠뜨린 머리카락 한 줄기가 이마 위에 드리워져 있다.

"아버지는⋯⋯."

"아버지?"

바닷가의 모래는 검게 젖어 있다. 커다란 바위에 손수건을 깔고 둘이서 나란히 앉았다.

"아버진 담배 피웠어?"

"가끔." 잠깐 생각하고 나서 대답했다. 생각해낼 수 없었던 것이다.

그 이상 모모는 물어보지 않았다. 레이에 관해 말할 수 있게 된 것은 문패를 떼어낼까 말까 고민했을 무렵부터였다. 그때까지는 없는 사람처럼 지내고 있었다. 말할 수 없었고 생각할 수 없었다. 꿈에서도 보지 못했다. 잃어버린 것을 꿈에서 볼 수 있다면 잃어버린 상처는 이미 치유되기 시작한 거라는 말을 들은 적이 있다.

말할 수 있게 되고부터 모모에게 레이의 사진을 보여줬다. 내가 말할 수 없었던 동안 모모는 묻지 않았다. 알고 있었던 거다. 몸으로. 물어도 소용없는 거라고.

실종되었다는 것만을 말했다. 생각했던 것만큼 잘되지 않았다. 연애를 하고 결혼해서 행복하게 살면서 아이가 태어났습니다. 태어나고 나서도 사라지기 전까지는 행복했습니다. 처음에 그렇게 말하는 것이 옳다고 생각했지만 하지 않았다.

처음 얘기했을 때 모모는 여덟 살이었고 흐음, 이라고만 했다. 중학교에 들어갔을 무렵 처음으로 "그때는 말이야" 하고 말을 꺼냈다.

그때는 말이야, 엄마 설명을 잘 이해하지 못했어. 아버지가 나가버렸다는 말을 듣고 너무했다고, 그렇게만 생각했어. 하지만 아버지는 원래 집에 없었기 때문에 너무하긴 해도 아무 상관 없었어. 중학생이 된 모모는 그런 식으로 자신의 마음을 알려줬다.

"아버지랑 서로 사랑했었어?" 바위에 앉아서 모모가 물었다.

"응."

서로 사랑했냐는 말에 깜짝 놀라면서 대답했다. 채 묶이지 못하고 남겨진 모모의 앞머리가 바람에 가볍게 떠 있다. 이마에 드러난 눈썹이 특히 레이를 닮았다. 둥글게 휘어진 형태가 완만하고 부드럽다.

"아버지가 있다면 어떤 느낌일까?"

"잘 모르겠어."

"엄마는 아버지가 있었으니까 알잖아."

"하지만 모모의 아버지하고는 전혀 다른 사람이었으니까."

다르면 아버지가 아닌 건가? 모모는 말하고는 눈을 깜빡거렸다.

춥다. 이제 돌아갈까? 깔고 앉아 있던 손수건은 젖어서 색이 진해졌다. 모모랑 오랜만에 손을 잡았다. 야무진 손이다. 나랑 크기가 거의 같다. 오늘은 별일이네. 아버지 얘기를 다하다니. 그렇게 말하면서 돌아갔다. 레이의 꿈은 지금까지 꾼 적이 없다.

돌아가는 길에 누군가 따라왔다. 그 여자다.

저녁 식사를 한창 하는 중에도 붙어 있었다. 몰래 훔쳐 먹는다. 모모 것도 내 것도. 새우를 좋아하는지 토마토소스가 들어간 해산물 요리 접시에서 주저 없이 싹쓸어갔다. 접시에 아직 음식이 남아 있는 동안에는 몇 번이나 같은 것을 훔친다. 훔쳐서 먹어도 진짜 것은 접시 위에 여전히 남아 있으니까 몇 번이든 가져갈 수 있는 거다.

"배고팠어?" 물으니 여자는 끄덕였다.

"아직 한참 더 먹을 수 있어." 모모도 대답한다.

모모에게 물은 건 아니지만 입 밖에 내지는 못하고 마음속으로 말한다. 잘 대답해줘서 착해, 모모는 순수하고 착한 아이야. 모모를 향해 생긋 웃었다. 여자는 '흥!' 하는 얼굴을 했다. 순간 전기에 오른 듯 저렸다.

내가 그 순간 화가 났었다는 것을 한참 지나고 나서 알게 되었다. 여자는 도망쳤다. 모모와 내 사이에 끼어드는 것은 용서치 않겠어. 그렇게 생각하고 있었다는 것을 알았다.

바닷가에서 가까워져버린 거였다. 모모랑. 가까워지고 싶은 거다, 난. 모모는 그렇지 않다. 멀어진다. 조금 다가온다. 다시 멀어진다. 모모는 그걸 아는지 모르는지 거침없이 반복하고 있다.

용서치 않겠다고 생각한 것은 모모가 갓난아기 때 이후였다. 그 무렵에는 용서하든 용서하지 않든 그 무엇이든 모모와의 사이에 끼어들 수 없었다. 모모와 하루 종일 가까웠으니까. 그것은 결코 즐거운 일이 아니었다. 지치는 일이었다. 웅크리고 있는 짐승처럼 가만히 지냈다. 젖을 주고 요리하고 쓸고 닦고 말리고 옷을 개고 몸을 바삐 움직이긴 했지만 다른 곳으로는 눈이 움직이지 않았다. 거의 항상 웅크린 채로 모모에게만 시선을 두고 있었다.

"뭐가 지나갔어?" 하고 모모가 물었다.

"뭐가?"

"비행긴가?"

여자를 말하는 게 아니었다. 모모는 하늘을 보고 있다. 원탁은 창가에 있고 밖에는 바다와 하늘만 펼쳐져 있다. 종업원이 가끔 다 먹은 접시를 확인해보려고 왔다.

맛있었어요. 종업원이 접시를 치워 갈 때 모모가 올려다보면서 말했다. 감사합니다. 종업원은 기쁜 듯이 대답했다. 여자가 또 다가온다.

당신 레이에 대해 알고 있어?

여자에게 물어봤다. 모모는 잠들어 있다. 옆 침대에

봉긋하게 부풀어 올라 있다. 숨소리는 들리지 않는다. 뒤척일 때만 한숨처럼 새어 나온다.

레이라니? 여자는 되물었다.

남편이야.

욕조에 물을 받고 있을 때도 목욕을 마치고 텔레비전을 보고 있을 때도 고요해진 밤공기를 들이마시며 테라스에 둘이서 나왔을 때도 여자는 따라붙었다. 뭔가를 말하고 싶어 하는 것 같았다.

알고 있어. 아마도. 여자는 대답한다. 순간 흐려졌다가 어느새 다시 진해졌다가 일정하지 않다. 우선 뚜렷한 형태를 가진 자가 아니다. 그냥 붙어 있다는 것만 안다. 새우를 먹는다거나 '흥!' 한다거나, 그런 식으로 느끼는 것도 내 쪽일 뿐, 나 같은 사람이 없으면 여자가 그렇게 말해도 그뿐이다.

레이, 살아 있어?

글쎄.

어디서 알았어?

잊어버렸어.

여자의 대답은 신통치 않다. 마나즈루에 와서 여자는

전체적으로 모습이 진해졌지만 그 이상 물어도 소용없다고 생각했다. 자려고 했지만 여자가 신경 쓰였다. 이젠 떨어져줬으면 좋겠다.

이제 가줘.

어디로?

언제나 있던 곳으로.

그걸 몰라.

여자는 곤란해하고 있었다. 곤란해해도 나로서는 어쩔 수 없다. 모포를 걷어찼다. 에어컨이 낮은 온도로 설정되어 있어서 더울 리가 없지만 몸에 열이 치받친다. 이상해져버렸다. 따라붙는 자와 이야기를 하다니 있을 수 없는 일이다.

이젠 모든 게 시시하다. 생각한 순간 여자가 떨어졌다.

따라붙는 자는 시시하다. 아무래도 좋은 자다. 있어도 없어도 마찬가지다. 스스로를 추가 올라와 있지 않은 양팔 저울 같다고 느낀다. 올렸던 추가 치워졌기 때문에 흔들리고 있다. 흔들리는 걸로는 어느 쪽에 추가 올라가 있었는지 알 수가 없다. 흔들림이 진정되어가는 것만 알 수 있다. 아주 조금 쓸쓸하다.

"엄마, 기운 좀 내." 모모가 말했다.

아침 햇살은 강하다. 어제 저녁 식사를 했던 레스토랑에서 가정식을 먹고 있다. 묵는 손님은 의외로 많았다. 어제는 테이블이 두 개 정도밖에 차지 않았었는데 지금은 거의 대부분의 테이블에 사람이 차 있다.

말린 정어리에 무와 유부를 넣은 된장국. 시금치나물에 물두부. 기운 없지 않아 하고 말하자 모모는 웃었다. 그러면서 이렇게 다 남기고.

정어리도 물두부도 손도 대지 않았다. 먹고 싶어 하는 것 같아서 둘 다 모모에게 줬다. 식욕 좋네. 한창 클 나이잖아. 모모는 이렇게 말하고는 밥도 한 그릇 더 먹는다.

저녁 무렵의 밝음과 아침의 밝음은 다르다. 주판을 떨고 놓기*, 하고 중얼거렸다. 그게 뭐야? 모모가 물었다.

아침은 그런 느낌이야. 그렇지 않아?

* 주판을 할 때 이제 계산을 새로 시작하겠다는 의미로 쓰였던 말. 아침이 되었으니 어제까지의 일은 없었던 것으로 하고 지금부터 새로 시작한다는 의미이다.

역시 기운 없네. 아빠 생각했던 거야?

모모는 정어리를 잘도 발라 먹는다. 등뼈와 머리만 남기고 눈알도 깨끗이 먹었다. 레이도 생선을 좋아했다. 레이에 관한 걸 아침에는 생각하고 싶지 않다. 세이지를 생각해볼까. 그러면 세이지에게 미안하다. 뭔가의 대신으로 삼는다면 미안하다.

"모모는 좋아하는 남자애 있니?"

"있는 것 같기도, 없는 것 같기도."

"어떤 앤데?"

"보통 아이야."

무뚝뚝하게 굴려나 싶어 잔뜩 방어 태세를 취하고 있었는데 즐거운 듯이 대답한다. 덩달아 나도 조금 즐거워졌다.

"어디가 좋은데?"

"친절해."

내가 웃자 모모가 뾰로통해졌다. 너무 웃었던 거다. 친절하다는 말이 우스웠다. 귀여워서 모모의 볼을 살짝 쓰다듬었다. 갑자기 모모는 새파래졌다. 쓰다듬던 손바닥을 탁 쳐내듯이 머리를 힘껏 흔들었다. 멀어지고 싶어 했다. 나에게서.

어렵구나. 생각하면서 일어섰다. 방까지 걸어갈 때도 모모는 한참 뒤에서 따라왔다. 모모와 나 사이에는 여자가 있다.

"마나즈루 어땠어?" 엄마가 물었다.

"아타미에도 갔었어." 모모가 대답한다. 호텔을 체크아웃하고 난 뒤 마음이 바뀌어서 아타미까지 갔던 것이다. 모모와 함께라면 사람이 많고 만주 같은 걸 파는 비교적 평평한 토지의 아타미 쪽이 마음이 번잡하지 않을 것 같아서였다.

아타미에서 케이크를 먹었다. 되는 대로 걷다가 역앞 선물 가게가 늘어서 있는 길을 떠나 바다로 흘러드는 강을 따라 작은 케이크집을 발견했다. 강을 끼고 사격장도 보였다. 폐업한 걸까. 쥐 죽은 듯 그쪽은 닫혀 있었다. 케이크집은 새로 단장한 가게였는데, 몇십 년 전부터 영업해온 곳이라고 자랑하고 있었다.

초코케이크가 맛있었어요. 따뜻한 우유도 마셨어. 케이크집에서는 모모의 목덜미에서 향기가 났다. 달콤한 냄새였다. 자라난다는 것은 맘에 안 든다. 자라는 모모가 싫은 게 아니라 자란다는 것 자체가. 쓸데없는 것을 많이 뿌려댄다. 본인으로서는 어쩔 수 없다. 그러니까 가여워진다. 어리고 아무것도 몰라서.

늘어가는 것이 싫은 걸까. 몸과 기분이. 그렇게 보면 아이를 낳으려는 여자도 싫다. 모모를 낳으려 했던 내가. 주체하기 어려웠다.

아타미에서는 사진을 많이 찍었다. 여자는 따라오지 않았다. 유가와라를 넘어서자 갑자기 여자의 모습이 안 보이게 되었다. 레이의 기색도 스윽 떨어져갔다. 현상한 사진 속의 모모는 전부 웃고 있다.

"좀 억지웃음이야." 모모가 말하며 사진 속 얼굴을 가리킨다.

"그래도 행복해 보여서 좋아."

"웃으면 케이랑 똑같아." 엄마가 말한다.

돌아오는 차창에서 마나즈루 마을을 바라봤다. 구름이 껴 있었다. 아타미는 맑았는데. 술렁거리는 것이 마나즈루 마을을 뒤덮고 있었다. 마나즈루에 살고 있는 사람들은 모른다. 지나쳐 가는 사람들만 느낀다.

여행, 다음엔 셋이서 가요. 그렇게 말하고 엄마를 바

라봤다. 가엽다는 듯한 표정을 짓고 있었다. 엄마에게
는 내가 어리고 아무것도 모르는 아이인 것이다.

세이지를 만나러 갈 때는 설렌다. 꽤 오래되었는데도
항상 설렌다.

"딸이랑 여행 다녀왔어."

"날씨는 좋았어?"

"반반."

들뜬 채로 의미 없는 이야기를 많이 했다. 걸으면서
이야기를 나눴다. 이건 말하고 저건 말하지 않겠다고
조절할 수가 없다. 무슨 얘기를 하더라도 다 새어 나와
버려서 코가 아주 성긴 소쿠리와도 같아진다.

"당신하고 있으면 졸려." 언젠가 세이지가 말한 적이
있다.

"지루하다는 거야?" 두려워하며 물었다.

"그게 아니라 편히 잠자는 것 같아." 세이지가 웃으며
말했다.

나이 들었구나 하고 때때로 생각한다. 세이지를 만난
지 10년이 되었다. 같은 세월을 함께 지내왔지만 나이

드는 방식은 달랐다. 세이지가 나이를 먹는 시기와 내가 나이를 먹는 시기가 따로따로 왔다. 흘러가는 방식이 달랐던 것이다.

"하지만 이치에 맞아."

"뭐가?" 세이지가 물었다.

"전체가."

"그래?"

세이지는 그 이상 묻지 않았다. 전체라니 나도 무슨 말인지 잘 모르겠다. 하지만 역시 전체다.

"전화했었어." 세이지가 불쑥 말했다.

"언제?"

"마나즈루에 갔을 때."

그래요? 놀라서 되물었다. 착신 기록을 못 보았다. 마나즈루에서 묵었던 호텔에서의 밤의 깊이를 떠올렸다. 바다가 밀려왔다가 다시 넓게 퍼져 가는 것 같기도 했다. 멀리 이어져 있는 바다였다. 세이지의 소리를 마나즈루에서 들었다면 어땠을까?

"하고 싶어." 그러자 세이지가 답했다. "오늘은 할까." 나란히 걷고 있는 몸이 살짝 열기를 띠었다.

시작하기 전에는 조금 피하려고 했다. 기분과 몸 모두가.

시작하고 싶지 않은 거다. 아주 조금.

"이리 와" 하고 세이지가 말하고 내가 다가간다. 살이 닿게 되면 빠져나갈 생각은 들지 않는다.

세이지 손바닥은 부드럽다. 내 손끝이 언제나 처음엔 딱딱하기 때문에 더더욱 그의 손바닥이 부드럽게 느껴진다. 하지만 손끝은 금세 풀어진다. 몸의 가운데쯤에 몰려 있던 핏줄기가 완전히 풀려서 구석구석까지 퍼진다.

"좋아" 하고 속삭인다. 세이지에게는 표현을 잘한다. 레이에게는 그러지 못했다.

서로 안고 있으면 몸의 윤곽만 남는 듯한 기분이 든다. 세이지의 윤곽을 나의 윤곽이 덧그린다. 서로 녹아 뒤섞이는 것 같다. 녹지 않은 테두리 안에서는 녹아 뒤섞인 것이 한곳에 모였다가 고르게 퍼지고 다시 한곳으로 모였다.

관계를 마친 후에 몸이 더 풀어지기 때문에 한참을 움직일 수 없다. 한참이라고 해야 5분 정도지만.

누워 있으니 파도 소리 같은 게 들렸다.

"무슨 소리지?" 세이지에게 물으니 갸우뚱한다.

"차가 지나쳐 사라질 때 나는 소리?" 되묻듯이 대답했다.

"달려올 때의 소리가 아니라 사라질 때의?"

달려올 때의 소리는 좀 더 날카롭지. 세이지는 말하며 시트에 뺨을 댄다.

부서질 것 같은 이야기를 하는 사람이라고 생각했다. 달려오는 차도 사라지는 차도 어쨌든 속도를 올리며 지나가는 거니까 어느 쪽인지 알 수 없는 거 아냐? 열을 올려 그렇게 말하고 싶어진다. 말해서 부서질 것 같은 것을 부서트리고 싶어진다.

"배고파." 일부러 굵은 목소리로 말했다. 세이지는 웃었다. 그 웃음으로 부서질 것만 같은 것이 사라졌다.

"따뜻한 게 먹고 싶어." 그렇게 말하면서 상체를 일으켰다. 움직일 수 있게 되었다. 세이지의 등을 손가락으로 한 줄기 쓰다듬는다. 등은 죽 뻗은 채였지만 어깨 끝이 조금 흔들렸다.

느껴? 세이지는 간지럽다고 대답했다.

기지개를 켜고서 다시 한번 세이지를 접했다. 닿은 곳이 휘어진다. 파도 소리가 커진다.

관계를 마치고, 식사하고 헤어져서 돌아왔다.

돌아오는 길은 가볍다. 낮이든 한밤중이든 겨울이든 여름이든 가볍고 시원하다.

역 앞 신호등에서 기다리고 있을 때, 빨간불인데 이쪽에서 저쪽으로 걸어가는 남자가 한 사람 있다. 모자를 쓴 남자다. 남자는 좌우를 살피지도 않고 척척 건넜다.

위험해. 소리쳤다. 건너편에서 속도를 올리며 하얀 차가 한 대 다가왔다. 남자는 발걸음을 재촉하지도 늦추지도 않고 침착하게 건너간다.

심장이 방망이질 쳤다. 평소에는 심장이 있다는 걸 잊고 있었는데 놀라니까 두근거린다. 두근거리고 있다는 걸 알게 된다. 남자는 그대로 샛길로 꺾어 사라져버렸다. 파란불이 되어 일제히 횡단보도를 건넌다. 옆에 걷는 것은 여자다. 키는 나랑 비슷하고 머리가 짧고 몸통이 넓은 여자가 천천히 건너간다.

심장이 뛰었기 때문에 몸에 의식이 미친다. 걸음걸이

에. 옆 여자가 걸음걸이를 나에게 똑같이 맞추고 있다. 옆 여자뿐 아니라 지금 횡단보도를 건너고 있는 사람들 모두의 걸음걸이가 나랑 같다. 기분이 나쁘다.

모처럼 가볍고 시원해졌는데 묘한 곳으로 끌려 들어 갈 것만 같다.

그렇게 느끼지 않도록 세이지를 생각했다. 생각하면 느끼지 않게 된다. 연필을 쥐어서 튀어나온 세이지의 손 마디. 오른쪽 가운데손가락 관절 옆구리가 살짝 튀어나 와 있다. 연필은 요즘엔 안 쓰죠? 언젠가 묻자 세이지는 고개를 저었다. 써요. 나는 펜이 아니라 대개는 연필.

세이지도 나도 문자를 다루는 직업에 종사하고 있다. 나는 쓰는 쪽. 세이지는 쓰게 하는 쪽. 처음 만났을 때 몇 가지 일을 함께했다. 나는 짧은 에세이를 매주 썼다. 세이지가 칭찬하는 방식은 독특했다. 칭찬하는 것 같지 않게 칭찬한다. 그때의 에세이를 모은 것이 책이 되었 고 일이 늘었다. 모모와 나를 부양해나갈 수 있게 됐다.

생각하고 있는 사이에 집 앞까지 왔다. 가로등 불빛 아래 잠시 멈춰 섰다. 역 앞에는 그렇게 많은 사람이 있 었는데 어느새 나 혼자다. 모두 어디로 가버리는 걸까.

호텔을 나온 후 세이지는 회사로 돌아간다고 했었다. 택시를 잡고 차에 올라타는 세이지의 등이 낯선 사람의 것처럼 느껴졌다. 그런 순간이 때때로 있다.

그렇다고 해서 레이를 낯선 사람처럼 느낀 적은 없었다. 레이의 얼굴이랑 몸을 지금도 모두 남김없이 그릴 수 있다. 가로등 불빛은 흐리다. 빛에서 떨어져 나와 집 대문을 가만히 밀었다.

약이 줄지를 않아.

엄마가 말했다. 엄마는 고혈압 때문에 매일 약을 아침저녁으로 먹고 있다. 겨울에는 특히 혈압이 높아지기 쉬워서 양을 두 배 가깝게 늘리고 봄이 되면 으레 평소의 양으로 돌아온다.

올해는 아직 줄지 않았어.

불안한 듯이 말한다. 의사가 말이야, 젊은 선생님으로 바뀌어서 그런지도 몰라. 숫자만으로 정하는 거지. 할아버지 선생님이라면 여러모로 알아서 안배해주는데.

말하면서 엄마는 기지개를 켜고 있다. 말투는 불안한 것 같지만 몸은 봄을 향해서 열리고 있는 것을 알 수 있다. 기지개를 켜는 손끝의 힘이 세다.

곧 예전의 양으로 돌아갈 수 있을 거야. 그러자 엄마는 고개를 끄덕인다. 있잖아, 올챙이를 봤어. 갑자기 그런 말을 꺼냈다.

어디서? 하고 묻자 후후, 하고 엄마는 웃었다. 모모랑 함께 대학교 연못까지 갔었어. 일요일에. 네가 영화 보러 갔을 때.

그건 일 때문에. 변명하듯이 중얼거리자 엄마는 다시 웃었다. 영화라면 얼마든지 보러 가도 좋지.

레이에 대해 엄마와 이야기할 땐 언제나 좀 두려웠다. 내 남편인 레이라는 남자를, 엄마는 어안렌즈 같은 걸 통해서만 보려고 했다. 편견이 있다는 의미는 아니다. 엄마는 레이를 형태가 있는 것으로 인정하고 싶지 않았던 것이다. 렌즈 너머로 휘어진 발끝과 머리만 보고 싶었던 것이다. 외면할 정도로 미워하지는 않았다. 노려볼 정도로 미워하지도 않았다. 그냥 모호한 것으로 해두고 싶었던 것이다.

일에 대해 엄마와 이야기할 때도 레이에 대해 이야기할 때와 비슷한 느낌이다. 하지만 일은 그냥 일이다. 신단에 올려둔 소금이나 물과 같은 것일지도 모른다. 거기에 있지만 실체를 접할 수 없기 때문에 점차 보이지 않게 되는 것. 레이는 몸을 가지고 있었다. 그것이 엄마에게는 괴로웠다.

올챙이가 벌써 나왔어? 아직 좀 추운데. 엄마는 고개를 갸우뚱했다. 아차! 그게 아니라, 개구리 알 말이야. 아직 알이었어. 젤라틴 끈 같은 것에 검은 점들이 가득 흩어져 있었어. 모모는 처음 봤대.

걸어서 20분 정도 거리에 대학교가 있다. 테니스 코트 옆으로 연못이 있고. 그러고 보니 결혼 전에 몇 번인가 산책 겸 레이와 간 적도 있었다. 작은 연못이었다. 손질되지 않아 무성하게 우거져 있는 연못 끝자락까지 가면 더 이상 테니스 코트는 보이지 않는다. 공을 치는 소리만 굉장히 가깝게 들려왔다. 무성한 풀숲 아래서 레이는 언제나 키스를 했다. 케이, 라고 속삭이며 했다.

어느 계절에나 연못 물은 늘 수런거렸다.

따뜻해졌을 무렵 모모는 올챙이를 잡아 왔다. 주둥이가 넓은 유리병에 열 마리 정도를 건져서.

"물에……." 햇살에 병을 비춰보면서 모모는 중얼거렸다.

"물에 여러 가지가 떠 있어."

모모에게 얼굴을 가까이하면서 함께 들여다봤다. 미세한 수초 같은 것. 회색 실 찌꺼기 같은 것. 흙 부스러기. 투명한 물로만 보였던 것 속에 여러 가지가 선명히 떠 있다. 올챙이 몇 마리가 물속을 잘도 헤엄치고 있다.

"연못 물이니?" 하고 묻자 모모는 응, 하고 말했다. 올챙이들을 연못에서 건졌을 때는 아주 깨끗한 물처럼 보였는데.

"이 정도면 깨끗해." 내 말에 모모는 다시 잠자코 병을 바라봤다.

다음 날 올챙이가 한 마리 죽어서 수면에 떠올랐지만 나머지는 잘 헤엄치고 있었다. 꼬리가 가늘어. 모모가 웃는다.

가늘어서 귀여워.

모모가 학교에 가고 나자 집 안은 조용해졌다. 엄마는 아직 자고 있다. 그릇을 씻어서 건조대에 엎어놨다. 물방울이 떨어진다. 아침 햇살 속에 물방울은 작고 강하게 버티고 있었다. 이 물방울 속에도 여러 가지가 떠 있는 것일까 생각했다. 보이지 않지만 욱시글득시글.

욱시글득시글 누군가 나를 따라오는 일이 때때로 있다. 혼잡한 장소가 아니라 아무도 없는 장소인 경우가 많다. 스무 명도 서른 명도 한꺼번에 온다. 그러다가 한순간에 바로 떨어져 나간다.

일을 시작하려고 식탁에서 노트북을 열었다. 얼마 전까지 모모는 은색으로 된 이 기계를 '은창고 군'이라고 불렀다. "남자애구나" 하고 묻자, "이 집에 남자가 없으니까"라고 답했다. 그때가 막 중학교에 들어갔을 무렵이었다. 그로부터 3년 정도밖에 지나지 않았는데 꽤 무뚝뚝해져버렸다.

마가린을 냉장고에 넣는 걸 잊어버리고 있었던 것이 떠올랐다. 뚜껑이 어긋난 채로 컴퓨터에서 대각선 방향에 놓여 있다. 뚜껑이 어긋나 있다. 제대로 뚜껑을 닫으려고 집어 들었더니 벌어진 틈으로 속안이 흐물흐물해진 것이 보였다. 옅은 노란색에 차가웠을 때는 딱딱했던 것이 흐물흐물해지자 만져보고 싶어진다. 손을 대서 좀 평평하게 가라앉혀놓고 손가락에 묻은 것을 핥아먹고 싶어졌다. 그렇게 하지 않았지만.

뚜껑을 제대로 닫아서 냉장고에 잘 넣었다. 지잉 하고 냉장고가 울린다.

올챙이에게 뒷다리가 자라고 앞다리도 자랐을 무렵 여섯 마리가 잇달아 죽었다. 모모는 울었다. 꼬리가 거의 사라져가고 있던 올챙이들을 모아서 가제로 싸서 뒷마당에 묻었다.

그러고 보니 뭘 키우는 게 모모는 처음이었지? 엄마가 말하며 모모의 머리를 쓰다듬었다. 케이는 옛날에 개를 키운 적이 있잖아. 개집도 만들고. 키트를 사 와서 지붕을 빨갛게 칠하고. 엄마의 말에 모모는 얼굴을 들었다.

어떤 개였어? 모모는 물었다.

잡종.

이름은?

지로.

언제까지 있었는데?

20년 정도 전이었던가.

귀여웠어?

응.

유리병 속에는 아직 세 마리가 헤엄치고 있다. 세 마리는 죽은 여섯 마리에 비해 꼬리가 길다. 얘네들도 꼬리가 없어지게 될 때쯤 죽어버리는 걸까? 모모는 먹이가 잘못된 것일지도 모른다고 말하며 나갈 준비를 하기 시작했다. 역 앞에 있는 동물용품점에서 물어보고 올래. 제대로 된 수조 같은 게 필요할지도 모르고.

그럼 나도 심부름 가야 하니까 함께 나가자. 엄마도 말하면서 채비를 한다. 개는 기르고 싶지 않아. 모모가 말했다. 개는 귀여워서 겁나.

"겁나?" 엄마가 되물었다.

응. 없어지는 게 무서워.

엄마가 아무 말도 하지 않는다. 나도 잠자코 있었다. 모모는 얇은 코트의 단추를 채우면서 고개를 숙인 채 있었다. 레이의 실종에 대해 특별히 화제로 삼은 적은 없지만 요즘은 피한다고 할 정도는 아니게 되었다. 지로는 똑똑한 개였다. 짖어야 할 때와 짖어서는 안 될 때를 잘 알고 있었다. 털의 결이 좋지 않아서 언제나 부스스했다. 쓰다듬어주면 꼬리를 치고 뛰어오르며 좋아했다.

올챙이를 묻은 뒤뜰의 흙은 짙은 녹색으로 무성해 있었다. 삽질에 흐물흐물 흙이 무너졌다.

짙은 녹색 재킷이었다.

레이가 마지막으로 산 여름 재킷이다. 금요일은 넥타이를 매지 않는 날이 되었어. 참 귀찮군, 하면서 백화점에 사러 갔다. 레이는 옷을 고르는 것을 싫어했다. 결혼하고부터는 언제나 나보고 정하라고 했다. 넥타이는 취향이 있잖아요. 그렇게 말해도 고개를 옆으로 흔들었다. 표범이라든지 용 같은 그림만 없으면 돼.

재킷은 하얀색으로 할까? 하고 웬일인지 레이가 먼저 스스로 말했다. 갖고 있는 바지 색상을 생각하면 짙은 색이 좋지 않을까? 그러자 레이는 바로 그런가, 하고 끄덕였다.

순간적인 망설임이 있었다. 뒤돌아 생각해보니 그랬다. 그때는 레이가 망설이고 있다는 것에 전혀 주의가 가지 않았다.

돌아와서 나는 가격표를 떼고 장롱에 걸려 있는 바지

와 맞춰보면서 역시 이 색 고르길 잘했어, 하고 말했다. 레이는 잠자코 있었다. 내 말이 들리지 않았나 싶었다. 재킷은 몇 번 회사에 입고 갔다. 그 후에는 다시 넥타이로 돌아왔다. 넥타이를 매지 않는 날이라고 해도 반반 정도였어. 난 너무 착실해. 레이는 투덜거렸다.

그 여름이 끝나고 나서 레이는 실종됐다. 실종되기 조금 전에 재킷을 클리닝 맡기려고 주머니를 확인했더니 가슴 주머니에 쪽지가 들어 있었다. 쪽지에는 시각 같은 숫자가 적혀 있었다.

21:00

명함 크기의 종이 구석에 작은 글씨로 그렇게 적혀 있었다. 쥐어서 뭉친 다음 버렸다.

실종이 확실해진 후, 한 달 정도 재킷을 세탁소에 맡겨둔 채로 있었다. 지갑에서 작게 접힌 전표가 나와서 마지못해 찾으러 갔다. 옷을 찾을 때 21:00라는 숫자가 떠올랐다. 심장이 뛰었다.

심장을 쿵쾅거리면서 세탁소 문을 열었다. 세탁소 여자는 땀을 흘리고 있었다. 전 냉방을 싫어해요. 여름이 되기 조금 전부터 여자는 언제나 변명하듯 말했다. '아니, 세탁소 안이 덥지 않아요?'라는 말을 많이 들었겠지.

여름이 꽤 지나고 나서도 여자는 땀을 흘리고 있었다. 옷에서 조금 냄새가 났다. 그대로 비닐 포장도 뜯지 않고 재킷을 서랍 깊숙이 넣었다. 엄마와 살기 위해 이 삿짐을 정리할 때까지 한 번도 손댄 적이 없었다.

21:00라는 숫자를 쓰면서 레이가 무엇을 생각하고 있었던 걸까? 지금도 생각한다. 바로 막다른 길에 다다르는 생각이다. 시간이 지나면서 조금씩 레이의 흔적이 사라져간다. 재킷은 몇 년 전에 버렸다. 그래도 레이가 실재했던 증거는 아직 얼마든지 남아 있다.

"세이지"하고 이름을 부르며 전화를 걸었다. 전화로 부르면 가까워진다. 눈앞에 두고 부르는 것보다 훨씬. 소리가 귀로만 빨려 들어가기 때문일지도 모른다.

"무슨 일이에요?"

"언젠가 헤어지는 걸까? 우리."

희한한 걸 다 묻네. 세이지가 말한다. 헤어지고 싶어?

"아니. 그냥 좀 생각이 들었어."

그냥 좀 생각이 들었다는 내 말이 자기와의 일이 아

니라 레이와의 일을 의미한다는 걸 세이지는 알고 있었다. 나쁜 여자. 나 자신을 그렇게 생각했다.

세이지는 상냥하다. 상냥한 말밖에 하지 않는다. 그래서 무섭다. 레이의 무서움과는 다른 무서움.

"밤 9시 정도에 누군가와 만난다면 어디에서 만날 거야?"

글쎄. 찻집이라면 벌써 슬슬 문 닫을 시간이니까 호텔 로비라든지. 라운지라든지. 술집일지도 모르지. 세이지는 친절하게 대답해준다.

21:00라는 숫자가 약속 시각을 나타내는 것인지 아닌지조차 확실치 않은데. 매달리듯이 막다른 곳에 봉착한 생각을 만지작거리고 있을 뿐이다.

"그러고 보니 오늘 밤 9시에 나도 약속이 있어." 세이지가 전화 건너편에서 말했다.

그래?

"후배와 호텔 바에서."

조심해. 그렇게 말하자 세이지는 웃었다. 언제나처럼 소리 내지 않지만 세이지의 입가에 있는 공기가 퍼지는 기운이 느껴졌다.

조심해. 레이에게 그렇게 말했다면 실종은 피할 수 있었을까? 이런 생각도 더 이상 어쩔 수 없는 것들이다. 등을 쭉 펴고 어리광 부린 기분을 접어 넣었다. 데격 세이지에게 다음 약속을 물었다. 이번 달은 바쁘니까 시간을 낼 수 없을지도 몰라. 미안해. 세이지가 말한다.

응, 알았어. 얌전히 대답했다. 세이지가 또 웃는다. 조용하네, 오늘은.

만날 수 없다는 말을 들은 순간 가슴이 찡 하고 아프다. 그리운 것도 아니고 그냥 아프다.

쪽지만이 아니었다.

레이의 일기가 있다. 지금도 책장의 앞쪽에 사전과 나란히 꽂혀 있다. 한 달에 한 번 정도는 꺼내서 넘겨본다.

메모만 잔뜩 적힌 일기다. 교체용 면도날 한 상자. 저녁, 도리겐. 다카마츠. 강가. 과장 접대. 모모에게 말 인형. 그런 식의 메모가 건조하게 적혀 있다. 감정이 살아 있는 말은 없는데 읽을 때마다 가슴을 찌른다. 글자가 나열되어 있는 것만으로 찔린다.

레이가 일기를 쓰고 있다는 것을 몰랐다. 처음 발견

했을 때는 실종의 실마리가 감춰져 있지 않을까 해서 정성껏 읽었다. 여자라든지 금전이라든지 불분명한 것은 없는지 눈여겨보았다.

찾아내지 못하고 한동안은 망연자실했다. 찾을 수 없어서가 아니라 레이의 생활을 엿보게 되었다는 것에. 낮에 먹은 오야코동*의 가격이라든지 잡지 백넘버의 나열이라든지, 업무의 기록인 것 같은 '납기 5일 앞당김, 내일 협의' 따위의 글자가 거기에서 그것을 쓰고 있었을 레이와 아무래도 겹쳐지지 않았다.

한때는 일기를 책장 깊숙이 넣어두었다. 보이지 않도록. 레이를 잘 모른다고 생각했던 적은 단 한 번도 없었는데 일기를 읽은 순간 잘 모르는 사람이 되었다. 얼굴도 생각나지 않게 되었다. 냄새도. 살의 느낌도. 목소리도.

없어졌기 때문이 아니다. 일기를 읽으면서 내가 아닌 레이의 눈으로 주위에 있는 것을 보게 되었기 때문이었다. 타인의 눈으로 이곳을 바라본다는 것은 얼마나 기

---

* 닭고기 계란덮밥. 주재료인 닭과 계란을 오야(부모)와 코(자식)라고 이름 붙인 음식.

분 나쁜 일인가. 그 후로 일기를 읽으면 글자들에 찔리게 되었다. 아프다. 싫다. 밉다. 레이가. 나랑 다르다. 내게서 저만치 떨어져 있다.

하지만 떨어져 있다는 것을 실은 알고 있었다. 알고 있었지만 그 일기장이 알려주자 깜짝 놀랐다. 불에 닿아 펄쩍 뒤로 물러났을 때처럼 감정이 뒤흔들렸다.

한참 지나고 나서야 일기를 다시 앞쪽으로 옮겼다. 빈번히 집어 드는 책만 꽂아둔 책장으로. 바보야, 레이는. 때때로 말해본다. 옅은 느낌으로 말해본다.

언젠가 그렇게 중얼거리고 있는데 모모가 가만히 나를 지켜보고 있었다. 뒤에서.

일기를 펼친 채로 잠자코 있었더니 모모는 바로 나가버렸다. 적의까지는 아니지만 비난하는 공기가 짙게 엄습했다. 뒤에서.

비난할 수 있다는 게 부러웠다. 나는 책망하려 해도 그럴 대상을 갖고 있지 않다. 탓할 대상이 없으니 들어올린 손도 쓱 내려버릴 수밖에 없다.

나무에 꽃이 피고 공기가 향기롭다.

세이지와는 만날 수 없고 모모는 부속고등학교에 진학하고 나서 바쁘다. 혼자서 대학까지 산책했다. 날씨가 맑다는 것만으로 그냥 기분 좋다. 테니스 코트 근처 연못까지 가서 풀 위에 앉았다. 모모의 남은 올챙이 세 마리는 개구리가 되었다. 바로 얼마 전 모모와 둘이서 이 연못까지 와서 놓아주었다. 작은 초록색 개구리는 한동안 가만히 멈춰 있었지만 금세 뛰어올라 풀숲으로 사라졌다. 낮고 섬세하게 뛰어오르면서 사라졌다.

맑은 날에 나를 따라오는 자는 빛나고 있다. 연못 물이 수런거린다. 오는 길에 산 차의 캔을 따서 마신다. 목말랐다. 차를 마시자 목이 말랐었다는 걸 알았다. 따라오는 자는 남자다. 이 남자를 언젠가 알고 있었던 것인지도 모른다. 차를 마시면서 생각했다.

끈 달린 가방에서 레이의 일기를 꺼냈다. 펼쳐서 아무렇게나 한 장을 뜯어냈다. 1년에 한 번 정도 이런 짓을 한다. 언젠가 전부 뜯어내버리면 좋겠다. 종이를 비행기 모양으로 접기 시작했다. 연못 위로 날려서 가라앉히려고 했다.

접고 있는 손끝이 레이가 쓴 글자에 닿았다. 굵고 검

은 만년필로 쓴 '62엔짜리 우표 20장. 사이토KK 마침'
이라는 글자 조금 아래쪽에 '마나즈루'라고 적혀 있어
서 깜짝 놀랐다. 접은 부분을 펼쳐서 확인해봤다. 실종
되기 한 달 정도 전 날짜에, '마나즈루'라는 글자가 볼
펜으로 가늘게 적혀 있었다.

뜯었던 종이를 사각으로 접어서 일기장 사이에 도로
끼워놓았다. 마나즈루. 중얼거렸다. 눈치채지 못했다.
또는 잊고 있었다. 마나즈루. 다시 한번 읊조려봤다. 연
못 수면이 찬란하게 빛나고 있다. 따라오는 자도 반짝
반짝 빛나고 있다. 바람이 거세진다. 나뭇잎 스치는 소
리가 주위를 채운다. 눈부셔서 아무것도 보이지 않게
되었다.

3

동백꽃이 떨어지고 있는 모습을 봤다.

방울져 떨어지는 물방울처럼 붉은 꽃잎이 땅에 흩어져 형태를 그대로 남긴 채 통통하게 땅 위에 있는 것은 본 적이 있지만, 떨어지는 모습을 직접 본 적은 없었다.

"방금 저게" 하고 말하자 곁에 나란히 걷고 있던 레이는 바로 눈길을 주었다.

"떨어졌네." 그러더니 레이는 나무에 피어 있을 때와 조금도 변함없는 형태를 유지하고 있는 동백꽃을 쓱 집어 들었다.

레이는 그것을 조용히 꽉 쥐었다. 커다란 꽃잎이 홀홀 떨어진다. 꽉 쥔 레이의 주먹 사이로 잎들이 몇 장씩 도망쳐 나온다. 맨 마지막으로 노란색 꽃술만 남게 되었다. 그대로 레이는 손으로 찌부러뜨렸다.

"가루가 묻었어." 레이는 그렇게 말하며 쥐고 있던 손
바닥을 펼쳤다. 풀어진 꽃술과 꽃받침, 마지막까지 남
아 있던 작은 꽃 조각이 조금 전의 커다란 꽃잎보다 천
천히 레이의 손에서 떨어졌다.

"불쌍해." 그러자 레이는 의아해했다.

어째서?

다 뿔뿔이 흩어지게 해버렸잖아.

어쨌든 곧 썩어버릴 것들이야.

둘이 사귀고 나서 조금 지났을 무렵의 일이었다. 무
자비한 사람이라고 생각했다. 레이, 하고 이름을 불러
봤다. 평소에는 잘 부르지 못했는데 그때는 매끄럽게
입 밖으로 나왔다.

케이, 하고 그가 되받아 내 이름을 불렀다. 동백꽃을
짓이긴 손가락이 입 안에 들어왔다. 꽃술의 달콤하고
강한 향이 확 일었고 나도 모르는 사이에 빨고 있었다.
손가락을.

모모에게 젖을 주게 되고 나서 때때로 레이의 손가락
을 빨았던 감촉을 떠올렸다. 갓난아기처럼 빨고 있었던
거다. 그때는 몰랐는데 젖을 물리기 시작하면서 깨달았

다. 내민 손가락을, 나는 아무것도 생각지 않고 그저 황홀해서 달콤한 고통을 느끼며 빨고 있었던 것이었다.

레이는 빠져나가는 썰물과도 같았다.

단단히 땅을 밟고 버티려 해도 썰물에 몸이 쓸리듯 레이에게 빨려 들어가버린다.

기습을 잘하는 사람이었다. 평범하다고 생각해 방심하고 있다가 낚였다. 사귄 지 두 달이 채 되지도 않아서 레이 이외의 것을 생각할 수 없게 되었다.

맨 처음 함께 묵었던 것은 하코네였다. 저녁에 신주쿠에서 만났다. 어디로 갈지는 모르지만 같이 하룻밤 자는 것만 정해둔 채였다.

"로망스카가 좋아." 레이는 그렇게 말하며 표를 두 장 샀다. 개찰구에서 표에 구멍을 뚫어주던 소리를 지금도 떠올릴 수 있다.

유모토에서 등산 전철을 타고 가다가 도중에 있는 역에서 내렸다. 외길을 걸어 올라가니 숙소가 있었다.

"여기로 할까?" 레이는 말했다.

불투명한 현관 유리문을 열자 옆으로 벽시계가 보였

고 카운터에 여자가 있었다. 슬리퍼를 양손에 들고 나와서 재빠르게 앞에 놓아주었다.

"하룻밤에 얼마죠?" 레이가 물었다.

저녁이랑 내일 아침 식사가 딸려서 한 사람당 7천 엔입니다. 여자가 답했다. 그럼 묵을게요. 레이가 막힘없이 답했고 그대로 여자의 안내를 받아 방에 들어갔다.

레이는 탁자 위에 놓여 있던 만주 종이를 벗겨 한입에 먹었다. 차 끓일까? 하고 묻자 레이가 대답했다. 괜찮아, 내가 끓여 마실게.

욕실에 들어갔다 나오자 레이는 누워서 뒹굴고 있었다. 유카타 앞자락이 벌어져 있고 괴고 있던 팔꿈치 옆에 찻잔이 있었다.

"마실래?" 묻길래, "차?" 하고 되물었더니, "아니, 이거. 냉장고에 있던 위스키" 하고 레이가 답했다.

술이라도 마시지 않으면 마음이 편치 않아서. 단둘이서 여관에 있으려니 말야. 나중에 레이는 그렇게 말했다. 저녁 식사를 마치고 유카타 차림으로 산책했다. 산길은 어두웠다. 유카타와 맞춰 신은 게다의 이가 아스팔트를 두드리는 소리가 딱딱하게 울렸다. 레이의 입에서는 술 냄새가 났다.

남자랑 묵어본 적은 있었지만 어느 남자나 함께 있는 시간을 화려하게 보내려는 데에 마음을 썼었다. 레이와 있으면 공기가 맑아진다. 불필요한 소리나 체온은 어딘 가로 빨려 들어가버린다. 들뜨지 않고 미지근해지지 않는다.

레이는 한층 더 내 마음을 빼앗아가버렸다.

하코네에 갔을 때는 여름이 시작될 무렵이었다.

하코네에서 아직 완전히 동이 트기 전에 짧게 관계를 맺었다. 밤에 했을 때보다도 깊었다. 카운터에서 숙박비를 치르고 있는 동안 문득 새벽녘의 자태가 떠올라 촉촉해졌다. 장마가 늦게 갠 해였다. 가랑비 속을 우산 하나로 걸었다. 선물 가게 유리 선반에 포개어 넣는 칠복신 인형이 장식되어 있었다. 러시아의 마트료시카 인형처럼 큰 것부터 작은 것까지 다른 크기의 인형 일곱 개가 순서대로 진열되어 있었다.

귀여워라, 라고 말하자 레이는 살까? 하고 물었다. 대답을 못 하고 망설이니 레이는 잠자코 계산대까지 가져갔다. 계산을 마치고 포장을 내 가방 안에 쑤셔 넣듯이 넣었다. 나, 여자에게 뭔가 사주는 건 처음이야. 돌아가는 길에 로망스카에서 그 말을 듣고 놀랐다. 처음으로 산 게 이거야? 웃으면서 위아래로 꽉 끼어 있는 인형의 몸통 주변을 딸깍 떼어내면서 잇달아 창가에 늘어세웠다. 가운데 들어 있는 제일 작은 인형은 1엔짜리 동전만 한 크기였다.

레이는 알맹이를 꺼내 속이 텅 비게 된 인형들을 하나하나 손톱으로 튕겼다. 어느 인형이나 텅, 하고 어중간한 소리를 냈다.

여자랑 놀러 나와서 도망치고 싶어지지 않은 것도 처음이야. 전철에서 내린 신주쿠의 인파 속에서 레이는 말했다.

도망쳐? 웃으면서 얼굴을 들어 레이를 봤다. 레이는 웃으려고는 하지만 웃어지지 않는 괴로운 얼굴을 하고 있었다.

서로 헤어지기 싫어서 아직 날이 저물지는 않았었지만 뒷골목의 꼬치구이집에 들어갔다. 생맥주를 커다란 잔으로 주문하고 이윽고 해가 지기 시작하자 안심했다.

그날은 집에는 돌아가지 않고 처음으로 레이의 방에서 잤다. 아직 깊은 밤이 되기 전, 밤에 들어설 무렵부터 우리는 금세 깊어졌다. 몸이 이미 익숙해져 있었다. 서로 안은 채로 기절한 듯이 잠들었다.

"도랑 냄새가 나." 엄마가 말한다.

"이 부근에 이제 도랑은 없을 텐데." 어렸을 때 공놀이를 하고 있으면 길 양쪽 끝에 있던 도랑에 늘상 공이 빠졌다. 졸졸 흐르는 도랑 물에 젖어버린 공을 길에 문질러서 말리곤 했다. 도랑은 언젠가 메워졌고 거기에서 나던 냄새도 안 나게 되었다.

"하지만 비릿한 물 냄새가 나."

멀리 있는 강에서 바람을 타고 오는 건지도 몰라. 그렇게 말하자 엄마는 눈을 감았다. 크게 숨을 들이쉬고 있다. 강이라면 옆 동네지. 그런데서부터?

그러고 보니 요 몇 해 동안 장마철인데도 비가 안 왔지. 요즘 같은 본격적인 장마철보다, 유채꽃 장마라고 해서 봄에 오래 비가 내리던 때가 훨씬 많이 내리지 않았어? 엄마는 중얼거린다.

나도 공기를 들이마셔보았다. 물 냄새가 때때로 강하게 코를 찌른다. 잠시 비가 내린 후 덥고 맑은 날씨가 되면 이런 냄새가 난다. 마른장마와 유채꽃 장마. 머릿속에서 단어를 생각한다. 젊었을 때 여름에 들어설 무렵이 되면 뭔가 배어 나오는 것 같던 몸의 감각은 나이를 먹을수록 옅어지고 있다. 레이의 방에 종종 묵게 되고부터는 장마가 끝날 무렵이 아니더라도 그렇게 되었다. 억눌러도 새어 나와버리는 것이 있었다. 결혼하고 나서도 모모를 낳고 나서도 배어 나왔다. 어둡고 부드러운 부분에서 분비되는 것뿐 아니라 눈의 뒤쪽 부분부터 배어 나오는 듯한 것. 여름이 시작되는 냄새를 맡으면 아주 짧은 한순간 정신이 아득해진다. 지금도.

레이의 일기를 다시 꼼꼼히 읽고 있다. 마나즈루라고 적혀 있던 페이지는 접혀서 마지막 페이지에 끼워져 있다. 아무것도 새로운 것은 없다. 전에 확인해봤을 때와 같은 것만 적혀 있다. 같은 것만 읽어낼 수밖에 없다.

아이가 생긴 것 같아. 레이에게 알렸을 때의 일은 기억하고 있지 않다.

하지만 일기에는 적혀 있었다.

'아이. 내년 4월 예정. 케이가 물고기 같은 얼굴을 하고서 알려줬다.' 드물게 감상 같은 내용이 적혀 있다. 물고기 같은 얼굴이라니, 그게 뭐야! 처음 읽었을 때는 막 실종됐을 때라서 재미있어하며 읽을 상황은 아니었지만 그 부분만은 웃음이 나왔다.

입덧이 심했다. 수정란이 착상한 지 2주도 지나지 않았는데 굉장히 생기가 없었다. 임신인지 아닌지를 판정하려면 좀 더 지나봐야 했지만 이물질이 내 몸에 붙어 있다는 걸 알고 있었다. 이물질이라고 말할 정도로 감정이 담긴 것도 아니고 그저 '어쩌다 들어와버렸다'라고 할 정도의 것이었다.

새끼손가락 한 마디만큼도 안 되는 주제에 이런 심한 입덧을 안겨주다니 싶어 놀랐다. 물고기 같은 얼굴을 하고 있었던 것은 속이 안 좋았기 때문이다.

일기에는 감상적인 문장이 또 하나 있었다.

'있어서는 안 될 장소지만.'

실종되기 1년 정도 전의 날짜다. 있어서는 안 될 장소. 레이는 어떤 장소에 있을 때 이렇게 생각했던 것일

까? 같은 날짜에서 이어서,

"약속. 무산"이라고 적혀 있다.

깊은 의미가 있는 내용인지 아닌지 알 수 없는 부분이다. 몇 번을 다시 읽어봐도 전체적으로 수수께끼 같은 곳이 없는 일기인데 이날만큼은 불분명한 것이 많다.

입덧은 두 달 정도 계속되었다. 안정기에 접어들어 갑자기 가라앉았다. 배 안에서 자라고 있는 아이가 더 이상 이물질처럼 느껴지지 않았다. 그 즈음에는 기름진 것이 마구 먹고 싶어져서 물고기 얼굴도 아니었을 거다. 물고기일 때보다는 좀 더 털이 나는 동물다운 것이 되었으리라.

이물질이 아니게 된 아기가 몸속에서 점점 커져가는 동안은 쭉 몽롱했다. 아무것도 생각할 수 없었다. 단조로운 일을 할 때만 몸이 부지런히 움직여졌다. 흰 무명천을 둥근 고리처럼 만들어 뒤집고 위에서부터 다시 꿰매서 기저귀를 몇 세트나 만들었다. 지금이라면 아무리 부탁받아도 그런 귀찮은 일은 못 한다.

레이가 그 무렵 무엇을 하고 있었는지 무슨 생각을 하고 있었는지 전혀 기억나지 않는다. 바깥세상의 일이

보고 싶지 않았던 것이 아니라 누에고치에 싸여 있는 것처럼 보려고 해도 볼 수 없었다.

임신한 여자가 모두 이럴 리는 없다. 내가 상처받기 쉬운 사람인가 되돌아보아도 그렇지는 않을 것이다. 상처받기 어려운 사람이다. 분명히. 레이는 달랐다. 태연한 것 같지만 그렇지 않았다. 세이지보다도 훨씬 부서질 것 같은 면이 있었다. 지금이라면 알 것 같다.

모모가 태어나는 순간에는 굉장히 아팠다.

통증이라는 것을 그때까지 몰랐었다. 알고 있다고 생각했던 통증과는 다른 것이었다. 저리거나 정신을 잃을 것 같거나 하는 순간적인 통증이 아니라 그냥 쭉 달라붙어 있는 통증이었다.

그런데 다 낳고 나자 잊어버렸다. 깨끗이 잊었다.

분만한 지 고작 하루 이틀밖에 지나지 않았는데 "귀여운 우리 아가" 하면서 아무렇지도 않게 말하고 있는 나 사신이 이상했다. 극심한 분노처럼 아파서 터뜨릴 데 없는 고통이 온몸에 넘쳐나고 있어서, 이제 더는 사람의 형태를 유지하고 있을 수 없다고까지 생각했었는데. 그런데도 아무렇지 않게 "우리 아가, 옳지 옳지 착하지" 하면서 간단히 말하고 있었다.

난 정말 제멋대로다.

침대에서 산후 체조를 하면서 그렇게 생각했다. 시간이 되면 스피커에서 흘러나오는 음악에 맞춰 산모들이 일제히 허리와 다리를 움직이는 시간이 있었다.

'명분과 실리.' 이거랑은 뭔가 달라.

'화장실 갈 때 마음과 나올 때 마음이 다르다.' 이것도 비슷하지만 달라.

'조삼모사.' 이건 좀 거리가 있으려나.

4인실에서 다른 아기 엄마들과 체조를 하면서 그 제멋대로인 느낌에 대해 서로 이야기했다. 아이를 낳은 순간부터 서로를 '엄마'라고 생각하게 된 것도 이상했다. 막 낳기 직전까지만 해도 분만실에서 서로를 각자의 이름으로 생각하고 있었는데.

아이를 낳기 전과 후의 묘한 느낌 차이에 대해서는 다른 '엄마'들도 모두 한마디씩 할 말이 있는 것 같았다.

"생각했던 거랑 완전히 달라." 저마다 그렇게 이야기했다.

세상이 바뀌었다는 것은 아니다. 그래도 다른 장소에 와버렸다. 시시각각 내가 있는 장소는 변했다. 계속 바뀌고 바뀌어서 어디까지 가는 걸까 하고 떨었고, 그러고서 다시 여기로 돌아왔다. 하지만 아직 완전히 돌아오지는 않았다.

생사에 관한 것이기 때문에 다른 장소라는 표현도 왠지 아니다. 그저 단순히 다른 것이었다. 평소 생활에서 멀리 동떨어진 곳이었다. 하지만 평소의 생활이 얼마든지 배어 있는 느낌도 있었다. 통증의 한가운데에. 아이를 낳을 때 기를 쓰며 버티고 있던 발밑 언저리에.

신기해하며 '엄마'들과 이야기를 나누었던 일도 바로 잊었다. '모모'라고 아기에게 제대로 이름을 지어주고부터는 모모를 기르는 일뿐이었다.

있어서는 안 될 장소. 거기에 아주 살짝 발을 들여놔버렸다는 두려움이 아이를 낳는 순간에는 있었다. 레이가 일기에 적은 말, 그것과 어느 정도 이어지는 것이리라.

아이를 낳은 직후, 완전히 되돌아갈 수 없다는 느낌이 들었고 지금도 그 느낌이 완전히 낫지 않았다. 아마도 죽을 때까지 낫지 않을 것이다. 모모가 태어난 아침에는 참새가 많이 지저귀고 있었다.

"밤 9시에 만난 후배랑 많이 마셨어?" 세이지에게 물었다.

21:00라는 시각이 신경 쓰였다. 일기를 다시 읽은 후로 그 시각이 뇌리에서 떨어지지 않게 되어버렸다.

"튀김이 나오는 바였어." 세이지는 묻지 않은 것을 대답했다.

"튀김?"

"뱅어 튀김."

뱅어는 초봄에 나오는 거지. 곧 여름이 올 텐데. 그렇게 말하면서 세이지는 웃었다. 후배는 많이 마셨고, 나는 적당히 마셨어.

밤 9시 무렵이면 사람은 무얼 생각하는 걸까? 세이지에게 물었다.

글쎄. 새벽 3시나 4시쯤 느끼는 거라면 알고 있지만.

세이지의 대답에 얼굴을 들었다. 3시나 4시?

3시는 약간의 희망. 4시는 약간의 절망.

아름다운 표현이네.

비웃었죠? 지금. 당신이 나를.

비웃지는 않았어. 하지만 너무 아름답다고 생각했어. 희망도 절망도 떼어서 말할 수 있는 건 아냐.

"케이." 웬일로 세이지가 이름을 불렀다.

"왜?" 할 수 있는 한 부드럽게 대답했다.

"없는 사람에 관한 걸 나한테 생각하게 하지 말아줘."

뭐? 세이지를 다시 바라봤다. 얼굴이 파랗게 질려 있다. 무슨 일이야? 들여다봤다.

"질투하는 거야." 세이지는 말했다.

질투. 살짝 숨을 삼켰다. 묘한 말이다. 세이지 입에서 나오니까. 나올 리가 없는 말이 나오고 있다.

"그래도 이젠 없는 사람인걸." 중얼거렸다.

세이지는 잠자코 있었다. 뭔가를 말하고 싶은 것 같았다. 하지만 말할 수 없는 것 같았다. 할 말을 찾아내지 못한 것 같았다.

세이지에게 몸을 기댔다. 아내와 세 아이가 있는 세이지가 모모밖에 없는 나에게 질투를 느끼는 것을 이해할 수 없었다. 레이가 있든 없든 상관없는 걸까?

"없으니까 질투하는 거야." 세이지는 말했다.

"없는데 늘 따라오니까 질투하게 돼." 세이지는 바꿔 말했다.

따라온다.

그 말에 깜짝 놀라 물었다.

"따라오는 자를 알고 있어?"

"따라오는 자?" 세이지는 멍하니 되뇌었다. 나도 모르게 말해버렸다는 것을 바로 깨달았다. 절대 세이지에게는 들키고 싶지 않다고 생각했다.

그러는 순간, 누군가 따라왔다. 밀도가 높은 자였다. 인간이 아니라 털이 난 동물 같은 것. 안정기에 들어서 입덧이 가라앉았을 무렵의 나를 닮은 것.

물 냄새도 함께 왔다. 머리를 세차게 흔들자 따라오던 자는 떨어졌다. 세이지는 더는 아무 말도 하지 않았다.

실종되기 직전, 레이가 모모를 야단친 적이 있었다.

아직 말도 변변히 하지 못하는 세 살짜리 아이에게 위험한 것을 막으려 반사적으로 야단친 것이 아니라 꽤 장황하게 야단쳤다.

레이의 서류에 모모가 낙서를 했던 것이다. 서류는 빨강, 노랑, 분홍 크레용으로 칠해져 있었다.

"모모. 이리 와봐." 회사에 나가기 전, 현관에서 부르는 소리가 났다. 부엌에서 설거지 중이었기 때문에 잘 들리지 않았다. 나를 부른 건가 하고 앞치마에 젖은 손을 닦으면서 서둘러 가보니 모모가 얌전히 무릎 꿇고 앉아 있었다. 레이도 거북한 듯이 좁은 현관 앞에 무릎을 꿇고 있었다. 양복바지에 주름이 많이 잡힌 채로.

크레용으로 칠해진 서류를 꺼내 가리키면서 레이는 모모에게 도리를 설명했다. 세 살짜리 아이에게 도리 같은 걸, 하고 생각했는데 모모는 조용히 듣고 있었다. 여느 아이들과 다르게 활발한 아이는 아니었지만 가만히 무릎을 꿇고 있는 것은 당연히 힘든 보통 어린아이일 텐데 모모는 움직이지 않았다.

고개를 떨구고 모모는 사과했다. 아빠, 잘못해터요. 발음을 처음부터 잘하는 아이와 언제까지고 'ㅅ'을 'ㅌ'로 발음하는 등 서툰 아이가 있다. 모모는 후자였다. 모모, 크레용, 더 이탕 안 해. 똑바로 바라보면서 모모는 말했다. 레이는 끄덕였다. 이제 안 할 거지?

한동안 둘은 가만히 앉아 있었다. 레이가 일어서자 모모는 조용히 울기 시작했다.

야단맞은 것에 기가 죽어서 운 것인지, 익숙지 않은 무릎 꿇기를 한 채 사죄해서 어른스러운 긴장을 강요당했던 것이 풀리자 반동으로 운 것인지, 그냥 몸이 체액을 쏟아내고 싶어서 우는 것인지. 레이는 모모의 머리를 쓰다듬었다. 착하구나. 그렇게 말하고 부드럽게 쓰다듬었다.

아빠가 되어보고 싶은 기분이었어. 그날 밤 레이는 말했다. 이미 아빠였잖아? 말했더니 레이는 고개를 흔들었다. 실감할 수 없었어. 좀처럼. 그렇게 대답했다.

텔레비전에서 9월 스모 대회*의 대전 결과를 방송하고 있었다. 가정, 이라는 말을 그 무렵에는 생각해본 적도 없었다. 어떤 때는 아무것도 생각하지 않았다. 없어지고 난 후부터 처음으로 생각했다.

따라오는 자는 그 무렵에도 있었다. 하지만 지극히 어렴풋한 것이었다. 따라온 것인지 아닌지 알 수 없을

---

* 일본의 전통 씨름인 스모는 홀수 달마다 전국의 정해진 장소에서 돌아가며 대회를 치른다. 그중 9월 스모 대회는 도쿄에서 열린다.

정도의 것이었다. 이젠 다르다. 흐릿해도 진해도 분명히 따라온다.

요코즈나*가 이겼습니다. 아나운서가 이렇게 말하고 나서 결승의 하이라이트 부분이 다시 방송되었다. 환호성이 들리자 레이는 텔레비전 화면을 바라봤다.

배어 나오는 느낌이 들었다. 텔레비전 화면을 바라보고 있는 레이의 목선에 손을 뻗었다. 천천히 손을 대자 레이는 미소 지었다. 지극히 사랑스러운 미소였다. 이런 식으로 웃는 사람이었던가? 이상한 생각이 들었다. 배어 나오는 것은 크게 번져가고 있었다.

그러고서 얼마 후에 레이는 자취를 감추었다.

"잃어버렸던 게 나왔어." 모모가 말했다.

"뭘 잃어버렸었어?" 하고 물으니 모모는 손바닥을 펼쳐 보이면서,

"이것 봐" 하고 대답했다.

모모의 손 위에 은박지에 싸인 작은 것이 몇 개 있다.

* 일본 스모 선수 중 최고위의 칭호. 모든 스모 선수를 대표하는 존재이자 신이 깃든 몸으로 신성시되고 있다.

"초콜릿?"

응, 하고 모모는 끄덕였다. 밸런타인데이에 받았어. 이야기를 계속한다.

"모모가?"

다들 남자애보다 여자 친구들에게 줘.

엄마도 한 개 먹을래. 모모는 은박지를 내민다. 주름 져 싸여 있는 끄트머리에서 은박지를 들춰서 전부 벗기 니 갈색 공 모양이 나타났다. 입에 머금었다. 조금 핥다 가 깨물었더니 안에서 찐득한 것이 나왔다.

"책상 서랍 안에 있었어." 모모도 은박지를 까서 잇달 아 입 안에 넣었다. 볼에 뾰드락지가 하나 나 있었다. 아 침에 나서 저녁에는 다시 없어지기도 하는 물결 같은 뾰드락지다. 고왔던 모모의 피부 결이 요즘은 조금 거 칠어졌다. 부드럽고 착 달라붙을 것 같은 어린아이 살결 그대로였는데 안쪽에서부터 딱딱해지기 시작했다.

선물이란 건 재밌네. 턱을 위아래로 움직이며 초콜릿 을 먹으면서 모모가 말한다. 선물은 뜻밖에 받게 되는 것보다는 간절히 갖고 싶을 때 받고 싶어, 난.

모모가 벌써 어른처럼 이런 말을 하게 되었나 싶어

놀랐다.

"뭔가 갖고 싶은 게 있니?"

"있는 것 같아."

"뭔데?"

뭔가를 말하다가 모모는 입을 다물어버렸다. 말하지 않는 것이 아니라 잘 표현하지 못하는 것이리라. 주저하듯이 조금 벌어진 입 속이 초콜릿색으로 물들어 있다. 잘 얘기할 수 있게 되면 알려줘. 그렇게 말해두고 방을 나왔다. 언제부터 배어 나오지 않게 된 걸까? 세이지로는 배어 나오지 않는다. 언제까지나 원래의 형태 그대로 분명하게 윤곽을 유지하고 있다.

세이지와 처음으로 묵었던 것은 이즈 바닷가에 있는 여관이었다. 일을 핑계로 종종 하룻밤 집을 비우고 세이지와 만나곤 했다.

역에서 알려준 대로 마중 나온 소형 버스를 타고 출발하기를 기다렸다. 운전사도 없이 열린 문으로 세이지가 맨 처음으로 올라탔다. 곧 아줌마 세 명이 몰려 와서 버스 한가운데 좌석을 차지했고 그 뒤로 이십대로 보이는 남녀가 올라탔다. 마지막으로 운전사가 느릿느릿 걸어와서 운전석에 앉았다. 자세히 보니 역 앞에서 끈으로 소매를 걷어붙이고 요란하게 손님을 끌어 오려 했던 바로 그 아저씨였다.

숙소 건물은 단체 손님도 수용할 수 있을 만큼 공간이 컸다. 쓸데없이 밝은 여관이네, 하고 말하자 세이지는 웃었다. 남의 눈을 피할 수 있는 어두운 곳이 좋았겠어?

대욕탕에 각각 따로 다녀온 후 저녁 식사까지 시간이 있었기 때문에 탁구를 쳤다. 탁구실은 카펫이 깔려 있어서 바로 슬리퍼를 벗고 맨발이 되었다. 둘이서 진지하게 공을 쳤다. 땀 때문에 소매를 어깨까지 걷어붙였다.

"수학여행 같아" 하며 도중에 라켓으로 얼굴을 부채질하면서 말하자 그 틈에 세이지가 강한 스매시를 넣었다. 분해서 다음 서브에는 있는 힘껏 회전을 먹였다.

저녁밥을 다 먹어갈 즈음 잠이 왔다. 탁구를 친 후에도 온천에 몸을 담궜던 것이다. 레이와 여행했을 때가 훨씬 은밀했던 것 같았다고 생각하면서 방에서 텔레비전을 봤다. 세이지는 가정에 속해 있는 사람이라는 것을 잘 알고 있었다. 레이가 실종되고 나서 가족이네 가정이네 하는 것이 도대체 어떤 것이었는지 잊어버리고 있었다.

텔레비전을 끄고 이불을 덮고 누워 세이지와 나란히 천장을 올려다봤다. 이리 와, 하고 세이지는 말했다. 언제나처럼. 다가가서 하고 떨어져 나와서 다시 천장을 올려다봤다. 세이지와 결혼했다면 이렇게 쭉 계속되었을 거라는 생각이 들었다. 세이지와 나의 사이뿐 아니라, 좀 더 오랜 시간에 걸쳐 이어져가야 할 것이 그대로 잘 이어져갔을 것이라고.

오랜 시간. 엄마보다도 훨씬 전부터. 모모보다도 훨씬 나중까지. 선으로 이어져가는 무언가.

그건 단순히 기억도 아니고 유전자처럼 조성이 뚜렷한 것도 아니다. 그냥 이어진다고밖에 말할 수 없는 무엇이다.

곧바로 잠들었다. 그대로 아침까지 한 번도 깨지 않았다.

오랜만에 어디 갈까요? 세이지가 물었다.

어디? 되물었다.

요전에 마나즈루에 모모랑 다녀왔죠?

맨 처음에 혼자서 불쑥 마나즈루에 갔던 일은 세이지에게 말하지 않았다. 그랬지, 하고 말을 흐린다. 10년이 지나서 어느샌가 세이지와의 시간은 남편과의 세월보다도 길어지고 있다.

지구 끝에 가고 싶어. 툭 내뱉었다.

지구 끝이라니 구체적으로 동? 서? 남? 북?

진지하게 생각하는 점이 세이지답다. 북극에 가는 건 싫어. 춥고. 남극도.

나도 진지하게 대답하는 사이에 잠이 왔다. 세이지와는 아주 평범하다. 평범하기는 어렵다. 평범하지 않은 것은 얼마든지 있다. 하지만 평범하지 않은 것은 대개 오래 견딜 수 없다. 머지않아 무너진다. 파멸을 향하는 것은 쉽다. 평범한 것을 유지해내는 것이 가장 어려운 것이다.

뭘 그렇게 생각하고 있어? 세이지가 묻는다.

쓸데없는 것.

세이지와의 일을 예전보다 더 생각한다. 맨 처음에는 평범하다든가 하는 것을 생각지도 않았다. 레이는 나와의 일을 생각했었을까? 내 얼굴이 어두워지는 것을 느꼈다.

"없는 사람 일을, 이것 봐. 또." 세이지가 말했다.

어떻게 알았어? 놀라서 물었다.

"요즘 당신은 그러니까."

이것도 질투하고 있는 걸까. 그렇다면 빈번하다. 질투라는 둥의 말을 초반에는 생각지도 않았던 것 같은데.

문득 세이지가 사랑스러워서 껴안았다. 엄마처럼 끌어안네. 세이지가 말한다.

엄마가 아냐. 나야. 나란 말이야. 말하면서 더욱 세게 껴안는다. 여자가 따라온다. 마나즈루에 가면 언제나 따라오던 여자. 마나즈루에 가라고 언제나 재촉하는 여자.

세이지, 날 떠나지 말아줘. 그렇게 말하면서 세이지를 꼭 껴안았다. 세이지는 양손을 늘어뜨리고 안긴 채로 몸을 맡겼다.

더위가 일찍 찾아왔기 때문에 올해는 여름이 오기 전에 옷 정리를 두 번 했다.

모모가 잡아 온 올챙이에 다리가 나왔을 무렵에 한

번. 6월 말 장마 중반쯤에 다시 한번.

"나프탈렌 냄새도 이젠 안 나니까." 엄마가 말했다. 모모가 태어날 무렵까지 나프탈렌이 두 개씩 든 비닐의 모서리를 가위로 작게 잘라내 서랍 안에 몇 개씩 던져 넣곤 했다.

"요즘 건 아무 냄새도 안 나는구나." 엄마는 코를 나프탈렌에 갖다 대면서 얼굴을 찡그린다. "정취가 없어."

6월이 끝나갈 무렵 옷 정리는 요란스러웠다. 두꺼운 상의를 안쪽 깊숙이 넣고 얇은 것은 앞쪽으로 가져다 놓았다. 아직 클리닝을 맡기지 않은 간절기 옷을 모아서 봉지에 넣어뒀다가 나중에 세탁소에 가져간다.

엄마는 작년에 산 민소매 블라우스를 입어보고 있다. 가느다란 팔을 문지르면서 쪼글쪼글한 치리멘* 주름이라고 중얼거리고 있다.

"이것 봐. 이렇게 모으면 이렇게 주름이 잔뜩이야." 나한테도 만져보라고 해서 건성으로 손끝으로 엄마의

---

*　바탕이 오글쪼글한 비단. 날실은 꼬임이 없는 실을, 씨실은 꼬임이 심한 실을 교차해서 짠 다음 소다를 섞은 세제를 넣고 끓여 축소해 정련하면 천이 울퉁불퉁해진다. 잔주름을 비유할 때 흔히 '치리멘'이라고 한다.

팔뚝을 만졌다. 건조해진 피부가 불어온 바람에 한쪽으로 몰린 것처럼 보였다.

"그래도 아직 바싹 마른 건 아니니까 살을 모으지 않으면 주름지지 않아."

재미있어하면서 엄마는 치리멘 주름을 팔꿈치 위아래로 많이 만들어 보였다. 나이 먹는다는 건 이렇게 구체적인 거구나. 이제 몇 년 안에 피부가 완전히 말라서 살을 모으지 않아도 쭉 주름진 채로 지내게 되겠지. 엄마는 감탄한 듯이 말하고 있다.

집안일을 엄마와 함께할 기회는 별로 없다. 같은 장소에서 움직이고 있으면 장소가 뜨거워져버린다. 각자 다른 일을 하면 서늘해질 수 있다.

"그래도 옷 정리는 다 같이 하는 게 좋아" 엄마는 웃는다. 겨울이 되기 전에 옷 정리를 할 땐 모모도 거들게 하자. 나도 맞장구쳤다.

천으로 된 무거운 옷이랑 얇은 옷을 만지고 있었더니 손바닥이 바슬바슬해진다. 가만히 일어서서 천을 옮긴다. 주저앉아 상자에 담았다. 그대로 다음 천을 상자에서 꺼낸다. 천이 천에 닿아 스치는 소리를 낸다. 나이

든 자와 조금 나이 든 자, 그 여자 둘이서 천 사이를 돌아다닌다. 작년에 클리닝해둔 옷에 스테이플러로 찍혀 있는 종잇조각을 손끝으로 떼어낸다. 옷 서랍 바닥 깊이 깔려 있던 종이를 바꾸고 오래된 종이를 접어서 버린다. 비뚤어진 새 종이를 똑바로 맞춰놓고 그 위에 헝겊을 깐다.

옷 정리를 할 때마다 필요 없는 옷이 몇 벌이나 나온다. 정리해서 넣으면서도 쓸모없을 거라고 생각하는 것도 있다. 꺼낼 때 이젠 이 옷은 끝이다, 하고 생각하는 것도 있다. 어떤 것은 잘라내서 창을 닦는 용도로 쓴다. 또 어떤 것은 친척 아이에게 물려준다. 버리는 것도 있다. 무거운 것은 단추만 떼어내고 나머지는 버린다.

줄곧 엄마와 둘이 앉아서 가위질을 한다. 커다란 전통 일식 가위는 나. 은색 양식 가위는 엄마. 가운데손가락을 잘못해서 다쳐버렸다. 빨간 핏방울이 생기더니 바로 방울이 무너지면서 흘러내렸다. 그 부분을 빨고 있었더니 엄마가 반창고를 가져다준다.

한참 손가락을 세우고 피를 멎게 한 다음에 반창고를 붙인다. 빙글 손가락에 두른 뒤 위에서 눌러서 단단하게 한다. 주위에 흐트러져 있던 천이 냄새를 풍긴다.

나프탈렌 냄새는 아니지만 갇혀 있었던 냄새. 눅눅하진 않지만 그래도 틀어박혀 있는 동안 밴 냄새야, 하고 엄마는 말하며 눈을 감는다. 크게 숨을 들이쉬면서 몇 번이고 냄새를 확인한다.

여자가 내게 말을 걸었다. 따라오는 여자가.

요즘 들어 몇 번 말을 나누게 되었지만 그쪽에서 먼저 말을 걸어 오는 건 아직 드물었다.

"슬슬 준비해요." 여자는 말했다.

"준비?" 하고 되물었다. 말을 거는 게 익숙하지 않았던 탓인지 여자의 눈이 가운데로 몰려 있다. 무리해서 자기 콧날을 보려고 했을 때처럼 검은 눈자위가 가운데로 쏠려 있다. 한동안 그러고 나더니 겨우 되돌아왔다. 눈을 가운데로 모으고 있는 여자와 이야기하는 것은 기분 나쁘니까 눈이 되돌아와서 다행이었다.

"갈 거죠?" 여자는 또렷하게 말했다. 이렇게 시원시원하게 말하는 것도 드문 일이다.

"어딜?"

"마나즈루."

역시 마나즈루였다. 마나즈루에 뭐가 있는데? 여자에게 물었다.

"7월에는 배가 떠."

배는 바다를 넘어서 쭉 앞으로 가죠. 여자는 이야기를 이어갔다. 지금은 늘 따라올 때처럼 공중에 떠 있는 것이 아니라 나랑 같은 높이로 서 있다. 마치 이웃에 사는 사람이랑 세상 이야기라도 하고 있는 것 같은 태도다.

"레이는 마나즈루에 갔었어?" 다시 물어봤다.

"글쎄." 레이 얘기만 하면 늘 대답이 애매하다. 모르는 척하고 있는 건지도 모른다.

여자는 배 이야기를 계속하고 싶은 듯이 말을 꺼냈다. ……한 배로. ……에서 기다리고 있어. ……가 운반해 와. 뜨문뜨문 지껄인다. 바람에 나부껴서 소리가 잘 들리지 않는 것처럼 여자의 목소리는 군데군데 쉬어 있다.

"당신, 배에 탈 거야?" 그렇게 묻자 여자의 눈이 또 가운데로 쏠렸다.

"배에는 안 타. 배, ……에 가니까, 싫어."

"그럼 배는 21:00에 떠나?" 물어봤지만 여자는 답하지 않았다. 두 번째로 눈을 가운데로 모은 후에는 점점 여자의 말을 알아듣기 어려워졌다. 바람이 윙윙 분다. 부는 느낌만 드는 게 아니라 실제로 불고 있다.

갈 거야? 마지막으로 묻고 여자는 사라졌다. 바람에 날아간 것일까?

갈 거니? 나 자신에게 물어봤다. 가든 안 가든 배가 언제 뜨는 건지, 어느 항구에서 뜨는 건지 모른다. 그래도 가게 되겠지, 하고 생각했다. 7월의 마나즈루에.

"마나즈루는 흑요석을 생산했던 것 같아요."

세이지가 가르쳐주었다.

"잘 알고 있네."

"좀 알아봤죠. 당신이 그렇게 마나즈루를 신경 쓰니까 나도 신경 쓰여서." 그러더니 세이지는 이어서 말했다.

"흑요석은 조몬인이 무기나 세공품으로 사용했대요. 석기의 유용한 재료였다고, 초등학교 때 배웠죠?"

"잊어버렸어"라고 말하자, 세이지는 웃었다. 내가 없는 곳에서 나를 생각하면서 마나즈루에 대해 알아보고 있었을 세이지를 생각하자 이상한 기분이 들었다. 세이지를 나 한 사람만의 것으로 해둘 수 없다는 것을 조금 원망한 적도 있었는데. 바뀐다. 관계는 바뀐다.

요즘 세이지가 다가오고 있다. 가까워지면 멀어지고 싶어진다. 혹은 더한층 완전히 가까워지고 싶어진다. 사실 어느 쪽도 싫다. 이대로가 좋다.

"함께 갈까요? 마나즈루에." 세이지가 묻는다.

"7월은 어때?"

여자의 말에 끌려가고 있는 것이다. 따라오는 자의 말 같은 거 신경 쓰지 말자. 하지만 아무래도 머릿속에서 깨끗이 지워낼 수가 없다.

7월이라. 세이지는 생각하고 있다. 좀 일정을 조정해볼까? 잠깐 기다려줘요. 세이지는 그러고는 바로 가버렸다. 자기가 갈 때는 망설임이 없다. 내가 돌아가려고 하면 아쉬워하면서.

모모의 시험이 가까워졌다. 6월이 끝나가고 있다. 모모는 일단 학교에서 돌아와서 도서관에서 공부하고 올게, 하고 다시 나간다. 모모의 피부가 한 달 전보다 더 단단해졌다. 눈에 띄게 달라진다. 누군가의 탓일까? 내가 모르는 누군가. 남자일지도 모른다. 여자일지도 모른다. 모르는 부분이 점점 늘어난다.

모르는 부분은 보여주지 말아줘, 모모. 내가 모르는 채로 있게 해줘. 모모. 기도하듯이 생각한다.

모모는 손을 팔랑팔랑 흔들고 나가버렸다. 나는 나른한 기분이 되어 작업실로 들어갔다.

7월은 금세 다가왔다. 한 해의 시작보다도 끝보다도 중간 무렵의 시간은 유독 빨리 지나간다.

선물은 뜻밖에 받게 되는 것보다는 간절히 갖고 싶을 때 받고 싶어, 난.

모모가 했던 말이 떠오른다. 그러고 보니 모모가 뭘 가지고 싶어 했는지 결국 묻지 않았다.

묻지 않은 채로 시간은 금방 지나간다. 7월은 맹렬한 더위와 함께 찾아왔다. 좁은 마당에 엄마가 정성을 들였던 수국이 시들었다. 꽃이 진 것뿐 아니라 줄기랑 잎이 갈색이 되어 아무리 물을 주고 비료를 줘도 되살아나지 않았다.

아, 더워워워! 하고 모모가 말한다. 이번 성적이 좋으면 여름 원피스 두 벌 사줘. 그렇게 부탁했었다. 요전에 가지고 싶다는 것이 원피스였어? 내 물음에 모모는 고개를 옆으로 흔들었다. 아니. 더 어려운 거. 아마도.

시들어버려서 슬퍼. 엄마가 말했다. 수국은 더위에 약한 걸까? 나는 별로 덥지 않았는데. 이젠 할머니라서 몸이 둔해졌어.

셋이서 식물원에 갔다. 도시락을 싸 갔다. 달걀말이에 삼치. 소고기와 실곤약을 진하게 조린 것과 청대완두. 당근 샐러드에 주먹밥. 청대완두는 모모가 데쳤다. 빨리 불을 꺼야 해. 엄마가 참견했다. 알고 있어요. 한소끔 끓으면 바로 건지는 거죠? 함께 떠들썩하게 반찬을 만들며 즐겼다.

식물원 내부는 숲이었다. 사람들은 햇볕을 피해 한적하게 걷고 있었다. 아직 초록인데 떨어져 있는 커다란 잎을 모모가 주웠다. 잎맥이 섬세하게 가로세로로 달리고 있다.

"자세하네." 모모가 말했다.

"자세? 섬세가 아니고?" 엄마가 웃으면서 물었다.

"응, 굉장히 자세해." 모모는 잠자코 잎사귀 표면을 바라보고 있다. 잎을 주웠던 부근에서 점심 식사를 했다. 돗자리를 펼치고 셋이서 신발을 벗고 앉았다. 돗자리 밑에서 땅의 서늘한 감촉이 전해졌다. 하루 종일 그늘져 있던 곳 같다.

덥구나. 엄마가 갑자기 말을 꺼냈다.

여기는 꽤 시원해요. 모모가 대꾸했다.

가까이서 하는 말소리인데 멀다. 우리 집이 훨씬 더운데. 할머니는 이상해. 모모가 고개를 갸우뚱하고 있다. 목소리가 점점 멀어진다. 위험해! 누가 위험한 걸까. 모모인가? 나인가? 아니면 엄마인가?

그날은 하지만 아무 일도 없었다. 빈 도시락 통과 '자세한' 잎사귀를 들고서 버스를 타고 돌아왔다. 밤이 되어서도 셋이서 떠들썩하며 계속 즐거웠다.

감은 잘 맞지 않는다.

아까 위험하다고 생각했던 것이 맞았던 게 아닐까.

모모가 없어졌다.

밤 9시가 되어도 돌아오지 않아서 먼저 도서관까지 달려가보았다. 이미 문을 닫은 지 꽤 지났을 뿐 아니라 언제나 모모가 돌아오는 저녁 7시 반보다도 훨씬 빨리 닫는다는 걸 알게 되었다.

'도서관 이용 시간 오전 9시에서 오후 6시까지'라고 아이도 읽기 쉽도록 한자 위에 읽는 법과 함께 써 있다.

모모가 처음부터 여기에 왔던 게 아니었다. 바로 알아챘다. 모모에게 휴대폰을 사주지 않은 것을 순간 후회했다. 하지만 후회하는 걸 그만뒀다. 가지고 있어도 안 받겠지. 마찬가지다.

어디로 간 건지 짐작도 가지 않는다. 다시 뛰어 돌아가서 엄마에게 물었다. 큰일 났구나. 느슨한 목소리로 엄마가 말한다. 느슨한 것이 아니라 두려워하고 있다는 걸 미루어 짐작할 수 있다. 엄마를 의지할 수 없다.

학교 친구들. 이름이 뭐였더라.

모모의 '친구들' 이름이 하나도 떠오르지 않는다. 히로세. 그랬지, 히로세 유키노. 같은 초등학교를 나와서 같은 중학교를 시험 쳤다. 학교 명부를 꺼내서 서둘러 전화를 걸었다.

"네." 히로세 유키노는 대답했다. 가라앉은 목소리. 모모도 다른 어른들에게는 분명 이런 목소리를 낼 것이다. 때때로 엄마나 나에게도 그런 소리를 낸다. 모르겠습니다. 예. 특별히 짚이는 것은. 네. 아니오. 네. 네.

히로세 유키노는 아무것도 가르쳐주지 않는다. 전화를 끊고서 망설인다. 경찰일까. 학교 담임선생님일까. 이런 때면 어김없이 여자가 따라온다. 짙은 색을 띤 채 따라온다.

"꺼져!" 소리쳤다. 엄마가 놀라서 달려온다. 미안해요. 사과했다. 엄마한테 사과한 건데 여자가 득의양양해서 싱글벙글이다.

"알고 있어." 여자가 말했다.

모모가 있는 곳을 알고 있어? 마음속으로 외쳤다. 소리를 내면 다시 엄마에게 사과해야만 한다.

"바로 거기야."

어디?

"이리 와봐!"

여자를 따라간다. 짚이는 데가 있어서 좀 다녀올게. 엄마에게 그렇게 말해두고 달려 나간다.

여자는 빠르다. 몇 번이고 놓칠 뻔했다. 도서관 옆으로 난 숲을 빠져나가서 옆 동네 냇가로 나갔다. 하천부지가 나타났다. 야간경기용 조명을 사용해서 야구를 하고 있다. '딱' 하는 야구방망이 소리가 울린다. 날아가는 공이 밤공기를 가른다.

여기야, 하고 여자는 말한다. 이어져 있는 축구 코트와 야구 경기장을 지나치자 캄캄한 풀밭에 개가 응석 부리는 듯한 소리가 어렴풋이 들린다. 검고 커다란 개가 느릿느릿 걷고 있는 것 같다. 밤에 뒤섞여 모습은 뚜렷하게 보이지 않는다.

"모모" 하고 이름을 불렀다.

앗, 하고 숨을 삼키는 소리가 나더니 개 바로 옆에 가느다란 그림자가 일어섰다. 옆에 있던 또 하나의 그림자도 함께 섰다.

"모모지?" 다시 한번 소리치자 가느다란 그림자가 흔들렸다.

달려들어 모모를 껴안았다. 반항했다. 이러지 마, 엄마. 강한 힘으로 나를 밀쳐냈다. 옆의 그림자가 가만히 이쪽을 지켜보고 있다. 당신, 누구야? 다시 옆을 향해서 물었다. 누구든 무슨 상관이에요. 모모가 뒤에서 말한다. 그림자가 쓰윽 멀어지다가 사라졌다. 개도 동시에. 여자를 찾아봤지만 여자도 사라졌다.

옆에 있는 건 모모뿐이었다. 풀밭에는 아직 낮의 온
기가 남아 있었다.

.

4

안 알려줘.

모모는 그렇게 말할 뿐이었다. 풀밭에 누구랑 있었어? 아무리 물어봐도 같은 대답밖에 하지 않았다. 안 알려줘. 알려주고 싶지 않아.

도서관에 다니고 있었다는 거짓말을 야단쳤을 때는 모모는 의외로 순순히 사과했다. 잘못했어. 하지만 6시까지는 정말로 도서관에 있었어. 공부를 조금은 했어. "조금은"이라는 말에 가슴이 아주 조금 밝아졌다. 밝아지면서 곤혹스러웠다. 도대체 지금 내가 어떤 생각을 가지고 모모를 야단치고 있는 건지 알 수 없게 되었다. 미성년 아이는 부모의 감시하에 있어야 한다는 규범? 그렇지 않으면 아이는 공부에 매진해야만 한다는? 또는 위험한 장소에 여자아이는 가선 안 된다? 아니면 다

른 사람한테 거짓말을 해선 안 된다는 그야말로 거짓스
러운 명분 같은 것?

안 알려줘.

눈앞의 모모는 그저 같은 말만 하고 있다. 위약하다,
나는. 부모로서. 남편이 실종되기 전에는 훨씬 강했다.
아무것도 생각지 않고 갓난아기인 모모를 혼냈다. 언제
야단쳐야 좋을지 어떤 식으로 야단쳐야 좋을지 처음부
터 알고 있었다. 아니, 안다고 생각했었다.

어떤 때는 가정이라는 것을 생각하지 않았다. 그것과
같은 것인지도 모른다. 없어져보고 나서야 겨우 생각하
기 시작했다. 생각하기 시작하면 알 수 없게 되어버린
다. 점점 알 수 없게 되어버린다.

"누구야?"

다시 한번 더 물어봤다.

모모는 고개를 옆으로 흔든다. 안 알려줘. 힘없이 대
답한다. 몇 번이고 반복해서 이제 진력이 난 것이다. 이
유 없이 모모를 괴롭히고 있는 것 같은 기분이 든다.

"언젠가 알려줄래?"

몰라. 모모는 기어들어가는 목소리로 대답했다.

알아버린 것이다. 이 애는. 문득 그렇게 생각했다.

모르는 것이었는데. 하지만 이제 알아버렸다. 가엽게도. 모르는 것은 가엽다고 생각했었다. 하지만 틀렸다. 알고 있는 쪽이 훨씬 가여운 것이었다.

모모의 얄팍한 어깨에 가볍게 손바닥을 얹었다. 살짝 움찔하며 내가 올린 손바닥의 무게를 참고 있는 기색이 전해졌다.

기말 시험이 끝나고 바로 종업식이 다가왔다. 모모의 키는 자랐다.

"엄마랑 비슷해졌구나" 하고 말하자 모모는 스윽 멀어졌다. 나랑 키 재기를 하고 싶지 않은 것이리라.

"내 키를 넘어선 건 1년 정도 전이었던가?" 엄마가 부엌 쪽에서 말했다.

"그랬었지." 말하면서 모모는 엄마 쪽으로 가버린다. 쇠붙이와 쇠붙이가 부딪히는 소리가 난다. 가벼운 웃음소리가 들린다. 벽 하나로 가로막혀 있어서 모모의 웃음소리인지 엄마의 웃음소리인지 잘 구별할 수 없다. 이럴 때 따라온다.

"이제 곧이야" 하고 여자가 말했다. 부엌 입구 쪽에 둥둥 떠서 여자가 나왔다. 다른 때는 입고 있는 옷의 무늬가 흐릿했는데 오늘은 뚜렷하다. 해바라기 무늬의, 몸에 딱 달라붙는 원피스, 허벅지가 하얗게 입체감을 띠고 맨발의 발가락 마디에 커다란 굳은살이 하나 있는 것이 생생하다.

"이제 곧 뭐?" 물었더니 여자는 눈을 가늘게 떴다.

"배가 떠나."

"배라니?"

"전에 말했었잖아."

모모와 엄마가 나란히 있다. 이쪽을 향해 등을 웅크린 모습으로, 모모는 얕고 엄마는 깊다. 뭔가를 잘게 다지는 소리와 물소리가 동시에 난다.

"여긴 여자들뿐이네." 여자가 중얼거린다. 고개를 갸우뚱하고 둥둥 뜬 채로 허리를 비튼다. 원피스의 해바라기 모양이 일그러진다.

이 집엔 남자애가 없으니까, 하고 말하면서 노트북에 남자 이름을 붙인 모모를 생각해냈다. 그 무렵의 모모는 이제 없는 모모다. 있었지만 없는 것.

그러면 남편은 어떠한가? 실종된 남편의 실종된 후의 모습을 모르니까 툭하고 뭔가가 끊어져버렸다. 남편은 '이제 없는 것'이 아니라 '아직 없는 것'이다.

아직 없는 것. 언젠가 나타날지도 모르는 것.

과거 속으로 모습을 감출 수 있는 것은 지금 있는 것뿐이다. 지금 없는 것은 과거 속으로 사라질 수 없다. 어디로 사라질 수도 없다. 부재 상태로 아무리 시간이 지나도 없어지지 않는다.

여자가 다시 "배"라고 말했다.

할 수 없군. 갈게. 마나즈루에.

그렇게 대답하자 여자는 사라졌다. 사라지는 순간 비가 내리기 시작했다.

장마가 걷혔지만 비는 계속 내린다.

여름방학 동안 모모는 쭉 집에 있다. 멍하니 음악을 듣고 있다. 소리를 내지 않고 이어폰을 귀에 꽂고 있어서 때때로 새어 나오는 리듬이 들린다.

자고 있을 때도 많다. 식사하라고 불러도 오지 않아서 방을 들여다보면 침대에 기다랗게 누워 있다. 햇볕에 탄 발이 여름 이불 밖으로 튀어나와 있고 "모모" 하고 이름을 부르면 몸을 뒤집는다.

여름방학에 들어서 또 키가 자랐다. 식물 같아. 엄마가 말했다. 비가 내리는 탓일까.

잘도 큰다.

"마나즈루에 갈 거야." 엄마에게 알렸다.

"그래?" 엄마는 대답했다. "여러 번 가네."

"인연이 있는 것 같아."

세이지로부터 답변을 기다리지 않고 날짜를 정했다. 숙소 '스나'에 예약 전화를 걸었다. 아아, 그날은 다 찼어요. 아들인 듯한 남자가 받더니 거절했다. 민박집 몇 군데에 전화를 걸어봤지만 전부 '만원'이었다.

"축제가 있어요." 어부가 식당과 숙소를 함께 운영하는 집에 전화를 했을 때 말해줬다. 맨 마지막으로 생각이 나서 모모랑 묵었던 '바닷가의 리조트호텔'에 물어봤다. 빈 방 있습니다. 한 명이신가요? 3박. 예. 예.

마나즈루 항구에서 조금 떨어진 곳에 있기 때문일까. 어이없이 싱겁게 예약을 잡았다. 나흘이나 갈 거야? 엄마가 목소리를 높였다. 따진다고 할 정도는 아니지만 살짝 비난이 섞인 목소리였다. 다녀올게요. 미안하지만. 좀 뾰로통한 목소리가 나왔다.

여자 셋이서 지내는 생활에 숨이 막혀갔다. 3박 4일이라는 긴 시간 동안 집을 비운 적은 없었다. 레이가 실종되고 엄마와 살기 시작하고 나서 한 번도 없었다.

그렇게 마음 쓰지 마라. 엄마가 반 웃으면서 말했다. 나를 가엽게 생각하고 있는 거다. 가여운 내 딸. 가여운 케이.

비에 젖어서 마루의 색이 차분해졌다. 눈꺼풀이 무겁다.

아침에는 줄곧 내리던 비가 갰다.

도카이도선이 나아가는 방향을 향해 왼편 좌석 창가에 팔을 괴고 산과 산 사이나 집들 사이로 언뜻언뜻 나타나는 바다를 때때로 바라본다.

환히 빛나고 있다. 비늘이 몇 겹이나 포개져 있는 것만 같다. 집에서 나올 때 모모는 잘 다녀와, 하고 말했다. 요즘은 말을 걸어도 휙 토라지는 일이 전보다 훨씬 많다. 모모가 토라지면 내 손끝이 차가워진다. 역시 나는 모모에게 취약하다. 차가워지면서 언제나 생각한다. 그래도 모모는 귀여워. 건방지지만 그래도 귀여워.

잘 다녀와, 라는 목소리가 귀에 되살아난다. 전철이 나아가며 점점 가벼워진다. 기분도 몸도 시원하다. 어째서 아이 같은 걸 낳았을까. 낳기 전에는 이런 것일 줄은 몰랐다.

어떻게 해도 헤어날 수가 없다. 젊어지지 않으면 안 된다. 젊어진다고 할 정도로 대단한 게 아니라는 것이 또한 곤혹스럽다. 반대로 모모가 나를 젊어지고 있는 부분도 있다. 깔끔하게 단정 지을 수 없다.

"깔끔하면 정이 없잖아." 여자가 말했다.

놀라서 둘러보니 창문 밖에 달라붙어 있다.

"빠르네." 그러자 여자는 웃었다.

"뭐 별로. 전철이랑 함께 달리고 있는 건 아니야."

"그래?"

기분이 멍해진다. 여자의 반쯤 투명한 몸 사이로 바다가 보인다. 찬란히 빛나고 있다. 모모가 너무 좋아. 갑자기 생각한다. 너무 좋다는 말로는 다 표현할 수 없지만 그래도 그밖에 달리 할 말을 모르니까 너무 좋아,

라고 다시 생각한다.

"당신, 아이한테 너무 집착하고 있어." 여자가 말한다.

시끄러워! 하고 머릿속으로 화냈다. 여자는 웃더니 그대로 떨어져서 바다로 사라졌다. 해수면이 한층 더 찬란해졌다. 다음은 마나즈루입니다, 마나즈루입니다, 하고 방송이 나온다.

호텔에 도착해서 갈아입은 옷을 옷걸이에 걸고 침대 위에 몸을 내던진 순간 졸음이 왔다. 방 온도를 조금 더 올려야겠다고 생각하면서 스르르 잠들어버렸다.

정신이 들자 벌써 저녁이어서 하늘이 불타고 있다. 두 시간 넘게 잤을 텐데 아직 몸이 깨어나지 못했다. 베란다에 나와서 파도 소리를 듣는다. 거친 소리다. 바람도 세다. 텔레비전을 켜자 아나운서가 태풍이라는 말을 계속 반복하고 있다.

얼굴을 씻고 립스틱을 다시 바르며 나갈 준비를 한다. 저녁밥을 혼자서 먹는 건 오랜만이다. 전에 모모랑 걸었던 길을 혼자서 걷는다. 바람에 머리가 나부낀다. 왠지 허전하다.

점점 마음이 허전해진다. 옛날에는 그렇지 않았다. 아무렇지 않았다. 혼자 있어도 둘이 있어도 더 여럿이 있어도 어떤 때라도 아무렇지 않았다. 지금은 다르다. 좀처럼 익숙해지지 않는다. 몸이 익숙해지지 않는다. 혼자가 되거나 셋이 되거나 그때마다의 공기에 간신히 익숙해졌나 싶으면, 금방 누군가가 나간다. 또는 누군가가 덧붙거나 해서 공기가 바뀌어버린다. 그런 것에 재빠르게 익숙해지는 게 잘 안 된다.

해변에 앉아서 레이의 일기를 읽었다. 바다에서 배가 돌아온다. 이렇게 바람이 센 날에 어딜 다녀오는 걸까. '체중 조금 감소.' 이따금 나타나는 기록이다.

레이는 그 무렵 점점 야위어갔던 건가. 전혀 느끼지 못하고 있었다. 체중계는 기억하고 있다. 레이와 모모와 셋이서 좁은 맨션에 살 때는 청소기를 하루에 두 번 돌려야 했다. 좁아서 힘들지 않았지만 모모가 밖에서 모래와 진흙을 엄청나게 가지고 들어왔다.

체중계는 오렌지색 테두리를 두르고 코르크를 붙인 것이었다. 레이의 친구 부부로부터 결혼 축하 선물로 받은 것이었는데 레이는 그 체중계를 싫어했다.

"어째서?" 하고 물으면 눈살을 찌푸렸다.

"체중계 같은 건 문화적이라 시건방져."

이상한 사람이야, 하고 웃자, 웃지 마! 라고 했다. 웃지 마, 라는 말에 배어 나왔다. 터무니없이 배어 나왔다. 그 무렵엔.

병이라는 말을 생각한다. 레이는 병에 걸렸던 걸까. 병이 생겨서 죽음을 예감하고 사라져버린 걸까? 그렇다면 너무 비참하다. 이렇게 생각한 적도 있다. 그랬던 것이기를 바랐던 적도 있다.

어쨌든 남겨진 사람은 불쌍한 거야. 근데 말이야, 사라지는 쪽과 남겨진 쪽 중 어느 쪽이 불쌍하다고 생각해? 여자가 물었다. 생각하고 싶지도 않아, 그런 거. 쌀쌀맞게 대답하자 여자는 바로 바다로 사라진다. 사라지는 순간 바다에 빠지는 여자의 발이 하얗다.

다음 날 아침은 늦게 일어났다. 전날 밤에는 가볍게 저녁 식사를 마치고 10시에 잠자리에 들었다. 얼마든지 잘 수 있을 것 같았다. 모모랑 똑같다.

축제 소리가 들릴까 싶어서 베란다에 나갔지만 파도 소리밖에 들리지 않았다. 도로에서 깊이 들어간 곳이기 때문에 차 소리도 들리지 않는다. 아침에는 커피만 마시고 항구까지 버스로 갔다.

축제는 어디서 하나요? 술집 아주머니에게 물어봤다. 항구에는 예전에 왔을 때보다 사람이 복작복작 모여들고 있긴 했지만 축제다운 색이나 소리는 그다지 없다.

"이 시간이면 미코시*는 궁 앞쯤에 있지 않을까요?" 아주머니는 태평하게 말한다.

여자를 찾아봤지만 없다. 도움이 되지 않는다니까, 하고 중얼거리고 있었더니 여자가 나타났다.

"부르면 와주는군" 하는 내 말에 여자가 웃지도 않고, "우연이었어" 하고 답했다.

축제는 이제부터로군. 내 말에 여자가 끄덕였다. 둘이서 항구를 등지고 골목으로 들어섰다. 바로 오르막길이다. 반도의 바다 인근은 해발이 높은 곳인데, 그 땅은 바로 깎아지른 듯이 솟은 고지대로 통한다. 산이라고 할 정도의 높이는 아니지만 약간 높은 언덕이 반도 안에 여러 개 있다.

---

* 神輿. 축제 때 신령을 태우고 마을을 다니는 가마. 보통 짊어지고 다니는데 때로 차나 배에 싣고 다니기도 한다.

숨이 차다. 여자는 태연하다. 슬며시 따라오고 있다.

"어디 가는 거야?" 여자가 물었다.

"그냥. 걷고 있을 뿐이야." 그러자 여자의 얼굴이 어두워졌다.

"왜 그래?"

"생각났어."

시야가 어두워진다. 구름이 껴서 태양을 가로막은 것이다. 하늘을 올려다보니 구름이 끊어진 틈으로 뜨문뜨문 햇살이 비친다. 바로 구름이 움직이고 다시 눈부시게 빛난다.

"곳에 갈 거야?" 여자는 물었다. 간다고도 안 간다고도 대답을 못 하고 있는 사이에 여자가 떨어져 나갔다.

하늘을 다시 올려다보니 가득 찬 빛에 눈이 부셨다. 한동안 아무것도 보이지 않았다.

레이, 하고 불러봤다.

곧바로 마주 본 채 이름을 부르는 건 어려웠지만 레이가 없는 곳에서 때때로 이름을 읊조리는 일은 있었다.

레이.

잠들어 있는 레이의 옆얼굴을 보며 불러보기도 했었다. 회사에 가서 집에 없는 레이를, 점심때 모모에게 젖을 주는 동안에 불러보기도 했었다. 사실은 21:00라는 시각에 어렴풋한 기억이 있다.

실종되기 사흘 전 모모를 재우고 나서 식탁에서 신문을 읽고 있었다. 아침에 레이가 읽고 던져둔 것이었다. 사람의 손을 거쳐 배달받았을 때의 날카로운 각을 잃은 지면을 천천히 넘기고 있었다. 텔레비전 편성표부터 사회면, 지방면, 스포츠면을 살피다 가정면에 눈이 멎었다.

'나락(奈落)'이라고 적혀 있었다. 표제의 활자였다. 눈이 꼼짝없이 멈춰 섰다.

어떤 내용의 기사였는지 기억나지 않는다. 그 문자를 본 순간 "레이" 하고 부르고 있었다.

잠잠히 조용해진 거실 구석에는 저녁에 모모가 가지고 놀았던 목각 쌓기가 두세 개 떨어져 있었다. 빨갛게 칠해진 원과 사각 목각이 마룻바닥에서 자라난 것처럼 아무것도 아닌데 불길한 느낌을 주었다.

레이, 하고 다시 불렀다. 시계를 보니 저녁 9시였다.

평소 같으면 허공에 불렀던 소리는 그냥 허공으로 사라지는데 이날은 대답하는 소리를 들은 것 같은 기분이 들었다.

케이.

레이의 목소리는 거실 천장 부근에서 어렴풋이 들렸다.

불길한 기분이 들어서 신문을 접고 버석거리며 난잡한 소리를 냈다. 레이의 목소리가 툭 끊겼고 내 목소리의 여운도 바로 사라져버렸다.

마나즈루의 골목을 더듬으면서 그때와 마찬가지로 레이, 하고 불러본다.

얼굴에서 흐른 땀이 눈에 스민다. 솔개의 울음소리가 들린다. 문득 공복이란 걸 깨닫는다. 나에게 몸이 있다는 것을 느끼자 마음이 놓인다. 한층 좁은 골목 안쪽에 중화요리집이 있다. 드르륵 문을 열었다. 실내가 어두워 눈이 적응되지 않는다. 손으로 더듬어서 의자를 당겨서 앉았다.

"뭘 먹었어?" 여자가 물었다.

"완탕면."

"부럽다!"

점심을 먹고 나서 또 걸었다. 골목에서 골목으로 고지대에서 낮은 곳으로 오르내리는 것이 발에 무리가 갔다. 도중에 버스를 타고 곶부리를 향했다. 예전에 혼자서 걸었을 때는 겨울이 막 끝난 무렵이었다.

"내려." 여자가 재촉했다.

아직 종점도 아니고 지쳤어. 되받아치자 여자는 노려봤다. 알았어, 알았다고. 하면서 버저를 눌렀다. 인적이 없는 정류장에서 내리자 보호림이 펼쳐져 있었다. 나무가 울창해서 도로에는 나뭇잎 사이로 비치는 햇살이 약하게 비쳤다.

있잖아, 하고 여자가 말을 걸어 왔다.

있잖아, 이 숲 근처에서 죽은 여자가 있었어.

여자가 말을 꺼낸 순간 하늘이 갑자기 흐려졌다. 낮고 굵은 소리가 멀리서 전해져왔다.

"천둥?"

"태풍이 온 거야." 여자는 대답했다.

끈에 묶여 끌려다니는 것처럼 여자 뒤를 따라간다.

여자가 숲이라고 부른 보호림 속에 헤쳐서 만든 길이 나 있다. 오른쪽으로 왼쪽으로 걷는 사이에 방향을 알 수 없게 된다. 천둥소리는 간격을 두고 계속 굵게 울린다. 그 여자는 소나무에 매달렸어. 천둥소리가 다시 울린다. 소나무도 한참 후에 태풍에 쓰러졌어. 여자가 낮은 목소리로 말한다. 솔개 우는 소리가 멎었다. 바람이 바뀌었으니까. 여자가 말한다.

숲을 헤쳐서 만든 길에서 내리막길이 시작되었다. 바닷가 쪽으로 험하게 경사져 있다. 바위에 부딪히는 파도가 보이다 말다 했다.

"좋은 애였는데." 여자가 중얼거린다.

"좋은 애?"

"매달려 죽은 여자."

기분 나쁜 얘기는 그만둬. 그렇게 말해봤지만 따라오는 자에게 부탁을 해봤자 들어줄 리가 없다.

"거꾸로 매달렸는데 말야, 발이 등나무 덩굴에 묶이는 바람에."

천둥소리 간격이 짧아지고 있다. 번개도 가끔 친다. 여자가 손을 뻗어왔다. 축축한 땅에 발이 붙들려 몇 번이고 미끄러질 뻔했다. 여자의 손을 붙잡았더니 섬뜩했다. 손끝에서부터 배어 나오기 시작하는 것 같았다.

이것 봐, 하고 말하기에 떠밀리듯이 바다를 바라본다. 파도는 거칠었지만 커다란 바위에 가로막혀 여기만은 고요하다.

태풍이 왔다면 이런 곳에 있다가는 위험하지 않아?

여자에게 말했지만 들어주지 않는다. 붙잡은 손이 나를 놓지 않는다. 힘이 센 건 아닌데 풀 수가 없다. 배어 나오기 시작해서 양팔까지 마비된 것 같았다.

잘 봐. 여자가 말했다.

작은 물고기가 바위너설에 고인 물 사이사이를 미친 듯이 헤엄쳐 다니고 있다. 파도가 거칠면 바위틈에 숨어 있으면 될 텐데. 중얼거리자 여자가 웃는다. 흐릿하고 정이 담기지 않은 웃음에 오싹했다.

매달린 애는 행방불명이 됐어. 좋은 애였어, 정말 좋은 애. 아침 일찍부터 산에 장작을 주우러 갔다가 점심이 지나서는 바닷가에서 조개랑 미역을 따고 있었어. 밤에는 비로 쓸거나 실을 잣거나 하며 쉴 새 없이 일하다가 어느 날 숲에서 소리를 들었어. 내일은 산이랑 바닷가에 가면 안 된다고.

"그런데 가버렸던 거지?" 내가 묻자 여자는 끄덕였다.

가버렸어. 그날부터 그 애 모습이 보이지 않게 되었지. 찾고 또 찾았는데 바다로 나간 어부가 바다 위에서 그 애를 발견했어.

'바다 위'라는 말이 이해가 안 돼서 되물었다.

"바닷속이 아니고?"

그래. 바다 위. 떠 있었어. 그 애 머리카락이 거꾸로 서 있었어. 붉고 좁다란 기모노 속치마 한 장만 걸친 채로 두 발은 등나무 덩굴에 묶여 있었지. 어부가 올려다보니 쭉 뻗은 소나무 가지에 거꾸로 매달려 있었어. 목구멍과 발이 새하얬지.

천둥소리가 울린다. 번개가 강렬하다. 파도가 몰려와 모래를 쓸어 간다. 그 아이가 당신이야? 여자에게 묻는다. 아냐. 여자가 대답한다. 정말 아냐? 다시 물었다. 몰라, 벌써 잊어버렸어. 여자가 대답한다. 천둥이 울려 퍼진다. 치솟은 파도를 바위는 가로막을 수가 없다. 휩쓸려 가니까 높은 데로 가죠. 여자가 상냥하게 말한다. 기분 나쁜 얘기를 들었다고 생각하면서 여자를 따라갔다. 완탕면 맛있었어. 상황에 안 맞는 이야기를 일부러 꺼내본다. 완탕면이란 거 먹어본 적 없어. 여자가 부러운 듯이 말한다. 번개와 천둥이 동시에 친다. 뭔가가 찢어지는 소리가 난다. 굉장한 기세로 비가 쏟아지기 시작한다.

비는 지상 전체에 쏟아져 내리고 있는데 나한테만 내리는 것 같은 기분이 들었다.

아무리 도망쳐도 비는 쫓아왔다. 얇은 셔츠가 푹 젖어서 살에 찰싹 달라붙는다.

"당신은 젖지 않네" 하고 말하자 여자는 고개를 갸우뚱했다.

"젖고 싶지만."

그렇게 말하면서도 여자는 보송하게 마른 채로 앞서 걸어간다. 한편 나는 물방울이 머리에서 볼에서 눈썹 끝에서 무수히 흘러내리고 있다. 무릎까지 오는 하얀 스커트도 온통 물을 머금고 어둡게 변해 있었다.

여자는 발걸음을 서둘러 내려온 길과 반대쪽 계단으로 올라간다. 따라가기에 숨이 차다. 빗방울에 섞여서 땀도 함께 떨어진다.

다 올라간 곳에 하얀 건물이 있었다. 전에 혼자서 왔을 때 본 기억이 있다. 빗속에 가라앉아 폐가처럼 보인다.

"들어가요. 저기로." 여자가 말하며 손가락으로 가리켰다.

유리문을 밀자 후덥지근한 공기가 감쌌다. 비를 맞아서 몸이 얼어 있었다. 식사 때를 비낀 탓인지 길게 늘어선 테이블에는 두 사람 정도밖에 없다. 그래도 밖에서 봤을 때 폐가 같았던 인상은 바로 씻겼다.

입구에 식사 샘플이 아무렇게나 진열되어 있었다. 정어리 튀김 정식과 회 정식. 나른한 듯이 다리를 질질 끌며 다가온 종업원에게 커피를 부탁하자 식권을 사달라고 한다.

여자는 안쪽까지 따라오지 않았다. 커피는 의외로 뜨거워서 혀가 얼얼했다. 천장에서 바닥까지 터서 낸 유리창 너머로 밖을 바라다보니 소나무가 바람에 휘어지고 있었다. 온몸에서 떨어지는 물방울에 바닥이 젖고 있다. 작은 물웅덩이가 생기고 있다.

쭈그리고 앉아 들여다보니 고인 물속에 여자의 얼굴

이 멍하니 비치고 있었다.

그러고 보니 소리라는 것이 전혀 들리지 않게 되었다.

마시다 만 커피 잔을 한 손에 든 채 고인 물속에 비친 여자의 얼굴을 보고 있었던 것이다. 콩알만 했던 것이 어느새 밤톨 크기로 자라더니 마침내 실제 사람 머리 크기랑 똑같아졌다.

비는 계속 내리고 있다. 바람도. 하지만 소리는 나지 않는다. 아까까지는 알아들을 수 있었던 주방 옆에 앉은 두 사람의 소리도 이제 들리지 않게 되었다.

발 언저리에 물이 고인 곳에서 간헐천*이 뿜어 올라오듯이 여자가 쑥 솟아올랐다.

"나 젖어 있지?"

여자가 물었다. 비바람 속을 걸어도 젖지 않았었는데 지금은 푹 젖어서 물을 뚝뚝 떨어뜨리고 있다.

"가까워진 것 같아. 당신이랑." 여자는 얌전히 웃으며 말했다.

---

* 일정한 간격을 두고 뜨거운 물이나 수증기를 뿜었다가 멎었다가 하는 온천. 화산활동이 있는 곳에서 많이 나타난다.

그래서 소리가 들리지 않게 된 것일까. 지금은 소리뿐 아니라 아까까지 움직이고 있었던 것들도 전부 움직임을 멈춰버렸다. 종업원도 손님도 조금 전에 봤던 것과 같은 자세로 누군가가 반죽해서 빚어놓은 인형처럼 굳어 있었다.

"전깃불이……." 여자가 말한 순간 맨 위에 있던 형광등이 깜빡거리기 시작했다. 창밖에 강한 빛이 몇 줄기나 내리치더니 그 직후에 모든 형광등이 꺼졌다.

"천둥이 쳤어요."

여자는 알려줬다. 소리가 없기 때문에 벼락인지 아닌지 전혀 알 수 없다. 자, 이리로 와, 하고 여자가 손짓했다.

꼭 따라가야 하는 거야? 소리 내어 물어보려 했지만 소리가 나지 않았다. 그래서 여자와의 대화가 실제 소리로서가 아니라 몸 안쪽에서 이루어지고 있는 거라는 걸 알았다.

바로 형광등이 들어왔고 순간 소리가 귀에 쇄도했다. 주파수가 안 맞는 라디오의 잡음이 몇 배의 밀도로 들려오는 것 같은 시끄러움 속에서 언젠가 들었던 적이 있는 목소리가 섞여 있었다.

레이 목소리다, 하고 생각했다. 금방 다시 소리가 멎었다. 여자의 모습만이 뚜렷했다.

돌아갈 수 있어?

걱정 마.

여자가 물은 것인지 아니면 내가 물은 것인지 여자가 대답한 것인지 내가 대답한 것인지 분간하기 어렵게 서로 말을 나누고 여자와 함께 출발했다. 번개가 멋진 형태를 만들며 하늘에서 바다까지의 긴 거리를 달린다.

괜찮아.

다시 한 차례, 어느 쪽인지 알 수 없는 말을 꺼내고 거칠어진 하늘을 올려다봤다.

긴 여정이었다.

그렇게 생각했지만 그리 많이 걸은 게 아니었는지도 모르겠다.

바닷가를 따라 밀려오는 기다란 파도가 있는 해안가 산책로를 걸어갔다. 여자와 함께가 아니었더라면 당장이라도 휩쓸려서 바다 밑바닥으로 끌려 들어가버렸을 것이다.

"그치질 않네. 비도 바람도"하고 말하자 여자가 희미하게 웃었다.

저것 좀 봐, 하고 여자는 손가락으로 뒤를 가리킨다. 뒤돌아서니 하얀 건물이 천천히 무너져가는 참이었다. 건물 윤곽이 조금 팽창된 것처럼 보였다고 생각한 다음 순간, 바로 안쪽이 오므라들듯이 줄어들었다. 슬로모션을 보듯이 건물은 무너져갔다. 지붕부터가 아니라 토대 쪽부터 붕괴되었다. 위쪽 절반은 아직 형태를 유지한 채로, 수평으로 떨어져갔다. 그러다 도중에 지붕이 휘어지며 건물 전체가 뒤섞이면서 지면에 쌓였다. 흙먼지가 일었지만 거센 비 때문에 사라지고 금방 가라앉았다.

"안에 사람이"하고 말을 걸자 여자가 길다란 둘째 손가락을 입술에 댔다.

"쉿, 그냥 보고 있어."

여자가 말하는 대로 가만히 보고 있었더니 쌓여 있던 기와 조각과 자갈이 쓰윽 사라졌다.

"사라졌어"하고 말하니 여자는 가볍게 끄덕였다.

"갑시다, 앞으로." 여자가 내 손가락에 깍지를 꼈다. 파도가 발을 쓸고 간다. 때로 허리와 어깨 언저리까지 높아지는 일도 있다. 쓸려갈 것 같았는데 여자가 붙잡아주었다.

"레이를 만날 수 있어?"

"몰라." 여자는 쌀쌀맞다.

반도의 가장자리를 쭉 걸어갔다. 하얀 건물에서 본 무뚝뚝한 종업원과 따분해 보이던 두 사람을 생각하면서 걸었다. 없어져버린 걸까? 중얼거리자 여자가 고개를 옆으로 흔들었다.

"사라진 건 우리들." 여자는 태평한 말투로 말했다.

"모모." 부서지는 파도를 향해 이름을 불렀다. 모모를 잊고 있었다. 하지만 생각해냈다. 생각해내면 돌아갈 수 있을 것 같았다. 하얀 건물이 있는 장소로. 여자 따위가 존재하지 않는 장소로.

여자가 손가락에 힘을 줬다. 배어 나온다. 더 한층 커다란 파도가 몰려와서 정신이 아득해졌다.

바로 정신을 차리고 다시 온몸으로 비바람을 느꼈다.

"배 타는 거야?"

"태풍 때문에 배가 안 떠." 여자가 무표정하게 답했다.

반도 끝을 걷고 있었을 텐데 어느샌가 항구로 돌아왔다. 축제 옷차림을 한 사람들은 비를 피하고 있는 것인지 한 사람도 눈에 띄지 않았다. 그저 피리랑 북소리만 멀리서 들린다.

"소리가 돌아왔어." 그러자 여자는 고개를 흔들었다.

"그건 아냐."

그건 이쪽 소리. 저쪽 소리가 아냐. 여자가 조용히 말한다.

여자의 말뜻을 잘 모르겠다. 뭐 됐어, 하고 일부러 경박하게 소리 내 말해봤다. 이런 묘한 곳에 올 생각은 애초에 없었던 것이다.

뭐 됐어, 하는 소리가 귀에 들렸다. 몸 안쪽이 아니라 몸 바깥쪽에서 제대로 울렸다. "모모가 있으니까 이 이상 더 갈 수 없어." 그렇게 말하자 여자가 안색을 바꾸었다.

"레이를 만나고 싶지 않아?" 여자는 나지막이 물었다.

역시 이 여자는 레이를 알고 있는 거다. 납득이 가는 마음과 기죽는 마음이 한꺼번에 밀려왔다.

"레이가 어떤 남자인지, 당신 정말로 알고 있어?" 여자에게 지지 않으려고 따지듯이 몰아붙였다.

"시시한 남자지." 여자는 거리낌 없이 대답했다.

바람이 세다. 조금 전보다도 더 거세졌다. 항구 안은 어느 정도 파도가 낮지만 밖에서 점점 제방을 깎아낼 기세로 파도가 밀어닥치고 있다. 시시한 남자였던가? 멍하니 생각했다. 두들겨대는 비에 살갗이 아프다.

"어머, 당신 좀 봐. 젖었어." 여자가 말하고 희미하게 웃는다.

그 말을 듣고 몸의 겉뿐 아니라 안쪽까지 젖어 있다는 것을 알게 되었다. 나도 모르게 주저앉아서 몸통을 둥그렇게 말았다.

모모, 하고 이름을 불렀다. 도와줘! 도와줘! 모모.

"아이에게 도움을 청하는 거야?" 여자가 코웃음 쳤다. 사정없는 웃음이라고 내심 생각했다. 완탕면도 먹어본 적 없는 주제에, 이 여자는.

배어 나오고 있는 곳을 좀 더 세게 구부리거나 누르고 싶어진다. 그쪽으로 힘을 모아서 넘쳐 나오게 하고 싶어진다.

싫어, 하고 입 밖에 냈다. 하지만 몸 밖에서 그 말은 실제 소리로 울리지 않는다.

"사실은 넘쳐 나오는 게 싫지 않으니까." 여자가 단정 짓는다.

여자의 말투가 거슬린다. 어째서 이런 여자를 따라와 버렸단 말인가.

"당신도 나랑 비슷한 사람이라서 그래."

그럴 리가 없어, 하고 고개를 흔들었다. 여자는 코웃 음 칠 뿐이었다. 배어 나오는 것을 떨치고 원래 상태로 돌아가려고 하는데 안 된다. 점차 넘쳐 나오기 시작한 다. 레이와 했을 때보다도 세이지와 할 때보다도 쉽게 넘쳐 흐른다.

모모를 낳을 때 배에 힘주지 말라는 소리를 들었다. 자궁 입구가 충분히 열려서 당장 태아가 천천히 선회하 면서 나오려는 순간이었는데,

"힘주지 마세요."

하고 나에게 엄하게 말했다. 참아요. 아직 이르니까. 조금만 더. 하지만 아직이에요.

5분 정도 참았지만 무한한 시간 같았다. 지금도 그때랑 똑같이 참고 있다. 몸은 넘쳐흐르고 싶어서 견딜 수 없다. 이제 한 줄기 두 줄기 힘을 모아서, 눈을 꽉 감고 배어 나오는 중심에 기운을 쏟으면 곧바로 고지까지 갈 수 있다. 하지만 가지 않았다.

그러고 보니 눈 감지 마세요, 라고도 말했다. 이젠 배에 힘줘도 좋아요. 하지만 눈은 떠요. 천장을 똑똑히 바라봐요. 자, 엉덩이 쪽에 힘을. 있는 힘껏요.

아이를 낳는 건 생각했던 것보다 힘든 일이라고 분만대 위에서 처음으로 알았다. 여기 오기까지 아무도 가르쳐주지 않았다. 힘들다는 말과는 좀 다르다. 이상하다는 쪽이 딱 맞는 표현일지도 모른다. 아이를 낳는다는 건 이상한 것.

그렇게 생각하면서 배에 힘을 줬다. 힘주고 있는 동안에는 아무것도 생각할 수 없었지만 순간적으로 한숨을 돌리는 사이에 눈이 핑핑 돌 정도로 몇 번이고 이상해, 이상해, 하고 생각했다.

참고 있었는데 고지에 도달해버렸다. 아아 이젠, 하고 숨이 새어 나왔다. 도달해버리자 갑자기 식었다. 여자의 형태도 동시에 일그러졌다. 폭풍은 아직 심했지만 소리가 돌아왔다. 사람의 모습도 보이기 시작했다.

여자는 어딘가로 가버렸다. 이런 이런, 잔뜩 젖었군요. 타월 좀 빌려 드릴게요. 만주 가게 노파가 말을 걸어왔다. 느긋한 말투에 살집 있는 노파였다.

호텔로 돌아와 룸서비스로 술을 주문했다.

병 위스키에 얼음이죠? 체이서*는 방에 갖춰져 있습니다. 호텔 내선전화의 건너편에서 매끄럽게 말하고 있는 호텔맨의 소리가 기분 나쁠 정도로 너무나 현실감 있는 게 이상했다. 조금 전까지 나는 어디에 있었던 거지?

세이지의 목소리가 듣고 싶어져서 휴대전화를 꺼냈다. 버튼을 눌러 귀에 댔지만 소리가 나지 않는다. 비에 젖어서 망가진 건가? 집에도 걸어봤지만 역시 무음이다.

호텔 전화기를 들고 전화를 걸었다. 모모가 나왔다.

---

* 독한 술 뒤에 마시는 물이나 음료.

아, 엄마다. 부드러운 목소리로 대답했다. 이 아이는 떨어져 있을 땐 다정해지는 걸까, 생각하면서 뜨문뜨문 얘기를 나눈다. 할머니 잘 계셔? 그쪽은 비 많이 오니? 아직 일하고 있어. 미안하지만 모레는 돌아갈게. 응. 그래? 아아. 그렇구나.

끊고 나서 세이지의 번호를 눌렀다. 하지만 도중에 그만뒀다. 세이지가 눈치채게 될 것 같았다. 여자와 함께 다닐 때 배어 나와버린 걸.

방에는 붙박이 서랍장 위에 커다란 거울이 있다. 타원형으로 된 그 거울에 얼굴이 비치고 있다. 젖은 그대로 말라버려서 헝클어진 머리. 입술은 색을 잃었다. 눈 밑에는 옅은 그늘이 졌다.

거울에 다가가서 상반신을 벗은 채로 비춰보았다. 젖꼭지가 느슨하게 늘어져 있다. 앞가슴은 새하얗다. 숨겨져 있는 곳은 모두 하얗다. 모모의 피부는 좀 더 진한데. 조인 듯이 탱탱한 모모의 피부를 가끔 만져보고 싶어진다. 하지만 이젠 만지게 해주지 않는다. 모모와 둘이서 뒤섞여서 수다 떨거나 나란히 걷거나 앞뒤로 걷고 싶다. 그 여자하고가 아니라.

모모의 얼굴이 내 얼굴에 겹친다. 요즈음 다시 모모는 나를 닮아간다. 얼마 전까지는 레이를 닮았었는데. 볼을 조금 깎고 눈을 움푹 들어가게 하고 눈썹을 가지런히 하면 모모는 나랑 똑같아질 거다. 거울은 싫다. 언제나 나는 그렇게 생각했었다. 거기에 비치고 있는데 거기에는 없는 것. 손을 뻗어도 닿지 않는 나의 몸.

이제는 더 이상 싫다고 생각지 않는다. 몸이 있는 것이 아무렇지도 않게 되었다. 모모랑 같은 나이 때에는 자신의 몸을 주체하지 못했다. 몸의 어느 부분이 어떤 식으로 작용하는지 어느 부분이 어떻게 반응하는지 몰랐다. 모르기 때문에 무서웠다.

모모는 누구하고 있었던 걸까?

거슬러 올라가서 생각하기 시작하다가 무서워졌다.

빗속 구름 사이로 한 줄기 빛이 비친다. 거울에 비쳐 둔하게 반사한다. 위스키 마개를 따서 유리잔에 따랐다. 아무것도 타지 않고 단숨에 들이켰다.

꿈이 아니다, 현실도 아니다, 그저 빗소리만 듣고 있었다.

저쪽 세계의 비? 이쪽 세계의 비?

중얼거리듯이 물어오는 여자의 얼굴이 바로 뒤에 보였다. 그러다 금방 사라졌다. 눈을 뜨니 바람은 거셌지만 비는 그쳐 있었다. 서랍장 위에 올려둔 위스키는 3분의 1 정도 줄어 있었다. 숙취는 없었다.

침대 위에 일어나 앉아 창밖을 봤다. 커튼을 걷어 젖힌 채로 잠들어버린 것 같다. 아침 햇살은 비치고 있지만 약하다. 구름이 빠르다. 아침 식사를 하러 식당으로 내려갔다. 프런트에서 축제에 대해 물어봤지만 무슨 말인지 갈피를 잡을 수 없었다. 오늘 밤에 불꽃이 올라갈지도 모른다고 합니다. 날씨에 따라 결정되겠죠.

불꽃에 대해 묻고 싶은 게 아니었는데 그 이상의 것은 알 수 없었다. 배가 뜰지도 모른다고 들었는데요. 글쎄요, 하고 프런트 여자는 고개를 흔들 뿐이었다. 안개가 호텔 수영장 위에 껴 있다. 수영장 옆으로 펼쳐놓은 파라솔 가장자리에서 갑자기 물방울이 떨어진다. 하얀 테이블에도 의자에도 물이 고여 있다.

모모랑 있었던 건 레이가 아니었을까?

어젯밤 그렇게 생각했다. 이유는 없었다. 모모가 느

굿하게 있었던 것, 하지만 조금 불안해 보였던 것. 실마리라고 한다면 그 정도다.

아아 이젠, 하고 머리를 흔들었다. 난 이런 곳에서 뭘 하고 있는 걸까? 이게 도대체 몇 번째일까, 하고 생각했다. 지금 당장 물건을 챙겨서 돌아가는 편이 낫다. 일도 쌓여 있고.

여자가 따라왔다.

"오늘도 배는 안 뜰지도 몰라대." 여자는 투덜거리며 말했다.

"태풍 때문에?"

"그래."

여자는 다리를 내던지듯 바닥에 앉았다. 스커트가 허벅지까지 말려 올라가서 파란 정맥이 비치는 다리가 드러났다. 여자에게 물었다. 당신 아이 낳은 적 있어?

"있어." 여자는 답했다.

"몇 명?"

"일곱 명."

그렇게 많이? 하고 놀라자 여자는 살짝 자랑스러운 듯한 표정을 지었다. 남자 셋, 여자 넷. 그중 쌍둥이가 한 쌍. 사실은 셋째 남자아이도 쌍둥이였지만 다른 한 쪽은 사산했어. 여자 쌍둥이는 건강하게 자랐지만.

쌍둥이를 두 쌍 낳은 게 요사노 아키코*였지, 아마? 여자를 향해 말해봤지만 얼빠진 표정을 지을 뿐이었다.

아키코가 뭐야? 여자는 중얼거렸다.

어제 무너진 하얀 건물 옆으로 아키코의 시비(詩碑)가 있었다. 건물이 무너져 사라진 후에도 그 시비 하나만 우뚝 남아 있었다. 그러고 보니 무너진 하얀 건물은 어 떻게 된 걸까? 여자에게 물어봤다.

"원래대로 있어." 여자는 대답한다.

아니, 그럼 그건 환영이었어?

이상한 걸 묻는군. 여자가 웃는다. 나한테 환영인지 아닌지를 묻다니.

여자와 소리를 맞춰 나도 웃는다. 그렇네. 이상하지, 이상해.

* 근대 일본의 작가. 낭만파 시인 요사노 뎃칸과의 불륜 관계 끝에 혼 인하여 쌍둥이 두 쌍을 포함해 아이 열두 명을 낳았다. 단카집《헝클어진 머리칼》(1901)에서 여성의 자아와 성애를 관능적으로 읊었고 신여성동인 지 〈세이토〉 발간에 참여했으며 여성참정권을 주장했다. 러일전쟁 때 반전 주의자의 이미지를 보였으나 이후 줄곧 전쟁을 미화하는 시를 썼다.

"아이는 지금 어떻게 됐어?"

"몰라." 여자는 다시 무책임해졌다.

배는 뜨지 않을지 모르지만 가구라*는 있으니까. 좋은 축제야, 이 축제는. 관광 안내라도 하듯이 여자는 말한다.

레이에 대해서 좀 더 알려줘. 응? 여자에게 얼굴이 닿을 정도로 바싹 들이댔다. 여자는 얼굴을 피하며 벗어났다. 사라지려나 싶더니 사라지지는 않고 그냥 말이 없어졌다.

아침 식사를 다 마칠 무렵 안개가 다시 짙어졌다.

여자가 우는 소리가 났다.

축제는 어제보다 흥이 올라 있었다. 아침부터 꽃수레가 온 마을을 누비며 다니고 있다. 예쁘게 장식된 트럭 안 길고 좁은 짐칸에 북이랑 피리를 연주하는 사람들이 빼곡히 타고서 신을 모신 미코시를 끌고 간다.

흥을 돋우는 장단 속에 때때로 여자 울음소리가 섞여

---

* 神楽. 신사에서 신에게 봉납하는 가무. 무녀 등이 신들려 추는 춤으로 헤이안시대 때 양식이 완성되었다.

있었다. 바람이 우는 소리처럼 들리기도 했다. 역시 바람이 우는 소리였다고 안심한 순간 다시 여자가 우는 소리로 들리기 시작했다.

피리나 북의 음색은 밝다. 여자의 울음소리는 어둡다. 때때로 꽃수레와 미코시를 놓쳐버렸다. 안개가 짙어서다. 소리에 의지해서 가다 보면 시야가 넓어져서 떠들썩한 소란 속으로 돌아간다.

"그 애는 좋은 애였는데." 여자는 그렇게 말하면서 울고 있다.

"그 애?"

"매달린 애."

당신이 아니라 당신의 딸이었어? 여자를 향해 물었는데 모습이 보이지 않아서 불안했다. 표정이 보이지 않으니 알쏭달쏭했다.

"몰라" 하는 소리만 들렸다.

어째서 아이 같은 걸 낳는 걸까. 개도 고양이도 여우도 사슴도 사람도. 레이를 향한 마음도 세이지를 향한 마음도 그늘진 데가 없는데 모모를 향한 마음만은 그늘투성이다. 오래전 내 몸이 어떻게 작동해서 어떻게 반응하는지 몰랐던 것과 마찬가지다. 내 마음이 모모에게 어떻게 향하고 있는 것인지, 좋아하는지 싫어하는지, 사랑하고 있는지 미워하고 있는지, 그런 것들이 어느 정도 서로 뒤섞여 있는 건지 전혀 모르겠다.

"딸은 그냥 애가 아니야. 딸이 아니었다면 간단하겠지만" 하고 중얼거리자, 여자의 모습이 안개 속에서 출렁거리며 나타났다.

"정말 그래?" 여자가 물었다.

아닐지도, 하며 웃자 여자도 웃었다. 울음을 멈춰서 다행이야. 울고 있는 여자는 가여워.

"이것 좀 봐. 아직 젖어 있어." 여자가 팔을 내밀었다. 가랑비가 내리다 말다 하고 있었다. 여자의 피부는 빗방울을 튕겨내지 않고 추적추적 젖어 들었다.

"우리 정말로 가까워졌네" 하고 말하자 여자는 끄덕였다.

"조심해." 여자가 등 뒤로 돌아가면서 말했다.

뭘? 그렇게 물으며 뒤돌아봤을 때 여자는 사라져가고 있었다. 몸의 가운데쯤에 위화감이 일었다. 명치 바로 밑이 너무 아팠다.

체중 조금 감소, 라고 써 있는 레이의 일기 속 글자를 떠올렸다. 양팔로 내 몸을 감싸 끌어안았다. 꼭 끌어안았다.

5

기울었다고 생각하자마자 바로 쓰러졌다.

뱃전에서 몇 명이나 되는 사람이 던져지더니 물속으로 가라앉아갔다.

애초에 많은 사람들이 빽빽하게 타고 있었던 것이다. 지나간 태풍 때문에 오후 이른 시간에는 아직 바람이 거셌다. 축제 첫날에는 배로 건너지 못했지만. 둘째 날에는 저녁이 되기 전부터 바람이 불지 않아서 마지막 배만 운행하기로 한 것 같다.

조금 전까지 모여 있던 사람들의 수십 배가 되는 인파였다. 어디선가 솟아 나온 것처럼 모여 있었다. 포장마차가 길을 따라 늘어서고 소스가 철판에 눌어붙는 냄새가 강하게 진동했다.

쓰러진 배는 장단을 맞추는 악단배였다. 배는 피리랑

북을 연주하는 사내들로 이미 꽉 차 있었다. 뿐만 아니라 핫피* 차림의 사내들이 서로 포개지듯 타고 있었다.

"어째서 서두르는 걸까?" 여자가 말했다. 밤에 들어서고부터 다시 여자의 기운이 강해졌다. 기운뿐 아니라 모습이 또렷이 드러나는 일도 자주 있었다.

"언제나 사라졌다 나타났다 하는군" 하고 묻자, 여자는 희미하게 웃었다.

"당신이 무슨 일이 있어도 와달라고 부르니까요."

무슨 일이 있어도 와달라고 한 적 없어. 당신 같은 따라붙는 존재 따윈 필요 없어.

"근데 말야, 어째서 서둘러서 죽으러 가는 걸까? 저 남자들." 여자가 비웃듯이 말한다.

초과 승차한 무게로 균형을 잃은 배에서 호를 그리듯이 멀리 내던져진 사람들이 파도 사이에 떠 있다. 어둠과 바다의 경계가 분명하지 않은 그 언저리에 거뭇거뭇한 머리가 몇 개나 나왔다가는 사라지고 사라졌다가는 다시 나온다.

* 옛날 무가의 부하나 장인들이 가문의 문양을 넣어 입던 짧은 겉옷. 현대에는 주로 축제나 행사에서 겉에 걸쳐 입는다.

"얕은 곳이니까 죽지는 않겠지." 그렇게 답하자 여자는 끄덕이면서 중얼거렸다.

"그래도 언젠가는 죽어."

배는 완전히 뒤집어져서 불룩한 바닥을 보였다. 거꾸로 확 뒤집힌 배 아래에서 셀 수 없이 많은 사람의 머리가 나타났다. 파도가 없고 물이 얕은 해안 근처에서 벌어지는 한가로운 놀이 풍경처럼 보이기도 했다. 하지만 뒤집힌 배의 바로 아래에서 바닷속 깊이 가라앉고 마는 몸이 있을지도 모른다.

"이들 중에서 누군가가 지금 여기서 죽게 되는 거야?" 여자에게 물었다.

"몰라." 여자는 쌀쌀맞다. 늘 그렇다.

파도에 뜬 머리들 중 어떤 건 양손을 번갈아 헤엄치고 어떤 건 그 자리에 그대로 서서 헤엄치며 언제까지고 바닷속에 있다. 배가 쓰러지는 것 또한 축제의 식순 중 하나인 것처럼 여겨졌다.

커다란 폭죽이 해안에서 팡 하고 소리를 내며 하늘에 올랐다.

전복된 배를 제쳐둔 채 미코시를 싣고 앞서가던 배는 신사가 있는 산기슭 바닷가에 닿았다.

그대로 미코시는 바닷가 기슭으로 옮겨졌다. 달라붙은 남자들이 소리를 크게 지르며 깎아지른 듯 솟은 절벽 위 신사까지 미코시를 짊어지고 간다.

인파에 떠밀려, 뒤집힌 배에서 멀어져버렸다. 신사로 가는 계단 아래까지 흘러가듯이 움직이며 간다. 되돌아갈 수는 없다.

이봐요, 하고 여자를 불렀다. 하지만 이미 여자는 자취를 감추었다. 축제 때문에 얼굴이 상기된 탓이겠지만 많은 사람들의 열기가 내 곁을 흘러 지나간다. 사람들에 둘러싸여 있는데 사람의 기운이 느껴지지 않는다. 그저 수많은 뜨거운 것이 내 몸을 둘러싸고 있을 뿐이다.

흐름에서 무리해서 빠져나왔다. 몇몇 사람과 부딪혔다. 딱딱한 공들이 몸 여기저기를 때리듯이 사람들의 손과 발에 얻어맞는 듯했다. 좁은 골목으로 들어와 숨을 내쉬었다. 좌우를 살펴보았지만 여자의 기색은 없다.

언덕길을 올랐다. 언덕을 다 올라온 곳에 빈터가 펼쳐져 있다. 폐가의 썩은 기둥에 넝쿨이 휘감겨 있고 풀은 무릎 높이까지 우거져 있다. 풀 사이에는 바닷가의 돌 몇 개가 버려져 있다. 소란스러운 소리는 여기까지 미치지 않는다.

"조금 올라오니까 조용하군." 여자가 말했다.

갑자기 튀어나와서 놀랐다. 언제 다시 왔어? 물으니, 언제나 있었어. 여자는 답한다.

빈터에 있는 돌에 앉아 바다를 내려다보았다. 바다는 대각선 앞에 놓인 낡은 창고의 틈새로 얼핏 보일 뿐이다.

폭죽이 잇달아 오른다. 소리가 나지 않는다. 이제 보니 모든 것이 소리를 잃은 채였다. 어제 곳의 하얀 건물에서 커피를 마셨을 때와 마찬가지로.

이것 봐.

여자가 손가락으로 가리킨다. 창고 틈새로 보이는 바다 위를 전복된 배가 조용히 떠다니고 있다. 뒤집혀 불룩한 배의 밑창으로 무수한 불꽃이 쏟아져 내린다. 불꽃은 이윽고 작은 불씨가 되어 도깨비불처럼 배 주위를 어지럽게 날아다니기 시작한다. 물을 잘 흡수한 나무배는 불타오르려다가 바로 꺼진다. 그리고 다시 타오르려

하고.

마침내 배는 활활 타오른다.

"무너져가고 있어." 여자가 말한다.

천천히 배가 불에 녹는다. 파도 사이를 떠다니던 사
람들도 타오르는 불에 넋이 나가서 바라다보고 있다.
사람들은 작게 배는 크게 불 속에서 무너져간다.

"예쁘다."

여자는 쓸쓸한 듯 중얼거렸다.

소리가 없어진 장소를 걸어서 갔다.

바람이 거세다. 저녁 무렵에는 바람이 잦아든 줄 알
았는데 나부끼듯이 오른쪽에서 왼쪽에서 끝도 없이 불
어댄다. 때때로 회오리바람도 일어난다. 머리카락이 얼
굴에 휘몰아친다. 눈을 감으니 마치 알갱이가 얼굴을
때리는 느낌이다. 아파? 여자가 묻는다. 아프진 않아.
대답하자 여자가 손을 꼭 쥐여준다.

여자에게 이끌려 걸었다.

들리지 않고 보이지도 않았다. 눈은 뜨고 있는데 경
치라는 것이 없다. 안개가 짙은 장소를 걷고 있는 것 같기도 하고 현기증 속을 떠돌고 있는 것 같기도 했다. 멀리 바다가 있고 배는 타오르고 있다.

"참담하네." 여자는 때때로 바다를 돌아보며 말한다.

"모두 불타서 죽은 거야?"

내 물음에 여자는 답하지 않았다. 모처럼, 이라고만 중얼거린다.

모처럼 어떻게 된 거야?

모처럼 배를 띄운 것이었는데. 여자는 끝까지 말을 이었다.

어느샌가 안개의 끝쪽에 남자들이 무리를 지어 걸어가고 있었다. 모두 어딘가로 떠나려는 듯한 등이다. 웃옷을 단단히 껴입고 가죽 가방을 들고 있다. 머리는 깨끗이 빗어 올렸다. 가슴팍 주머니에는 새로 끊은 표가 들어 있겠지.

그쪽을 향해 "레이" 하고 소리쳤다.

남자 중 한 사람이 돌아봤다.

레이가 아니었다. 옆 남자도 돌아본다. 콧날이 오뚝한 레이를 닮은 얼굴들이지만 레이보다 훨씬 패기가 없다. 그 옆 남자도 또 돌아본다. 바람에 흔들리는 풀처럼 잇달아 고개가 휘어지면서 계속 남자들의 얼굴이 이쪽을 향한다.

레이는 없어.

여자는 여전히 내 손을 이끌고 있었다. 놔줘, 하고 말해봤지만. 놔주지 않는다. 남자들에게 달려들어 레이 이름을 부르며 어떤 남자가 레이인지 확인해보고 싶은데 할 수가 없다.

"저 사람들, 가라앉은 배에 타고 있었어?"

글쎄. 여자는 말하며 손을 세게 잡아당겼다. 앞으로 푹 고꾸라질 것 같았다. 나도 모르게 목소리가 나왔다. 남자들이 다시 일제히 뒤돌아봤다.

레이다, 하고 생각했다. 훨씬 앞쪽에서 흔들리듯이 걸어가는 남자들의 등 사이로 레이의 얼굴이 보였다 사라졌다 했다. 실종되었을 무렵, 삼십대 중반의 얼굴 그대로였다.

미친 듯이 레이의 이름을 불렀다.

하지만 이젠 아무도 돌아보지 않는다.

배가 불타고 있다. 아득히 아래쪽, 항구로 보이는 곳에서부터 희뿌연 연기가 몇 가닥 올라온다.

레이를 부르며 강렬히 생각했다. 아무리 강렬히 생각해도 레이는 돌아오지 않는다. 알고 있는데. 돌아오지 않는다는 건 알고 있는데. 그래도 강렬하게 생각하고 만다.

다시 아무도 없게 되었고 여자와 둘뿐이다.

얼마나 걷고 있었을까. 쇠락한 바닷가에 도착했다. 미코시와 꽃수레가 지났던 시장 근처에 있는 항구가 아니라 인기척 없이 어둡게 가라앉은 해안 절벽만 눈앞에 있었다.

"이 바닷가에 언젠가 와본 적 있어." 여자가 말했다.

언젠가라니, 언제? 물으려는 생각조차 없이 말이 나왔다. 여자는 이제 내 손을 잡고 있지 않았다. 방심한 듯이 바다를 향해 있었다.

쌍둥이를 낳고 나서야. 여자는 답했다.

쌍둥이 중 한쪽은 안고 다른 한쪽은 업고 있는 여자의 모습이 나타난다. 그 모습과 함께 아기 울음소리도 어렴풋이 들린다.

"바다를 보러 왔어?"

"바다는 매일 보고 있었어."

"그럼 바람을 쐬러 온 거야?"

"바람도 매일."

"그럼 뭐하러?"

때때로 살아 있다는 것에 질렸었어. 여자는 냉담하게 답한다. 아침부터 밤까지 악착같이 일하면서 악착같이 살고 있다는 것도 깨닫지 못한 채 내가 무엇에 기뻐하고 있는지도 모르고 자신에게 마음이 있다는 것조차 알지 못하고 남의 마음속을 헤아리는 일도 없이 그저 시간을 보내고 있었다는 것에 질렸던 거야.

여자는 팔에 안고 있던 아이를 바다에 던졌다. 가슴 한가운데에 새끼를 꼬아 만든 애 업는 띠를 풀고 등에 업은 아이를 가슴팍에 일단 다시 안았다가 이 아이도 바다에 던져버렸다. 아이 둘은 파도 위로 잠시 떠올랐다가 바로 깊이 빨려 들어갔다.

여자의 모습이 바뀌었다. 하얀 바지 정장을 입고 네모난 검정 가방을 손에 들고 있다. 저 모습이라면 완탕면 먹어본 적 있겠네, 하고 슬그머니 생각했다. 바짝 당겨 묶은 여자의 머리에서 목덜미 언저리로 흘러나온 머리칼 몇 가닥이 느긋하게 나부끼고 있었다.

"언제나 난 질려 있었어." 정장 차림의 여자는 말했다.

하지만 레이는 질렸던 게 아냐. 마음속에서 말을 받아쳤다. 마음속에서 받아친 말도, 바로 여자에게 전해졌다. 레이는 그런 시시한 남자야. 여자는 웃었다. 어제도 똑같은 말을 했었다. 시시한 남자야. 여자는 단정 지었다.

시시한 남자든 아니든 사라져버리고 나면 남겨진 사람은 속수무책인데.

여자는 바람을 맞고 있었다. 완탕면이든 짜장면이든 함께 먹어보자. 그리고 질렸네 뭐네 하지 말고 그냥 아무렇지도 않게 살아보자. 다시 마음속으로 여자에게 말을 걸어 설득했다.

여자가 어이없다는 듯이 고개를 흔든다. 당신은 심각한 건지 경박한 건지 도무지 알 수 없는 사람이야.

심각이라든지 경박이라든지 운운하며 나눌 수 있는 게 아니죠, 살아 있다는 건. 소리치듯 되받아쳤다.

침울해진 여자는 바람을 맞으며 서 있었다.

돌아가고 싶어. 그렇게 생각했다.

불타오르는 배의 연기가 흘러서 여기까지 온다. 하늘 가득히 잿빛 연기로 덮였다.

왜 저렇게 서둘러서 모두 사라져버리는 걸까. 바다에 가라앉는 거겠지? 여자에게 물으려고 했지만 여자는 조금 전 자취를 쓱 감췄다. 여기에서 외톨이가 되어버렸다.

어쩔 수 없이 걷기 시작했다. 혼자 걸으면서 레이를 생각했다.

레이와 폭포를 보러 갔었다. 결혼 전의 일이었다. 깊은 산속이라 차가 들어갈 수 없는 좁은 길 끝에 있는 폭포였다. 떨어지는 물이 시작되는 곳은 너무 높아서 확인할 수 없었다. 햇살이 강했다. 눈이 부셨다. 점점 폭포가 시작되는 방향을 바라보는 게 어려워졌다.

"물이 어디에서 나오는지 몰라서 기분 나빠." 그렇게 말하자 레이는 응, 하고 대답했다.

"케이는 그럼 자신이 어디에서 왔는지 알아?" 한참 지나 레이는 물었다.

어디에서? 내가? 무슨 말인지 몰라서 되묻자 레이는 부드럽게 끄덕였다.

난 말야, 레이는 말하기 시작했다. 인생의 맨 처음 기억이 굉장히 뚜렷해. 세 살 무렵의 기억이야.

어디서라는 게 그런 거였어? 고개를 갸웃하며 묻자 레이는 내 어깨를 끌어당기며 물었다. 안 추워? 여기.

세 살 때 나는 마당에서 나무에 붙은 벌레를 집어 들고 있었어. 초록색에 길고 가는 묘한 형태의 벌레였어. 힘 조절이 잘 안되어서 집었다기보다는 손바닥 가득 꽉 쥐어서 그 순간 벌레 몸통에서 액체가 나왔어. 손바닥에 즙이 미끈미끈하게 번졌지. 짓뭉개버렸던 거야.

부엌에 있던 엄마한테 가져가서 내밀었지. 엄마는 뒷걸음질을 쳤어. 내가 아니라 벌레를 피하느라 그런 거라는 걸 알았지만 슬펐어. 벌레는 이미 살아 있지 않았지. 바닥에 내던졌어. 차분한 색상의 널마루에 벌레의 초록색이 비쳤지.

그건 대벌레야. 신기하네. 엄마가 말했어.

대벌레라는 이름은 처음 들었어. 엄마는 다시 뒷걸음질 치지 않고 아주 평범한 얼굴을 하고서 벌레를 손끝으로 집은 다음 부엌문을 열고 뒷마당 수풀이 무성한 곳에 던져버렸지.

난 손바닥에 묻은 즙을 닦으려고 부엌 토방에 손바닥 전체를 문질렀어. 머리 위쪽에 엄마의 그림자가 있었어. 엄마는 나를 가만히 보고 있었지.

"대벌레 같은 거 본 적 없어." 내가 그렇게 말하자 레이는 살짝 웃었다.

나는 결국 그 대벌레의 장면부터 나와서 거기에서 시작되었던 거야. 마치 폭포의 시작과도 같이. 그 이전은 전혀 몰라. 내 일인데도. 말하면서 레이는 내 어깨를 더 세게 끌어안았다.

"내가 나온 곳이 어디인지, 나는 잘 몰라"하고 대답하자 레이는 다시 춥다고 말했다. 겨울이 아니었다. 옅은 봄이었는지 깊은 가을이었는지 기억이 없다. 언제나 나는 잊어버린다. 내가 어디서 나왔는지도 잊었다.

폭포는 물방울을 튀기며 지금 막 생겨난 것처럼 새롭게 떨어지고 있었다. 이미 몇백 년이나 거기에 있었던 것인데도.

정말 언제나 나는 잊어버린다. 세이지의 존재도 꽤 오랫동안 잊고 있었다. 여기 오고 나서. 마나즈루에 오고 나서.

걷고 있다 보면 여자와 함께 있지 않더라도 세이지를 생각하지 않는다. 가엾다고 생각한다. 뭐가 가여운 걸까? 세이지가 가여운 걸까? 세이지를 떠올리지 않는 내가 가여운 걸까?

배는 아직 타오르고 있었다. 쇠락한 바닷가에서 멀어지면서 다시 항구로 다가간다. 뭔가를 태우는 냄새는 쓰다. 세이지가 내뱉는 숨에도 쓴 냄새가 섞여 있다. 달콤한 냄새 속의 쓴 냄새. 세이지에게 안길 때는 서로 타액을 많이 주고받는다. 그 타액 안에도 쓴맛이 있다.

세이지에게 안기는 것이 아니라 내가 세이지를 먼저 안을 때도 있다. 어느 쪽인지는 미리 형식으로 정해져 있는 것이 아니라 마음 상태나 방 분위기나 벗은 몸이 얼마나 차가운지에 따라 정해진다.

세이지를 안으면서 레이가 말했던 '나온 곳'을 생각할 때가 있다. 어디에서 나온 것인지 나도 모른다. 하지만 나온 곳의 냄새랑, 들려왔던 어렴풋한 소리랑, 당시 느끼고 있었던 쓸쓸함을 떠올릴 때가 있다.

레이는 내 마음을 다 빼앗아가버렸지만 세이지하고

는 내가 나인 채로 떠돌고 있을 수 있다. 쓸쓸하지 않다. 안겨 있어도 안아도. 그러니까 더더욱 예전의 쓸쓸함을 떠올리게 된다.

"애절한 얼굴을 하고 있어." 세이지에게 그런 말을 들은 적이 있다.

그런 말을 들으니 더욱 애절한 얼굴이 된다. 일부러 그러는 것이 아니라 옛날 아직 아무것도 일어나지 않았을 무렵, 레이와도 만나지 않고 부모의 품밖에 모르던 시절의 밝은 쓸쓸함 속으로 점점 되돌아가버리는 것이다.

항구로 나왔다. 축제의 인파는 없다. 다만 흥을 돋우던 악단배가 불타고 있을 뿐이다. 어렴풋이 틀만 남은 배가 작은 불꽃을 튀기며 아직 타오르고 있다.

상공에 헬리콥터 소리가 났다. 소리가 돌아왔다고 생각한 순간 풍경에도 색이 돌아왔다.

돌아가고 싶지 않아. 중얼거렸다. 레이도 그랬던 걸까. 돌아가고 싶지 않았던 걸까. 번민하면서 급히 돌아갔다.

호텔로 돌아와 열쇠를 받아 들고 수영장 쪽으로 나가

봤다. 로비 바로 앞에 수영장이 있었다. 수면에 물결이 일고 있다. 바람이 없다고 생각했었는데 조금 불고 있는 거다.

펼쳐놓은 파라솔 아래 앉았다. 팔꿈치를 댄 플라스틱 테이블이 삐걱 소리를 낸다. 여자의 기운이 짙다.

우리 정말로 가까워졌네.

여자에게 한 말이다. 로비 천정에 있는 콜로니얼양식의 선풍기가 천천히 크게 돌아가고 있다. 로비에서 들어온 빛이 수영장 수면을 비추고 있다. 죽은 남자들의 모습이 때때로 수영장 안에 보인다. 아니 죽은 게 아냐, 그냥 바다에 던져졌을 뿐. 그 남자들은 물을 뚝뚝 떨어뜨리면서 바로 해안으로 올라왔어.

여자가 귓가에서 가르쳐준다.

21:00. 그 시각에 레이는 모르는 여자와 만나고 있었다. 쭉 잊고 있었는데. 생각나버렸다.

남자들은 안 죽은 거군. 그렇다면 불탄 배는 어떻게된 거야? 여자에게 물었다.

배는 불타지 않았어. 여자가 대답했다. 그냥 뒤집혔을 뿐이야. 이렇게 해안 가까이서 불타거나 죽거나 할

리 없잖아.

하지만 난 봤어.

당신이 그렇게 되었으면 하고 바랐기 때문 아냐?

그럴 리가 없잖아. 부정하면서 명치를 지그시 눌렀다. 또 통증이 밀려든다. 레이와 만나고 있던 여자는 예뻤어. 나보다 조금 젊어 보였어. 머리를 묶어 올리고 목의 점을 훤히 드러내고 있었어. 만져보고 싶어질 것 같은 점이었어.

순간 수영장 물소리가 울리더니 빛으로 가득 찼다. 눈이 부셔서 아무것도 보이지 않게 되었다. 레이는 그 여자의 손을 잡았어. 부드럽게 여자도 맞잡았지. 둘이서 이야기를 나누고 있었어. 들리지 않았어. 멀어서 안 들렸어. 하지만 그것이 남녀 간의 다정한 이야기라는 걸 알았어. 잊고 있었는데. 쭉 잊고 있었는데.

정말? 여자가 물었다. 사정없는 말투로.

정말로 잊고 있었어?

명치가 지독하게 아프다. 수영장에서 비치는 빛이 견디기 힘들 정도로 강해졌다.

밤이 깊어간다.

호텔에는 소리가 가득 차 있다. 파도 소리. 국도를 오가는 밤 트럭 소리. 야근하는 호텔 직원의 지친 몸이 의자를 삐걱이게 하는 소리. 날개를 가진 무수한 벌레가 창밖을 날아다니는 소리. 머리를 베개에 얹고 생각해내려고 했다. 잊고 있던 것을. 잊으려 했던 일을.

케이, 하고 내 이름을 부르던 레이의 목소리. 내 이름을 불러줄 때마다 몸 어딘가가 아파왔다. 무딘 칼처럼 레이의 소리는 나를 상처 냈다. 어찌 할 도리 없이 레이를 좋아했다. 레이에게 사로잡혀버렸다. 결혼해서 레이의 아이를 낳고 함께 생활 같은 걸 하다 보면 그 집념이 옅어질 수 있을까 싶었다. 하지만 안 되었다.

여자의 옆얼굴은 하얬다. 용건이 있어서 만난 것뿐인지도 모른다. 21:00의 약속. 종잇조각에 적혀 있었던 시각. 진한 초록 재킷을 입은 레이는 여자를 만나고 있었다. 여자는 부드러운 옷을 휘감고 있었다. 옷도 여자도 여자의 머리카락도 모두가 레이가 있는 쪽으로 나부끼고 있는 것처럼 보였다. 물속 깊은 곳에서 자라난 수초 같았다.

나는 레이의 뒤를 밟았던 거다. 모모를 엄마에게 맡기고 저녁부터 레이 회사 근처에 있는 가게에 앉아서 기다렸다. 정면 현관에서 레이가 나온 건 8시가 좀 넘었을 무렵이었다. 그대로 레이는 지하철 입구로 내려갔다. 가게에서 달려 나와 지하철로 이어지는 계단을 구르듯이 내려갔다. 레이는 정기 패스로 개찰구를 지나갔다. 준비해뒀던 차표로 나도 개찰구를 통과했다. 차표는 지하철 것도 JR 전철 것도 조금 걸어가면 있는 사철(私鐵) 역에서 파는 것도 전부 준비하고 있었다. 묘한 부분에서 주도면밀하네. 여자의 목소리가 들리는 것 같은 기분이 들었다. 하지만 그건 여자의 소리가 아니다. 내 자신의 소리다.

레이는 지하철에 올라탔다. 나는 따라서 옆 차량에 탔다. 지하철이 옆으로 세게 흔들리는 게 느껴졌다. 몸이 진동에 따라서 무겁게 흔들렸다. 연결부 바로 옆에 선 레이를 몰래 엿봤다. 곧게 선 레이의 등도 흔들리고 있었다.

은색 손잡이에 파랗게 질린 내 얼굴이 가늘게 일그러져 비치고 있었다.

일그러진 그것은, 분명 내 얼굴이었는데 어느샌가 다른 사람의 얼굴로 바뀌어 있었다.

아, 놀라서 숨을 삼켰다.

그때였던 거다. 처음으로 뚜렷하게 따라왔던 것은.

은색 손잡이에 비친 얼굴은 여잔지 남잔지 뚜렷하지 않고 나하고는 전혀 다른 표정을 한 채 그저 반사되고 있을 뿐이었지만, 반대로 나를 움츠러들도록 지긋이 바라보고 있는 듯했다.

"겹쳐졌어." 중얼거렸다.

내 얼굴과 모르는 자의 얼굴이 이중으로 겹쳐져서 아까보다 좀 더 심하게 일그러져 있었다.

지하철이 크게 흔들렸다.

레이 쪽을 들여다봤다. 짙은 녹색 재킷의 등이 아주 조금 구부러진 채 어둠을 바라보고 있다. 옆얼굴에 얼핏 피로가 배어 있었다. 바로 옆에 있지만 멀리 있는 듯했다.

다다음 역에서 레이는 내렸다. 혼잡한 인파에 뒤섞여 나도 내렸다. 레이와의 거리가 벌어졌다가 좁혀졌다가 하며 인파에 떠밀려 손을 뻗으면 닿을 수 있는 곳까지 갔을 때는 하마터면 "레이" 하고 부를 뻔했다.

불러도 분명 뒤돌아보지 않을 거야.

따라오는 자가 귓가에서 속삭였다. 그래요. 소리 내지 않고 답했다.

앞으로 앞으로 레이는 나아갔다. 여자가 있는 곳으로. 목에 점이 있는 여자의 곁으로. 내가 손을 내밀어도 결코 눈치채지 못하게 차갑고 얇은 벽이 나와 레이 사이에 있는 것 같았다.

여자는 먼저 와 있었다.

레이와 여자가 마주한 찰나 두 사람 주위에 빛이 가득했다. 눈부셔서 아무것도 보이지 않게 되었다.

호텔 라운지였다.

여자 앞에 기다란 유리잔이 있었다. 옅은 초록색 칵테일일 것이다. 아주 조금 입을 댔다가 바로 뗐다. 입을 떼고는 잠자코 레이를 바라보았다. 레이 쪽이 떠들고 있었다. 가방에서 서류를 꺼내는 것도 아니고 설명하는 몸짓을 섞어서 말하는 것도 아니었다. 그건 업무로는 보이지 않는 상당히 친밀한 것이었다.

레이도 주문을 했다. 라운지 바로 옆의 넓은 로비에 나는 우두커니 서 있었다. 회전문이 천천히 돌면서 나가는 사람도 들어오는 사람도 모두 내 옆을 지나쳐 갔다.

잠시 후에 접시와 유리잔이 왔다. 레이는 앞에 놓인 접시를 탁자 위에서 쑥 밀어서 여자와 레이 한가운데로 옮겼다. 여자가 손을 뻗는다. 흐리고 작은 것을 여자는 살짝 집어서 입에 넣는다. 여자가 냅킨으로 손가락을 닦는다. 이어서 레이가 접시에 손을 뻗는다. 여자가 집은 것보다 커다란 덩어리를 집어서 쑥 입으로 가져간다. 여자는 보고 있다. 레이의 입술이 가볍게 손가락을 빨고 씹을 때마다 움직이는 모습을.

라운지는 로비에서 곧바로 내다볼 수 있었다. 평평한 지면이 이어진 곳에 레이가 있다. 여자가 나와 레이를 가로막고 있다. 순간 나는 증오로 가득 찼다.

증오에 온몸의 맥이 뛰고 다리가 떨렸다. 로비의 커다란 소파까지 가서 몸을 진정시켰다. 레이와 여자가 반은 보이지 않게 되었다. 하지만 두 사람의 기운은 짙게 전해져온다. 소리가 들리는 것만 같다. 들릴 리가 없는 거리인데도.

"레이" 하고 여자가 말했다.

레이가 여자 이름을 부른다. 도대체 어떤 이름일까. 레이 입술이 부드럽게 움직인다.

"레이" 하고 다시 한번 여자가 부른다.

레이는 대답하지 않고 여자의 손바닥을 만지작거린다.

들리지 않는데 들리는 것만 같았다. 보이지 않는데 보이는 것만 같았다.

손님, 하는 소리가 났다. 훨씬 저편에서 부르는 소리였다. 고개를 숙이고 있었더니 손님, 하고 반복했다.

헝클어진 머리카락 틈으로 올려다보니 호텔 제복을 입은 남자가 앞에 있었다. 속이 안 좋으신가요? 물을 가져다 드릴까요?

고개를 가로저으며 머리를 똑바로 치켜들었다. 고마워요. 괜찮아요. 제복의 남자는 머리 숙여 인사했다. 다행입니다, 라고 말하고는 등을 돌렸다.

"레이."

여자의 소리가 울려서 전해졌다. 실제로는 울리고 있지 않지만 울려서 전해지는 것만 같았다.

"그래서 당신은 어떻게 했어?" 여자가 물었다.

잊어버렸어. 답한다. 마나즈루의 소란스러운 축제 속에 있다. 이미 축제는 끝났을 텐데. 여자에게 말하자 여자는 유쾌하다는 듯이 고개를 흔들었다. 금방 돌아오게 될 거야.

신을 모신 미코시가 간다. 핫피를 걸치고 머리에 수건을 동여맨 남자들이 땀을 흩뿌리고 있다. 남자들의 움직임에 따라서 미코시가 올라갔다 내려갔다 한다. 여러 마을의 미코시가 다투듯이 길을 오간다.

트럭에 탄 악단이 북을 치고 피리를 불고 있다. 장단이 잘 어우러져 언제까지고 언제까지고 영원할 것처럼 반복되는 리듬, 여자는 내 어깨 언저리에 달라붙어서 눈을 꼭 감고 듣고 있다.

"잊고 있지 않았죠?" 여자가 속삭인다. 음악 소리에 묻힐 정도로 작은 목소리였는데 또렷하게 귀에 들어왔다.

잊고 있지 않았던 걸까. 레이와 여자가 나란히 호텔 엘리베이터를 탔다. 두 사람만 들어선 곳에 함께 따라가지 못하고 그저 이동한 층의 표시만 바라보고 있었다. 음식점이 있는 위층도 아니고 결혼식장이 모여 있는 아래층도 아닌 그 사이의, 객실만 있는 중간층이 표시된 채로 한동안 계속 불이 들어오고 있는 것을 정말로 나는 봤던 걸까.

"정말로 봤을지도 몰라." 여자가 케이를 들여다보면서 또 속삭인다.

얼굴을 외면하고 모모를 생각한다.

보지 않았어. 그런 광경 본 적 없어. 그냥 내가 만들어낸 거야. 내 마음속에서 부풀어 올랐던 여름 구름이 흩어졌다가 금세 모양을 바꿔서 둥글어지기도 하고 그런가 싶더니 끝이 가늘어지면서 쭉 늘어나기도 하고 다시 흩어져서 자잘해지기도 하고 하는 그런 거랑 같아. 생각의 틈새에서 새어 나온 망상 같은 것이 점점 모양을 바꾸고 커지기도 하고 작아지기도 하고 무서운 것이 되기도 하고 갑자기 밝게 빛나는 것이 되기도 하고, 그냥 그런 거였어. 그건 분명.

내년 축제에는 모모를 데리고 와야겠어. 그렇게 되길 빌어. 어디서부터가 진짜 기억이고 어디서부터가 그렇지 않은 걸까. 처음부터 그런 일은 없었던 건지도 몰라. 하지만 사실 마지막까지 또렷하게 기억하고 있는 건지도 몰라. 축제의 풍경이 빛나면서 움직여 가고 있다. 내년엔 꼭 모모랑 나란히 서서 물결치는 듯한 이 축제의 힘을 느끼고…….

"떠내려가지 마." 여자가 가로막는다.

저지당해서 구멍 밑으로 떨어지는 듯한 기분이 들었다.

정신을 차리고 보니 몸이 흐려지고 있다. 마치 따라오는 이 여자처럼. 여자의 목소리가 슬픈 것 같다. 모모를 생각했다. 모모는 사랑스러워. 모모가 나는 사랑스러워. 흐려져가면서 생각한다. 꽃수레와 그것을 에워싼 남자들 무리가 언덕길 중턱에서 크게 퍼지며 춤추고 있다.

그대로 여자에게 이끌려 안으로 들어갔다.

오르막길의 막다른 곳에 있었던 빈터, 폐가의 썩은 기둥에 어느샌가 기대고 있었다. 그 틈으로 바다가 얼핏 보인다.

"소리가 또 안 나" 하고 말하자 여자가 끄덕였다.

소리가 나지 않으면 몸 주위가 텅 빈 것만 같다. 게다가 잘 모르는 것들이 몇 개나 따라온다. 백화점에서 따라왔던 희미한 것보다도 어느 정도 무겁고, 정체가 분명치 않은 것이 몇 개나.

"내버려두면 떨어져 나가." 여자가 말했다.

끄덕였다. 알고 있어. 잘 알고 있어.

레이와 여자가 함께 있는 장면을 다른 때도 봤다.

한밤중이었다. 송별회가 있어서 늦어진다고 레이는 말했다. 모모랑 둘이서 이른 저녁 식사를 마쳤다. 목욕을 하고 모모를 재웠다. 다음 해부터 들어갈 유치원의 운동회에 견학 가기로 했기 때문에 일찍 잠을 재웠던 것이다.

도시락 먹는 거지? 저녁 식사 때부터 모모는 들떠 있었다. 도시락이라는 말과 운동회라는 말을 몇 번이고 되풀이했다.

바나나도 가져가고 싶어. 모모는 부탁했다. 책까방도.

저런 저런, 책가방은 아직 일러요. 책가방은 초등학교 때, 라고 말하자 모모는 화를 냈다. 책가방도 도시락도 운동회도 모래밭도 토끼 인형 키이코 짱도 전부 모모 속에서 뒤죽박죽이 되어 있었다. 굉장히 흥분한 상태였다.

바나나 꼭 가져가고 싶어.

흥분한 모모는 끝내 소리를 질렀다.

모모를 진정시키려 바나나를 챙기기로 약속했다. 잠을 재우고 나서 늦게까지 여는 슈퍼마켓으로 달려갔다. 밤에 감은 머리카락이 아직 다 마르지 않았다. 여름 끝자락의 바람이 살갗을 미지근하게 휘감았다.

슈퍼마켓 옆쪽 그늘진 곳에 레이랑 여자가 있었다. 몸을 바싹 붙인 채 서로 속삭이고 있었다.

"아!" 하고 소리가 나왔다.

무슨 이런 곳에서. 어둠에 눈을 응시했다. 레이와 여자의 그림자로 보였다. 하지만 계속 보는 동안 그것이 정말로 레이인지 여자인지 알 수 없게 되었다.

서둘러서 바나나를 샀다. 함께 티슈도. 그리고 사과도.

물건을 사고 나오면 레이랑 여자는 없어졌을 거라고 생각했다. 그런데 나와보니 두 개의 그림자는 아직 거기에 있었다.

"저기요" 하고 불렀다. 역시 쉽사리 '레이'라고는 부를 수가 없었다.

큰 쪽의 그림자가 뒤돌아봤다. 가로등 빛이 역광으로

비쳐서 얼굴 부분만 사각지대였다. 슈퍼마켓의 하얀 봉지에 잔뜩 든 바나나와 사과가 무겁게 느껴졌다.

두 그림자는 언제까지고 그 자세 그대로 있었다.

"운동회 때 날씨 좋았어?" 여자가 물었다.

뭐라고? 되물었다.

아이랑 둘이서 갔었지? 운동회.

그랬던가. 모모랑 둘이서, 바나나랑 사과를 반찬통에 담고 돗자리도 챙겨서 만국기가 팔랑팔랑 나부끼는 유치원 운동회를 견학하러 갔었던가?

"레이도 있었어." 문득 떠올랐다.

일요일이었다. 아침에 일어났더니 아무 일도 없었던 것처럼 레이가 옆에 자고 있었다.

"잘 잤어?" 상쾌하게 레이는 말했다.

모모는 아직 쌔근쌔근 숨소리를 내며 자고 있었다. 세 사람이 함께 방에 이부자리를 펴서 자고 있었다. 왼쪽에 모모, 오른쪽에 레이가 내 천(川) 지 모양으로. 짧아야 하는 가운데 기둥과 길어야 하는 왼쪽 기둥이 바뀌어 들어간 모습으로, 이부자리는 나란히 늘어서 있었다.

쉿 하고 손가락을 입술에 대고 레이 가슴에 얼굴을 기대었다. 일어나려고 했던 레이는 다시 누웠다. 한숨으로 알렸다. 안아줘.

레이는 주저했다.

주저하지 마. 레이의 눈 속을 지긋이 바라봤다. 홍채에 내 얼굴의 일부분이 비치고 있었다. 레이의 파자마 바지에 손가락을 걸쳤다.

그대로 손바닥을 넣어 어루만졌다.

모모의 소리가 들렸다. 쌔근쌔근 숨소리와 목소리가 섞인 소리. 레이는 움직이지 않고 내 손바닥을 받아들이고 있었다. 엎드린 자세로 레이 위에 올라탔다. 요와 이불처럼 납작하게 포개졌다. 그대로 상체를 손바닥을 댄 곳 바로 위까지 들었다가 움직였다.

아, 들어갔다.

속삭이자 레이는 아주 살짝 눈살을 찌푸렸다.

괴로운 듯한 얼굴.

그렇게 생각하면서 움직였다. 부드러웠다. 레이는 견디는 듯이 눈을 감고 있었다. 하지만 견디고 있었던 것은 아니다. 금세 일체가 되어 함께 움직였다. 둘이서 공

범자처럼 움직였다. 모모가 알아차리지 못하도록 은밀하고 깊게 끝까지 갔다.

모모가 깨어날 듯했다.

레이의 냄새가 났다. 오므리는 자세로 욕실까지 가서 샤워를 했다. 물과 함께 흘러서 나왔다. 흘러나오지 않도록 다시 오므렸다. 몸속 깊은 곳까지 와주길 바랐다. 어둡고 깊은 밑바닥까지 와서 사람의 형태를 이루면 좋겠다고 생각했다. 그리고 격렬한 입덧을 하게 해주면 좋겠다고.

엄마, 하고 말하면서 모모가 욕실 문을 열었다. 바나나 가코 갈 거지? 오늘은 날이 아주 맑아.

아직 아기에 가깝다. 안아서 얼굴을 파묻고 싶어지는 가련하고 젖내 나는 목소리였다.

유치원 견학에서 레이는 멍하니 있었다. 햇살이 따가웠다.

피곤했나 봐. 요즘 바빠서.

그렇게 말하며 레이는 은색 돗자리 위에 누워 뒹굴었다. 모자를 얼굴에 덮고 깍지 낀 팔로 머리를 받치고 무릎을 세웠다. 레이인지 레이가 아닌 다른 남자인지 구분이 가지 않게 되었다.

"내년엔 모모도 입학인가." 레이는 모자 밑에서 우물거리는 소리로 중얼거렸다.

아직 유치원 입학 전인 아이들끼리 하는 달리기에 모모가 참가하기로 했다. 다음엔 모모 달려요. 레이의 얼굴에 씌워진 모자를 치우며 모모가 알려줬다.

네네, 하고 말하며 레이는 일어나 앉았다. 그대로 무릎 위에 모모를 앉히고 겨드랑이 밑에 양손을 넣어 몇 번이고 들어 올렸다 내렸다 했다. 모모는 터져 나오는 듯한 웃음소리를 냈다. 아저씨, 나도 나도, 하면서 근처의 모모랑 비슷한 또래 남자아이들이 몰려온다.

싫어. 모모가 아이들에게 말한다. 아빠, 모모만 해주지 않으면 싫어.

갑자기 불안해진다. 햇살이 강하다. 레이의 아이를 낳고 셋이서 콩깍지 안에 있듯이 살면서 꾸벅꾸벅 졸고 있었을 텐데 지독히도 햇살이 강해서, 하지만 햇살 탓이 아닌 땀이 난다.

달리기 출발선 주위에 유치원 아이들보다도 작은 아

이들이 여러 명 모여 있다. 아이들은 불안해서 떨떠름해 있다. 엄마랑 아빠 손을 꼭 쥐고 굳어 있다. 모모도 내 손을 놓지 않는다.

"가치 달려." 모모가 올려다보면서 불안한 듯이 말한다.

같이 달려? 혼자서 달리자. 모모는 이제 언니잖아.

모모는 울상이 된다. 레이가 어슬렁어슬렁 걸어온다. 모모를 들여다보고는 웃는다. 으쌰, 하고는 모모를 어깨에 목말을 태운다. 준비 땅, 하고 울려도 그대로 목말을 태운 채로 떨떠름한 아이들 틈에 섞여서 걷는다.

모모는 레이 어깨 위에서 진지한 얼굴을 하고 있다. 달려가는 아이들을 내려다보다가 다시 곧장 앞을 향하고는 레이가 걸을 때 위아래로 들썩이는 어깨에 단단히 다리를 휘감고서 멀리 내다보고 있다.

어머머, 어버님과 함께군요. 방송으로 이런 말이 나왔다. 원장 선생님이 실황방송을 하고 있는 것이다. 모두 힘내요! 모두 다 힘내요! 상냥한 목소리다.

아이들이 달려간다. 레이가 걷는 것보다도 훨씬 빨리 앞서가서 각자 결승선을 통과했다. 레이는 서두르지 않고 모모를 어깨에 태운 채로 나아간다.

모모를 데려가지 마. 그렇게 생각한다. 아니면 레이를 따라가지 마, 일까?

셋이 함께가 아니라는 것에 가슴이 두근거린다. 식은 땀이 난다. 햇살이 강한 게 나빴던 거다. 모모가 달려온다. 골인하고 레이의 어깨에서 내린 것이다.

엄마! 모모가 소리친다. 케이, 왜 그래? 레이가 말한다. 내가 무너져 내릴 것 같다는 걸 깨달았다. 털썩 돗자리 위에 몸을 눕히고 눈을 감아버렸다.

"허약하네요, 당신." 여자가 말했다.

"그래? 나 약해?" 되물었다.

아직 나는 마나즈루에 있었다. 몸도 흐려지고 경치도 날아가버렸지만, 지금 마나즈루에 있다는 것만큼은 알고 있다.

"모처럼 살아 있는데."

그래? 나 살아 있는 걸까?

"적어도 아직 죽진 않았죠. 호강하고 있는 거예요."

호강. 멍하니 생각했다. 그렇다면 레이는 죽어버렸다

는 걸까, 역시.

"제대로 생각해내지 않으면 만날 수 없어요. 그 남자를."

뭐라고? 하고 되물었다. 레이가 살아 있어?

"어쨌든 기억해내야 해요."

여자는 그렇게만 말하고 사라졌다. 언제나 언제나 중요한 대목이 되면 사라진다.

지칠 대로 지친 몸으로 다시 걷기 시작한다. 바닷가까지 오랜 시간을 걷는다. 축제의 노점이 길거리를 빼곡하게 메우고 있다. 노점 등불이 깜빡이는 것처럼 보인다.

남자가 있다. 여자에게 바싹 붙어 있다. 바닷가의 어둠 속에서. 여자가 남자의 목을 조른다. 남자는 저항하지 않는다. "어때요?" 하고 여자가 말한다. "괴로워요? 당신 괴로워?"

괴로워. 남자는 대답한다. 레이의 목소리다. "괴로워?" 하고 묻고 있는 것은 내 목소리.

언제 레이를 죽였던 걸까?

어둠 속의 남녀는 금세 사라진다. 이어서 나타나는

것은 아기다. 내가 낳았다. 아니, 낳지 않았다. 레이가 나에게 쏟아 부어서 생긴 아이. 하지만 레이가 그 직후에 실종되었기 때문에 낙태했다.

레이는 길을 헤맨 거다. 금방 돌아올지도 모른다. 불쑥. 이미 반은 포기한 채로 그렇게도 생각하고 있었다.

레이가 없어진 것은 늦여름 무렵이었다. 아직 때늦은 매미가 울었고 모모는 새벽녘이 되면 이마에 흠뻑 땀을 흘렸다. 운동회가 9월에 들어서서 바로 열렸기 때문에 레이의 실종은 9월 중반쯤이었다. 내가 임신한 것을 모르고 레이는 없어졌다.

아이는 분명히 태어나지 않았는데. 명료한 윤곽을 가지고 바닷가를 기어 다니고 있다. 레이를 많이 닮은 이마선에 울음소리도 힘차다. 그 여름 끄트머리에 울고 있던 매미보다도 훨씬 기백 있는 녀석이 기어 돌아다니고 있다.

그런 애 거기에 없어. 여자의 목소리를 흉내 내서 말해봤다. 하지만 갓난아이는 사라지지 않는다. 내 목소리는 여자의 목소리를 닮았다. 귓속에서 들리는 건 여자의 목소리. 귀 밖에서 들리는 건 내 목소리.

"난 레이를 죽이지 않았어."

팽팽한 실을 한가운데서 뚝 끊듯이 어둠을 향해 목소리를 쥐어 짜냈다.

호텔 수영장 옆길로 돌아가고 있다. 따뜻한 공기를 천장의 콜로니얼양식 선풍기가 천천히 휘젓고 있다.

출발하지 않은 전철 유리창에 뺨을 댔다.

아직도 여름은 한창이지만 이제 한 달 반만 지나면 가을바람이 불고 벌레 울음소리도 완전히 바뀌겠지. 요란스러운 매미가 아니라 찌르르 찌르르 쓸쓸한 가을벌레 소리로 가득 차겠지.

마나즈루, 하고 입 밖에 꺼내어 말해본다.

전철이 승강장을 미끄러져 나간다. 바닷가 쪽 자리에 앉아 흘러가기 시작하는 풍경을 눈으로 좇는다. 늘어섰던 마을들이 끊기고 나무들이 점점 빽빽해진다. 조금 있으니 터널로 들어간다.

터널을 나오니 더 이상 마나즈루가 아니다. 파도가 거칠다. 바닷가 도로를 손수레 두 대가 잇달아 가고 있다. 파도가 수레를 덮치는 게 아닐까 싶었지만 그렇지는 않다. 전철이 마나즈루에서 멀어져가며 환상적인 광경도 점점 멀어져간다.

마나즈루였다면 분명히 손수레 두 대는 눈 깜짝할
사이에 파도에 휩쓸려 바닷속 깊숙이 끌려 들어갔을
텐데.

"마나즈루"라고 말하고 이어서 "도쿄"라고 말해 본다.

이 전철은 마나즈루와 도쿄를 잇는 상자다. 내 몸을
환상으로부터 현세로, 또 반대로 이번 생에서 다른 생
으로 옮겨주는 상자다.

세이지를 떠올려본다.

도쿄에는 세이지가 있다. 역에 도착하면 전화를 걸어
야지. 잠깐이라도 세이지를 만날 수 있을지도 모른다.
아직 내 몸에는 조금 전 환상 속 레이의 몸에서 방출된
것들의 여운이 가득 차 있다. 레이의 목을 조른 감촉을
손가락이 기억하고 있다. 하지만 코즈역 부근까지 갔을
즈음이면 그런 기억도 옅어져 있겠지.

전철은 미세하게 흔들리면서 나를 태우고 이번 생의
시간으로 냅다 달려간다.

6

들창을 가만히 당겼다. 아직 나 말고는 아무도 일어나지 않았다.

작은 마당에 팔손이나무는 푸른 잎이 무성했고 한 그루뿐인 감나무에는 단단하고 자그마한 초록 열매가 열리기 시작했다.

주저앉아서 멍하니 바라봤다.

세이지를 만나려고 했지만 거절당했다.

바빠서.

딱 그 한 마디만 하고 세이지는 바로 전화를 끊었다.

도쿄의 시간은 빠르다. 모모의 학교 축제가 끝나고 이틀 동안 휴일을 보냈다. 어디 밥이라도 먹으러 갈까? 물었지만 모모는 고개를 가볍게 옆으로 저었다. 안 가. 이것저것 할 일이 있어서.

이것저것이라고 했지만 모모는 쭉 방에 있었다. 낮에 잠깐 나가더니 작은 봉지를 들고 돌아왔다. 책이나 CD같은 것들이 들어 있는 걸까. 물어보지도 않고 방으로 곧장 들어가는 뒷모습을 바라보고 있었다.

있잖아, 그때 강가 풀밭에서 누구랑 있었어?

몇 번인가 물었던 그 일도 점점 흐려져간다.

그 이후로 모모가 도서관에 가는 일도 없어졌다. 그저 방에 틀어박혀서 있는 듯 없는 듯한 기색을 문밖으로 녹여내고 있을 뿐이다.

감나무에 직박구리가 왔다. 날카로운 소리로 운다. 또 한 마리가 날아든다. 비스듬한 나뭇가지에 앉아 한동안 가만히 있더니 이윽고 아래쪽 가지로 날아간다. 그러자 맨 처음에 왔던 한 마리도 그쪽 가지의 끝으로 옮겨 간다. 번잡해졌다. 위, 아래, 옆으로 날아 옮겨 다니면서 번갈아 울어대기 시작한다. 세 번째 새가 왔다. 그러자 어느 새가 어떤 가지에 있고 어느 새가 울었는지 분간할 수 없게 되었다.

빛이 새롭다. 아침이어서겠지. 아직 매끄럽게 다듬어지지 않은 날것 그대로의 빛. 냄새가 난다. 부엌에서 어젯밤 물에 담가두었던 멸치를 끓이던 중이었다는 걸 생각해냈다. 서둘러 돌아가서 불을 줄였다. 멸치가 떠오르기 시작한다. 고운 거품도 함께.

불을 끄고 거름망 국자로 멸치를 건져낸다. 바람이 불어 들어와 냉장고에 자석으로 고정해둔 종이가 운다. 마당으로 난 문을 열어두어서다.

종이는 파닥파닥 하고 울었다. 작게 부풀어 올라서 자석에서 떨어질 것 같았지만 붙어 있었다. 직박구리가 높은 소리로 울고 다시 바람이 조금 일었다.

엎드린 모모의 목덜미에 솜털이 빛나고 있다.

건드리면 싫어할 테니까 그냥 보고 있다.

"할머니, 내일은 도시락 필요 없어. 조리 실습이야."

모모는 내가 아닌 엄마를 향해서만 말을 건다. 몸도 가능한 한 내 쪽으로 향하지 않도록 하고 있다.

"나도 저랬을까?" 엄마에게 물어봤다.

"케이는 훨씬 불안정했지."

"불안정하다니?"

"그랬지. 뾰로통해졌다가 또 갑자기 풀어졌다가. 아

이가 되었다가 다음 순간에는 별안간 어른스러워졌다가."

"모모도 그럴 나이대인가?"

"나이대라는 말로 마무리 짓는 건 간단하지. 엄마는 눈을 감듯이 하고 중얼거렸다. 나이대라기보다는 시작이지. 아마."

"시작?"

"시작을 위한 끝이라고나 할까."

"끝?"

"맞아. 벌써 그 작은 케이는 없어져버리고 다른 사람이 되어버렸어. 그런 끝."

"그런 대단한 것이었을까." 그렇게 말하고 나는 웃었다. 엄마도 웃었다. 그렇게 간단히 어른이 되진 않아. 그렇게 될 수 없고. 지금도 뭔가 아직 불안정하고. 이렇게 이야기 나누다가 또 웃었다.

모모랑 좀 더 가깝게 지내고 싶은 거지, 너?

엄마가 조용히 말했다.

하지만 사람은 그렇게 간단히 남이 가까이 오게 해주지 않지.

이어서 말했다.

이유도 모르는 채 오싹해져서 엄마 얼굴을 쳐다봤다. 평소와 다름없는 얼굴을 하고 있다. 아이라도? 피를 나누고 배 아파서 낳은 아이라도? 다급히 물었다.

어머 케이야, 지금 너야말로 아이가 되었네. 엄마는 또 웃었다. 어떻게 된 거야? 너야말로 옛날에 나한테 똑같이 굴었잖아.

다정하게 울리는 엄마 목소리 속에 팽팽한 심지가 있다. 엄마도 나로 인해 상처받았던 것이다.

멸치 먹을래? 다시마랑 같이 간장으로 조려봤어. 조금이라면 혈압에도 영향 없을 것 같아. 차에 곁들여 먹어도 좋아. 그런 말을 꺼내면서 생활로 돌아가려고 했다. 도쿄에는 생활이 있다. 생활 속에 숨어버릴 수가 있다. 마나즈루에는 아무것도 없다.

자, 그럼 조금 먹어볼까? 엄마가 생활에 젖은 소리로 말했고 수속을 밟듯이 둘이서 차를 마셨다.

저녁은 그다지 깊게 저물지 않았다.

불이 들어온 등 몇 개 덕분에 밝아진, 어슴푸레한 어

둠 속에 세이지가 기다리고 있었다.

세이지! 하고 소리치며 쓰러지듯 품 안에 뛰어들었다.

"무슨 일이야?" 세이지가 놀랐다.

만나고 싶었어.

"솔직히 말하네. 오늘 밤엔."

난 언제나 솔직해.

그랬던가, 하면서 세이지는 내 턱을 손끝으로 쓰다듬는다. 오늘 밤엔 몸이 세이지를 원하고 있다. 세이지의 살도 냄새도 움직임도 기분도, 그 모든 것을 내 몸이 원하고 있다.

식사하기 전에 바로 가자. 그렇게 말하면서 세이지의 손바닥을 내 손바닥 전체로 꼭 쥔다. 땀을 흘리고 있다. 추운 날씨인데. 감나무 열매는 벌써 주황빛으로 꽤 물이 들었다. 따도 돼? 모모가 엄마에게 묻는다. 아직이야. 게다가 종종 어떤 감은 굉장히 떫어. 그러고 보니 한참 전에도 유키노가 베어 먹어보더니 바로 뱉어냈잖아. 엄마가 답했다.

뒤엉키듯이 호텔로 들어가 방을 잡았다. 엘리베이터에 타자마자 세이지의 입술을 빨았다.

"왜 그래?" 세이지는 말하며 조금 떨어졌다. 덜컹 소리를 내고 엘리베이터가 멈췄다. 문이 열리고 복도 막다른 방문 위에 불이 들어와 있는 것이 보였다.

저 방이야, 빨리. 세이지의 등을 밀듯이 하며 걸었다. 왜 그래? 다시 한번 세이지가 묻는다. 하고 싶어. 당신이랑 하고 싶어. 빠르게 대답한다.

저런 저런. 세이지는 중얼거리며 상의를 벗는다. 단정하게 옷걸이에 걸고 나서 기울어진 어깨 부분을 바로잡는다. 나는 커다란 침대에 걸터앉는다. 기운이 올라들떠 있다.

하고 싶어, 하고 싶어, 하고 말한다. 소리를 낼 때마다 점점 기분이 조금씩 진정되기 때문에 몇 번이고 말해본다. 그래도 진정되는 것은 표면의 욕구뿐이다. 억눌러 놓았던 몸속 깊은 곳에 있는 끈덕진 욕구가 가라앉지는 않는다.

도망가지 말아줘. 세이지에게 부탁한다.

난 도망친 적 없어. 가만히 세이지는 대답한다.

혼란스럽다. 도망친 건 세이지가 아니었다고? 도망친 건 누구였던가. 세이지 가슴에 얼굴을 파묻는다. 머리를 쓰다듬어준다. 오늘은 친절하네. 그런가, 당신이 내가 부드럽게 해주길 바라고 있으니까.

하지만 친절하게 하지 말아줘. 할 때는 부드럽게 하지 말아줘. 재촉하듯 빠르게 말한다. 세이지의 입술이 내 입술을 덮는다. 커다란 혀가 들어온다. 젖어 있는, 좋은 향이 나는 혀다.

강하게 빤다.

깊이 했지만 부족했다.

그래도 몸은 지쳤다. 온순해진 표정을 하고서 손을 잡은 채 호텔을 나왔다.

"고기라도 먹을까?" 세이지가 말한다.

"산과 들을 뛰어 돌아다니던 생고기지?"

알기 쉽군, 오늘 밤의 우리는. 세이지가 말하며 웃는다.

가게에 들어가서 주문을 하는 동안에도 몸에는 아직 거친 기운이 돌았다. 우선 세이지가 가득 따라준 광천수를 목에 소리를 내며 꿀꺽꿀꺽 마셨다. 몸속에 물이 지나가는 길이 생기자 좀 편해졌다.

"왜 그래?" 세이지가 물었다.

"모르겠어."

"뭘 두려워하고 있는 거야?"

"두려워하고 있는 거야, 내가?"

"아냐?"

접시 위의 요리를 아무 말도 하지 않고 입에 가져간다. 뼈가 붙은 것이 있으면 입 안에서 바른다. 은그릇에 담긴 물로 손끝을 씻는다. 천으로 된 냅킨에 손을 닦은 물이 스며든다. 무거운 나이프 끝이 고깃조각에 파고들어 날카롭게 가른다. 소리는 나지 않지만 요란스러운 과정이다.

"맛은 괜찮아?"

"괜찮아." 소란한 마음 상태로 대답한다.

세이지가 한숨을 쉰다. 정면으로 나를 보고 있다. 나는 접시만 쳐다보면서 계속 나이프와 포크를 움직인다. 입 주위에 소스가 묻었다. 냅킨으로 닦는다. 닦아낸 곳이 뜨겁다.

"쳐다보지 마."

"이봐요, 뭐가 그렇게 두려워?" 세이지는 계속 바라본다. 내 부탁을 들어주지 않는다. 피 맛이 입 안에 가득하다.

"어째서 두려워, 나랑 있는데." 평온한 목소리. 소란함
이 쏙 빠져나갔다. 하지만 다음 순간에 바로 돌아온다.

나 생각나버렸어. 입 밖으로 꺼내지는 않고 마음속에
서 대답한다. 나 생각나버렸어. 마나즈루에서. 밤의 바
닷가에서.

세이지가 손을 뻗어서 내 입 주위에 묻은 소스를 엄
지손가락으로 문질렀다.

돌아가자 모모가 있었다.

달력을 넘기고 있었다. 10월까지의 달력은 이미 다
뜯어내고 이젠 두 달분만 남은 달력이다.

"무슨 일정이라도 있어?"

"그다지." 쌀쌀맞게 모모는 대답했다.

획 얼굴을 돌렸다가 마음을 바꿔 먹었는지 이쪽을 향
했다.

"아버지가 살아 있다면 몇 살이 되지?"

뭐! 하고 소리가 나왔다. 살아 있다면, 이라는 말에
소리가 나온 것인지 그렇지 않으면 몇 살이 되냐는 말

에 소리가 나온 것인지 알 수 없는 채로 아무렇지 않게 답했다. 마흔일곱일까, 나랑 두 살 차이니까.

"아버지는 가을에 태어났지?"

가을이었던가. 11월이면 이미 겨울 아냐? 레이가 태어난 계절이 언제인지 같은 건 생각해본 적도 없었다. 이 애는 언제나 생각하고 있었던 걸까. 언제나 여기에 없는 아버지를.

"나는 봄이지?"

그래. 모모는 봄에 태어났어. 우리 케이크 먹을까? 이야기를 다른 쪽으로 가져간다. 함께 달콤한 것을 먹는 일도 요즘은 거의 없어졌다. 모모가 쌀쌀맞게 굴기만 했다.

"먹을래, 먹을래." 기쁜 듯이 말한다. 들뜬 기분을 깨뜨리지 않도록 말없이 찬장에서 접시를 가져온 다음 조심조심 상자를 열고 예쁘게 장식된 케이크를 꺼냈다.

세이지가 고른 밤 케이크였다. 여자아이는 이런 걸 좋아하지 않을까? 세이지는 부드러운 목소리로 말하면서 디저트로 나온 케이크를 모모를 위해 따로 나눠서 포장했다.

"맛있다. 어느 가게야?" 가늘게 짜낸 크림을 부수면서 모모가 물었다. 에비스. 일 때문에 간 곳이야. 세이지의 이름을 모모에게 말한 적은 없다. 일이라는 말로 대부분 넘겨버리고 있었다.

"거기에 누구랑 갔어?"

넘어가려는 걸 벌써 모모는 알고 있다. 일이라는 말에 숨겨진 애매하고 미묘한 것을 끄집어내려 벼르고 있다. 끄집어내더라도 결국은 질려버릴 거라는 것까지는 아직 모르기 때문에.

"남자랑."

"아버지 같은 사람?"

"아냐."

흩뿌려진다. 불꽃이라고 할 정도는 아니지만 깜빡이듯이, 날카롭게 파고들듯이 모모가 혐오하는 기분이 여기저기 흩뿌려진다.

"아버지에 대해 모모는 어느 정도 기억하고 있어?" 개의치 않고 되물었다.

"난 그때 고작 세 살이었는걸. 아무것도 기억 안 나."

그렇다. 레이가 실종되었을 때, 아직 모모는 세 살이

었던 것이다. 어디에 부딪쳐야 좋을지 이 애는 모르는 거다. 그렇게 생각하니 가여워졌다. 오랜만에 느끼는 감정이다. 가엾다. 크림을 머금은 입가도 윤곽이 굳어진 볼 언저리도 성가신 듯이 귀밑머리를 쓸어내리는 가냘픈 손목도 모두 가엾다.

계단이 삐걱거린다. 엄마가 내려온 것이리라. 엄마, 케이크 먹어? 밝은 소리로 부른다. 모모는 아직 혐오를 흩뿌리고 있다. 양보해둘게. 엄마가 벽 너머로 나른하게 대답한다.

레이의 아버지로부터 편지가 왔다.

아들은 이미 죽은 거라고 마음먹었습니다. 공양을 하기 위해 계명을 짓고 위패도 만들었습니다. 의논도 하지 않아서 미안합니다. 가까운 시일에 나도 아들 곁으로 가게 되겠죠. 호적은 아직 빼지 않았나요? 어떤 식으로든 매듭지어주세요. 무탈히 지내세요.

세토내해와 가까운 마을의 언덕 중턱에 있었던 집이 떠올랐다. 어느 집이나 이웃과 벽을 접하도록 지어져 있었다. 경사가 급하고 골목으로만 이어진 미로와 같은 마을이었다. 저녁이면 밥 짓는 냄새가 피어올랐다. 냄새는 윗집까지 올라간다. 언덕에 층층이 지어진 바로 아랫집에서 저녁 식사하는 웅성거림도 함께 들려왔다.

실종된 지 13년이 지났다.

이제 적당한 때가 된 것일까? 모두가 일제히 레이의 죽음을 긍정하기 시작하고 있다.

"위패래." 엄마에게 말했다.

"계명은 뭐래?"

"편지에는 안 적혀 있어."

고양이가 특히 많은 골목을 레이와 걸었다. 한 발 내딛을 때마다 마당 앞이나 도랑 옆에서 하양이랑 검정 그리고 줄무늬 고양이가 튀어나왔다.

"스프링 장치를 해놓은 것 같아"라고 하자 레이는 웃었다.

레이의 집으로 결혼 인사를 하러 가는 참이었다. 아버지도 어머니도 여동생도 모두 고향 밖으로 나오지 않고 자랐으니까. 레이는 그렇게 말했다. 바다에 가까운 작은 이 마을에서만 지냈지.

세토내해의 물고기를 대접받았다. 회와 구이와 찐

것. 도쿄가 있는 관동 지역의 물고기보다 부드럽고 단 맛이 났다. 간장도 관동 지역의 것과 달라서 걸쭉하고 달콤했다. 무릎을 오랫동안 꿇고 있어서 저렸기 때문에 발을 살짝 엇갈렸다.

레이 여동생은 인사하러 간 다다음 해에 이웃 마을로 시집갔다. 결혼 의상으로 츠노카쿠시*를 썼다. 함진아비의 노래를 노인이 불렀다. 갓 태어난 모모는 엄마에게 맡기고 레이와 둘이서 식에 참석했다. 레이가 실종되기까지 짧은 동안에 여동생은 첫째 아들을 낳았고 그 직후에 레이 어머니가 돌아가셨다. 그리고 다음 해에는 여동생이 연년생으로 또 사내아이를 낳았다. 꽤 여러 가지 일이 있었던 것 같았는데 고작 4, 5년 동안의 일이었다.

"레이는 죽었을까?"

엄마는 대답하지 않았다. 너도 흰머리가 늘었구나. 대답 대신 말했다. 생활은 정말 잘 숨겨준다. 드러내고 싶지 않은 것을.

* 일본 전통 결혼식에서 신부가 머리에 쓰는 흰 비단 천.

소설을 써보지 않을래요?

세이지가 말했다.

단편 같은 건 써본 적 있지만. 그래도 난 소설은 벅찰 것 같아요.

찻집에 마주 앉아 있다. 세이지에게 일 이야기를 듣는 게 몇 년만일까. 맨 처음 내민 에세이집 이래로 처음이니까 벌써 10년 가까이 된다.

"왜 또 나랑 일을 하려고 생각했어?"

피하고 있었을 텐데, 하고 생각했다. 일과 연애를 동시에 하는 걸 좋아하는 사람들도 있겠지만 나는 잘하지 못한다. 세이지도 아마 그럴 텐데.

"별다른 이유는 없어요."

그렇게 말하고서 그냥, 이라고 세이지는 덧붙였다.

"그냥?"

"야나기모토 씨의 문장을 나는 늘 좋아하니까."

좋아한다는 말에 기분 나쁜 아픔을 느꼈다.

"하지만 어째서 지금이야?"

"계속 생각하고 있던 거예요."

남 대하듯이 말하지 말아줘, 하는 말이 튀어나올 것

만 같다. 하지만 세이지는 언제나 그랬다. 소리 내지 않고 웃는 것도 정중한 말을 사용하는 것도 변함없이 10년간 계속해왔다.

"우리, 이젠 끝난 거야?"

칠칠치 못한 여자 같은 말을 해버렸다. 칠칠치 못한 거다. 실제로.

"그런 거 아냐." 세이지는 조용히 답했다.

"레이에 대한 건 생각 안 하고 있어. 조금도 생각 안 해." 작게 외치듯이 말했다.

"그럴까요?"

흩뿌려진다. 모모와 닮은 흩뿌려짐. 불꽃이라고 할 정도는 아니지만 곱고 날카로운 파편을 던지듯이 세이지의 감정이 흩뿌려졌다.

"전에 질투라고 말했었지?"

"질투가 아닐지도 모르죠."

그럼 뭐? 하고 물었다. 흩뿌려지기 시작한 세이지의 감정은 잦아들지 않고 계속 흩뿌려졌다.

"희망을 가질 수 없다는 건지도 몰라요."

희망을? 명치에 통증이 온다. 좋아한다는 말도 희망

이라는 말도 똑같은 아픔을 준다.

자, 나가요. 여기는 더워. 나가요. 바람이 잘 통하는 길을 걸어요. 매달리듯이 말한다. 세이지는 고개를 숙이고 수첩을 펼친다. 단단한 옆모습이 아름답다.

세이지, 하고 이름을 부르며 팔짱을 낀다.

싫어. 가슴에 얼굴을 기대면서 말한다.

떠나가는 건 싫어.

"내 쪽에서 먼저 떠나려고 한 적은 없었어요." 세이지는 말하며 택시를 잡는다. 없었어요, 라는 말의 끝부분이 택시가 정차하는 소리에 지워진다.

도쿄역까지 가주세요. 세이지가 말한다. 세이지, 역 말고 따뜻한 곳으로 가요. 세이지의 귓가에 속삭인다.

"아까 덥다고 하지 않았나요?"

놀라서 세이지의 얼굴을 본다. 세이지도 나를 쳐다본다. 파랗게 질려 있다. 어떻게 그런 따귀를 때리는 것 같은 말을 할 수 있지? 세이지의 눈을 향해 묻는다. 소리로는 내지 않고.

절망하고 있으니까. 눈으로 세이지도 답한다.

당신은 남편을 결코 잊을 수 없어.

크게 뜬 세이지의 눈이 또렷이 그렇게 말하고 있었다. 택시가 급정차해서 나는 세이지 쪽으로 쓰러졌다. 서둘러 몸을 일으켰다. 얻어맞아서 나도 화가 났다. 왜 예고도 없이 얻어맞아야만 했나. 동물이 동물의 공격을 받았을 때처럼 강한 분노가 순간 치밀었다.

하지만 화는 바로 사그라든다.

세이지, 하고 소리 내 부른다. 세이지, 사라지지 말아줘.

"당신은 너무 나쁜 사람이야." 세이지가 낮게 말한다.

왜? 분노 뒤에 힘이 빠져 몸을 떨면서 물었다.

"당신은 아무것도 믿지 않아."

도쿄역의 검붉은 벽돌이 저물어가는 빛 속에 둔탁하게 가라앉고 있다.

세이지. 다시 불러봤다. 지갑에서 동전을 꺼내 계산을 마치고 영수증을 받고서 세이지는 침착하게 택시에서 내렸다.

싫어. 중얼거린다. 등을 보이며 세이지는 역사로 향한다. 손님, 운전사가 불렀다. 손님, 어떻게 할까요?

부웅 소리를 내며 커다란 트럭이 지나간다. 치켜세운 코트 깃 언저리에서 냉기가 매끄럽게 내려온다. 세이지가 멀어진다. 싫어. 다시 한번 중얼거렸다.

정신이 들고 보니 꽃잎을 쥐어뜯고 있었다.

택시에서 내려서 찻길을 건넜다. 검푸른 승용차가 경적을 울렸다. 얼굴을 들어 운전석을 보니 입술을 일그러뜨린 남자가 이쪽을 노려보고 있었다.

남자는 눈이 마주친 순간 얼굴에 담고 있던 힘을 풀어버리고 쓱 무표정이 되었다.

어째서 이렇게 뚜렷하게 보이지? 하고 생각했다. 남자 얼굴의 한 줄기 한 줄기의 움직임이 남김없이 다 파악되었다. 남자는 핸들을 세게 부여잡더니 그대로 달려서 사라졌다. 한순간의 일이었는데 오랫동안 벌어진 일처럼 느껴졌다.

그대로 건너편 꽃집에 들어가 하얀 꽃을 샀다. 다발로 묶여 있던 국화보다 꽃잎이 적지만 거베라보다는 빽빽한, 이름 모를 꽃을 계산대에 가져가서 천 엔을 내고 포장해서 받았다.

거스름돈을 지갑에 넣은 것까지는 기억하고 있다.

훌쩍 시간을 건너뛰어서 벤치에 앉아 있었다. 높은 건물들 한가운데에 덩그러니 있는 벤치, 주위의 나무들은 높게 우거져서 어둠 속에 더욱 어두운 그림자를 울창하게 떨구고 있었다.

해가 져서 사람은 이젠 없다. 밝은 시간에는 점심 도시락을 들고 온 여사원들이 걸터앉아 들떠 재잘거리면서 화려하게 젓가락이랑 포크를 움직였을지도 모른다. 하지만 지금은 쥐 죽은 듯이 바람도 한 점 없다.

밤에 하얀 꽃잎이 떨어지는 것을 보는 게 기분 좋다. 천천히 꽃잎은 땅바닥에 닿는다. 한 잎 뜯고 또 한 잎 뜯고.

꽃은 한 가지에 몇 송이씩 붙어 있으니까 손가락이 쉴 새 없이 움직인다.

발 언저리 땅 위에 자그마한 하얀 더미가 생겨났다. 불쌍하잖아. 두 살 무렵의 모모를 야단치던 내 목소리가 떠올랐다. 꽃을 쥐어뜯으면 꽃이 아야 아야 해요. 들에 피어 있던 노란 꽃을 따서 무심히 꽃잎을 쥐어뜯고 있던 모모에게 했던 말이다.

하얀 꽃도 아야 아야, 노란 꽃도 아야 아야.

머릿속에서 내 목소리로 자신에게 말해본다.

기분이 좋지 않다. 꾸며낸 듯한 목소리. 그리고 말투.

꽃의 아픔 같은 건 난 모른다. 알았던 적도 없다. 내가 모모에게 주의 같은 걸 줄 리도 없었다. 하지만 모모는 그만뒀다. 꽃을 뜨드면 아야 아야 하죠. 그렇게 말하곤 생긋 웃었다.

일어나서 들판을 떠났다. 뜯었던 꽃을 모모는 버렸다. 그걸 못 본 척하고 사이좋게 손잡고 돌아왔다.

집에 돌아오자 모모도 엄마도 무사한 표정이었다.

"다녀왔어요" 하고 말하자 "어서 와" 하고 소리 맞춰 맞아주었다.

거실에 들어선 순간 묘한 느낌이 들었다.

하얗게 비어 있던 벽에 뭔가 붙어 있다.

"레이!" 나도 모르게 소리가 나왔다.

옛날 사진이 몇 장이나 압정으로 꽂혀 있는 것이었다.

"정리하다 보니 많이 나왔어." 엄마가 말했다. 아주 살짝 얼굴을 외면하면서.

"내가 붙였어." 모모가 엄마의 말을 덮듯이 말했다.

레이가 찍힌 사진뿐만이 아니었다. 태어난 달에 작디작은 모모를 안고 있는 나. 마시다 남은 컵이 늘어선 탁자 앞에서 싱글벙글 웃는 레이의 아버지와 어머니. 레이 여동생의 아이. 두 사내아이가 서로 뒤엉키듯 웃고 있는 사진. 분명 첫 아이 시치고산* 때 찍은 거라며 보내준 사진이다. 이미 그때 레이는 실종되고 없었다.

일부러 그런 거겠지. 사진들은 끝부분을 조금씩 겹치기도 하고 살짝 비스듬히 두는 식으로 보기 좋게 벽에 배치되어 있었다.

아빠랑 엄마랑 나랑 셋이서 찍은 것도 있다. 이걸 찍었을 때의 일은 분명히 기억하고 있다. 고등학교 2학년을 맞기 전 봄방학 때 아빠는 전근지에서 막 돌아온 참이었다. 긴자에 저녁 식사를 하러 가려고 잘 차려입고서 마당 앞에 나와서 찍었다. 봄의 해 질 무렵 차가운 공기 속에서 문기둥에 카메라를 두고 아버지는 셔터를 자동으로 바꾸었다. 첫 번째는 잘 작동하지 않았다. 다

* 七五三. 아이들의 성장을 축하하는 행사. 남자는 3세·5세, 여자는 3세·7세가 되는 해 11월 15일에 새 옷을 입고 신사에 절하러 간다.

음엔 엄마가 잠깐 멈추라고 했다. 있잖아, 셋이서 사진을 찍는 건 재수가 없는 거야. 케이, 작은 인형. 그렇지, 현관에 있는 유리 인형을 가져와. 손바닥에 감춰도 좋으니까 함께 찍자.

현관으로 뛰어가서 유리 인형을 집었다. 차갑게 손바닥에 닿았다. 세 사람이 찍혀 있지만 보이지 않는 또 한 사람이 있는 그 사진이 현상되어 나왔을 때 가슴이 두근거렸다. 세 명인데 네 명. 하지만 세 명.

그 사진까지 해서 전부 십여 장의 옛 사진이 벽에 있다.

"깊숙이 보관해뒀던 거야." 그렇게 말하자 모모가 잠자코 바라봤다.

"이렇게 꺼내보니 정말 있었던 일 같아."

정말 있었던 일이라는 말을 모모는 특히 뚜렷하게 발음했다.

"정말 있었던 일이야. 실제로." 내 대답에 모모는 고개를 갸우뚱했다.

"하지만 나는 기억이 없어서 정말인지 아닌지 모르겠어."

엄마가 높은 톤으로 소리 내서 웃었다.

사진 속 레이의 눈이 어딘가를 뚫어지게 바라보고 있다. 어디인지 나로서는 이젠 기억이 없다.

세이지는 만나주지 않는 걸까.

만나준다, 만나주지 않는다는 표현을 하고 있는 것에 깜짝 놀랐다. 주거나 주지 않는 것이었던가. 우리들 사이는.

싫어! 싫어! 고개를 흔들었다.

마음을 가다듬고 세이지에게 전화를 걸었다. 전화는 싫다고 오래전에 세이지에게 말했던 적이 있다. 전화를 했을 때 당신이 어떤 식으로 있는지 보이지 않아서 싫어. 어떤 식이든 나는 괜찮아요. 세이지는 대답했다.

괜찮다는 말에 웃음이 났다. 세이지는 분명히 괜찮은 것처럼 보였다. 언제나 차분하고 조용하며 결코 동요하지 않는 것처럼.

"저" 하고 말을 걸자 딱딱한 목소리가 들렸다.

"지금은 좀……."

"그래도." 강하게 파고든다.

"정말로 좀 곤란해."

어떤 식인지 역시 보이지 않는다. 세이지 주위에 무슨 소리가 나는지 귀를 곤두세웠지만 들리지 않는다. 밖에 있는 건지 방 안인지도 모르겠다. 전화를 받긴 했으니 한창 회의 도중이었던 건 아니겠지. 잠깐 전화 받으러 나온 건가, 하지만 나한테 온 전화를 바로 끊을 거라고 결심했다면 전화 받으러 자리를 비우고 나오거나 하지는 않았을 거다.

역시 전화는 싫어.

다시금 생각했다. 지금이 아니라도 좋으니 시간이 비면 연락 줘. 그렇게 말하자 세이지는 뭔가 말을 흐린다.

이젠 전화하지 말아줘요.

그렇게 말하려다가 주저하고 있는 걸까?

세이지가 왜 이렇게 되어버린 건지 도무지 납득하기 어렵다.

당신은 아무것도 믿지 않아.

요전에 세이지가 말했던 그 말도 모르겠다. 나는 믿고 있는데. 믿지 않으면 아이를 낳는 것도 할 수 없다. 믿지 않으면 세이지와 계속 만날 수도 없다. 믿지 않으면 살아가기 위해 숨을 쉬는 것도 할 수 없다.

하지만 내가 아무것도 믿지 않는다는 걸 사실 나도 살짝살짝 알고 있는 것 같은 기분도 들었다.

나는 아무것도 믿고 있지 않아.

그날 이후? 레이가 실종된 그날 이후?

세이지는 침착하고 조용하게 결연히 전화를 끊었다, 이 사람은 내가 없어도 괜찮은 거군. 눈물이 조금 배어나왔다.

바보구나, 하고 여자가 말한다.

따라오는 자도 오랜만이다.

레이에 관한 거라면 이젠 몰라. 불쑥 말하자 여자는 웃었다.

살아 있는 인간은 바쁘시군.

그렇게 말하고 웃었다.

그러고 보니 바쁘게 변화하면서 살아왔다. 오늘 아침 경치도 낮에는 다른 곳으로 옮아간다. 밤의 기분도 아침이면 바뀐다. 작년에 쓰던 모자는 올해 더 이상 쓰지 않는다.

"모모랑도 달라져버렸고 말야." 나도 모르게 여자에게 호소하고 있다. 이 여자가 부모가 되어줄 리도 없는데.

"직접 낳은 아이는 더더욱 그렇지."

뜻밖에도 여자는 정성껏 대답해왔다.

"어떤 모습으로 바뀌어가는지 가만히 지켜보면서 기뻐하고 좋아하다가 어느 날, 아이가 쓱 어딘가로 가버리는 거지."

모모의 얼굴이 떠오른다. 나를 외면하는 얼굴. 귓가에서 볼까지의 선은 부드럽지만 거기에 응어리진 마음은 딱딱하다.

어제는 레이 생각으로 마음이 소란스러웠는데 오늘은 세이지 일로 심란하다. 어제는 품 안에 파고들었던 모모인데 오늘은 빠져나가 사라지는 걸 망연히 바라만 보고 있다.

"어수선한 내가 정말 바보 같아."

모두 그래. 세이지라고 하던가? 그 남자도 이쪽에서 보면 바보 같아. 왜 그렇게 완강히 거부하려는 걸까? 여자가 말한다.

명치가 뻐근하게 아프다. 거부한다는 말에 아팠던

거다.

변하지 않는 건 없을까? 여자에게 물어봤다. 여자는 고개를 애매하게 흔들었다. 동의하고 있는 건지 부정하고 있는 건지 아니면 어느 쪽도 아닌 건지.

바다에 던져버려 봐.

한참 있다가 여자가 말했다.

기분 좋아. 획 멀리까지 던져보면.

언젠가 쌍둥이를 바다에 던져버리던 여자의 모습을 떠올렸다. 파도는 거칠었다. 여자는 사랑스럽다는 듯이 아이를 가슴에 끌어안았다가 던졌다. 팔이 잘 휘어졌고 망설임은 전혀 없었다. 여자는 쌍둥이를 한쪽씩 나눠서 던졌다. 두 아이는 높은 파도 사이로 곧장 빨려 들어갔다.

한 달이고 두 달이고 세이지로부터 연락이 없었다.

새해가 밝았다.

"햇수로 또 나이 한 살 먹었네." 엄마가 말했다. 내년엔 벌써 고희구나.

그럼 나는 햇수로 두 살이나 한꺼번에 나이를 먹어

버리나? 모모가 이상하다는 듯이 묻고 있다. 그건 해가 바뀌어서 지금까지의 보통 숫자의 셈에 다시 새로운 셈이 덧붙는 거야. 엄마가 대답했다. 잘 모르겠어. 모모가 웃는다. 옛날 사람들은 어째서 나이를 만으로 세지 않고 일부러 쓸데없이 햇수로 세는 걸까?

"이런 이런, 난 옛날 사람이구나." 엄마도 웃는다.

옛날 사람은 오래 사는 걸 축하할 일이라고 생각해서 점점 나이를 먹고 싶어 했는지도 몰라. 엄마는 계속했다. 흐음, 모모가 가만히 끄덕인다.

계속 세이지를 생각하고 있는 한편 지독히도 느긋한 이야기를 주고받고 있다는 것이 우스워서 나도 웃었다.

엄마랑 내가 반반씩 만든 설맞이 음식을 늘어놓고 떡국을 준비했다. 우리 집 설음식엔 도미도 새우도 없네. 모모가 불만스럽게 말한다. 도미라든가 새우라든가 하는 것들은 형식상 두는 것뿐이지 그렇게 맛있는 게 아냐. 엄마가 대답한다. 그런가? 하지만 밖에서 파는 설음식에는 꼭 새우가 들어 있고 도미 한 마리가 통째로 한마리 들어 있기도 한 걸요.

레이 고향의 떡국을 떠올렸다. 결혼하고 처음으로 맞

는 설 첫날에는 레이의 고향식으로 떡국을 준비했다. 이튿날에는 엄마에게 배운 도쿄식 맑은 국물에 잔솔잎과 닭, 구운 떡을 넣고 파드득나물을 띄워 만들었다.

레이가 태어난 곳의 떡국은 둥근 떡을 굽지 않고 다시마 국물에 하얀 된장을 푼 것이었다. 색이 선명하게 살아난 무와 당근, 그리고 낯선 맛 때문에 즐거웠다.

"설날은 공기가 깨끗해." 레이는 이렇게 말하고 다다미에 뒹굴었다. 설날 마시는 도소에 사케까지 마셔서 얼굴이 분홍으로 물들어 있었다. 낮술은 빨리 취하네, 하고 말하더니 벌써 코를 골고 있었다.

세이지도 지금쯤 가족과 지내고 있을까?

생각해보니 다시 명치가 아프다. 세이지의 아내랑 아들에게 질투를 했던 적은 없었다. 나에게 그의 가족이라는 건 명확치 않은 것이니까. 내가 태어난 가족은 스스로 만든 것이 아니었다. 직접 이루려 했던 가족은 간단히 무너져버렸다. 나는 몸에 사무칠 정도로 가족의 존재를 실감한 적이 없다.

지금은 질투하고 있다.

세이지와 함께 가족이라는 형태로 있어서가 아니라

그냥 세이지 가까이에 머무를 이유를 가지고 있다는 것에 대해.

설음식이 담긴 찬합에서 제각기 집어 먹고 난 곳이 공백이 되어 있다. 쏙 빈 공백의 바닥은 젖어서 빛나고 있다. 새로 잘 채워서 빼곡하게 만든다. 그러면 이젠 거기에 공백이 있었다는 것은 잊어버린다.

불쾌한 기분이 들었다. 명치가 다시 아프다.

있는데 없다.

노트북을 펼쳐 문자를 친다.

소설을 써보라고 세이지가 말했다. 소나무가 뽑혔어도[*] 세이지로부터 연락이 아직 없다. 아주 오래전에 썼던 단편 중 하나에, 구근을 심는 여자가 나온 것을 아득하게 떠올렸다. 여자는 크로커스 구근을 마당 구석에 몇 개나 파묻었지만 그 구근이 싹을 내어 꽃을 피우기 전에 집을 나와버린다.

집을 나간 여자 이야기를 썼던 것은 레이 때문이었을까? 레이가 한 짓을 모방해서 쓴 이야기인데 레이랑 똑

---

[*]　일본에서는 새해를 맞이하며 문 앞에 소나무 장식을 세우는 가도마츠(門松) 풍습이 있는데 1월 7일 또는 15일에 치운다.

같은 짓을 내가 단편 속의 여자에게 시키고 있다는 것을 알아차리지 못했다.

"행복해지지는 않았군."

단편을 읽은 세이지가 말했다. 세이지하고 작업했던 일이 아니었기 때문에 공개되고 나서 한참 후에 그런 말을 들었다. 그런 글을 썼다고 먼저 알리지는 않았다. 그런데 찾아서 몰래 읽어주고 있었다.

"누가?" 몰라서 물었다.

"집을 나간 여자가."

집을 나간 여자의 뒷이야기는 쓰지 않았을 것이다. 그냥 여자가 집을 나가버리고 남겨진 남자가 무리 지어 핀 크로커스의 진한 황색을 망연히 바라보는 장면만 열심히 썼다.

"당신의 문장에서는 행복한 온기가 피어오르지 않았어."

그야 집을 나가고 간단히 행복해진다면 견딜 수 없잖아. 그때 그렇게 대답했었던가. 세이지는 어슴푸레 웃었다. 그러고서 아주 조금 가라앉은 표정을 지었다.

없는데 있다.

글자를 바꿔 두 번째 줄에 적어 넣었다.

소설 같은 건 쓸 수 없다. 현세의 일에 온통 정신이 팔려서 여기에 없는 세상의 일을 마음껏 상상하고 있을 여유 따윈 없다. 없는데 있는 레이와, 있는데 없는 세이지. 초조해진다. 초조하고 굉장히 슬퍼져서 그냥 만나고 싶다.

이렇게 세이지에 집착하고 있다는 것에 놀랐다. 하지만 있으니까 집착하는 거다. 없어져버리면 집착을 할 곳도 없어진다.

던져버려 봐.

여자의 말을 떠올렸다.

던져버려 볼까.

세이지의 목소리를 들었다.

전화를 걸어 직접 찾아온 건 아니었다. 일 때문에 세이지 회사하고는 다른 회사에 갔다. 용건을 마치고 엘리베이터를 탄 순간 세이지의 목소리가 들렸다.

"축하해줘야겠군" 하고 목소리는 말했다.

눈을 들자 세이지와는 전혀 다르게 풍채 좋고 피부가

깨끗한 남자가 있었다.

"왜 그러세요?"

1층까지 가는 동안에 다른 사람은 내리고 남자와 나만 남았다. 나는 남자를 물끄러미 바라보고 있었던 것이다.

"목소리가" 하고 속삭였다.

목소리? 남자는 나를 들여다보며 물었다.

"목소리가 알고 있는 사람하고 똑같아서."

그 사람은 어떤 남자죠?

"목소리를 듣고 싶은데 들을 수 없는 사람."

그렇게 말하려고 한 건 아닌데 바로 진심을 말해버렸다. 세이지를 쏙 빼닮은 목소리 때문이 아니라 남자의 분위기가 그렇게 말하게 했다.

"그렇다면 들려주지." 남자는 그렇게 말하더니 내 허리에 팔을 감았다. 부자연스러운 움직임인데 그 남자가 하자 자연스러웠다. 그대로 호텔로 갔다.

땀을 많이 흘렸다.

그동안 세이지가 아닌 다른 남자하고는 했던 적이 없었기 때문에 못 할 거라고 생각했었다.

하지만 했다. 간단했다.

세이지도 레이도 간단했던 거다.

내게서 멀어지는 건. 내게서 보이지 않는 곳으로 가는 건.

"몸이 좋군." 남자가 말했다.

"원했으니까." 답했다.

"또 하고 싶다."

"그래도 좋지만 오늘보다 좋지는 않을 것 같아." 솔직히 말했다.

그래도 좋아요. 보통은 그렇지. 하지만 실제로 하는 것하고 기분상 짐작하는 것하고 다른 경우가 많아요. 정말로 어떨지는 아무도 모르는 거예요. 남자는 진지한 표정으로 말했다.

정말인지 아닌지 모르겠어.

모모의 말이 떠올랐다.

남자의 말과 닮은 것 같지만 다르다. 다르지만 끝까지 파고들다 보면 같은 것이 될 듯도 했다.

그럼 또 만나요. 미소를 지으며 남자에게 말했다. 이젠 두 번 다시 만나는 일은 없을 거라고 생각하면서.

샤워로 씻어낸 땀 냄새가 어깻죽지에서 어렴풋이 피어오른다.

파자마를 오른발부터 벗다가 아직 왼발에 걸쳐진 채로 조금 걸었다.

아침에 욕실로 들어가는 김에 세탁기를 돌리려고 생각하고 있었다. 생활에 뒤섞여 지내면 세이지를 잊고 지낼 수 있기 때문에 요즘은 거의 밖에 안 나간다. 집 안 공기는 촉촉하고 따뜻하다. 모든 걸 잊어버리게 된다.

그때 휴대전화에서 들뜬 음악이 울렸다.

이런 이른 아침부터라니, 하고 의아해하며 왼발에 파자마를 늘어뜨린 채로 받았다.

세이지였다.

아, 좋은 아침!

밝은 목소리가 들렸다. 그런데 파자마가 왼발에……. 변명처럼 생각했지만 세이지에게 전할 수는 없었다.

"굉장히 오래 전화 안 했네. 잘 있었어요?"

정중한 말투와 정중하지 않은 말투가 섞여 있다. 언제나처럼.

웬일이야. 무슨 일 있었어? 걱정돼서 묻는다. 아무렇지도 않은 듯이 태연하게 원래대로 돌아가는 사람이 아니었다. 기다리면서 느낀 불안이나 초조함보다도 세이지를 걱정하는 마음이 앞선다.

"아무 일도 없어요."

따뜻한 즙 같은 것이 몸 전체에 스며들듯 퍼졌다.

"세이지, 이렇게 목소리를 들을 수 있어서 기뻐."

생각하기도 전에 말이 튀어나왔다. 세이지가 입을 다물었다. 내 말은 그에 의해 뒤집혀졌다.

"소설은 어떻습니까?"

"어떻습니까?" 뒤집혀도 전화를 받은 것이 그저 기뻐서 앵무새처럼 따라서 말해본다.

"쓰고 있어요?"

쓰고 있어요. 조금.

소설은 그 두 줄이 전부였다. 세이지는 이미 나를 버렸다. 목소리를 들으면서 확인하고 있다. 그래도 기쁘다. 세이지 목소리가 내 귀에 직접 닿는 것만으로.

잘 가, 하고 생각하면서 파자마를 왼발에서 뺐다. 세탁기에 던져 넣고 스위치를 누른다. 돌기 시작한 세탁조에 세제를 계량해서 들이붓는다. 맨몸의 허벅지 살을 손끝으로 만져보았다. 매끈매끈 부드럽다. 다 쓰면 봐줘요. 세이지에게 말하고 전화를 끊는다. 세이지는 뭘 말하고 싶었던 걸까. 이런 이른 아침에.

세탁조가 돌면서 소용돌이를 만든다. 겨울 아침의 차가운 물에 세제가 덜 녹아서 하얗게 남아 있다. 소용돌이가 돌면서 물방울을 튀긴다.

욕실 문에 손을 대면서 세이지의 부드러운 입술을 떠올린다. 마치 두터운 꽃잎에 닿는 느낌이었다. 세이지, 하고 불러본다. 아무도 대답하지 않는다. 아무도 없다. 모두 내게서 멀어져가버린다.

7

끌려가듯이 몸이 향해 간다.

가고 싶어서가 아니다. 그냥 움직여서 가게 되는 거다.

"또 마나즈루에 가?" 나올 때 엄마가 물었다.

모모가 현관에서 구두를 신고 다녀오겠습니다, 하며 엄마에게 소리친 것은 기억하고 있다. 접시 위에 둔 베이컨에 그를 젓가락으로 집어 성급히 입에 넣었다. 삼킬 때 목 조금 아래쪽으로 삼키기 힘든 꽉 막힌 듯한 감촉이 있었던 것도 기억하고 있다. 베이컨에 그를 만든 것이 나였는지 아니면 엄마였는지 그건 기억나지 않는다. 접시를 부엌에 나르고 세제와 따뜻한 물로 씻어 헹군 것도 기억하지 못한다. 그대로 방에 들어가 두꺼운 스웨터를 서랍에서 꺼내고 코트와 목도리를 몸에 걸쳤다. 작은 가방에 지갑과 속옷만 넣고 모모가 아무렇게

나 벗어놓은 갈색 실내 슬리퍼를 넘어서 현관문에 손을
댄 그때, 엄마가 물었던 것이다.

"그래요."

"마나즈루에 도대체 뭐가 있니?" 엄마는 애절한 얼굴
로 물었다.

눈을 피한다.

옛날에 아직 아버지가 살아 있었을 무렵 엄마가 성교
하는 꿈을 꾼 적이 있다. 매끄러운 살, 어스름한 어둠에
허옇게 떠오른 엄마의 뒷모습밖에 보이지 않는데 얼굴
은 뚜렷하지 않지만 분명 엄마라는 것을 꿈속에서 알고
있었다. 남자는 아빠이든 아니든 아무래도 상관없었다.
그저 엄마가 성교하고 있다는 게 중요했다.

무서웠다. 그리고 동시에 편안했다. 보고 싶지 않았
지만 마침내 보고 말았으니, 언젠가 봐야만 한다고 더
이상 벼르지 않아도 돼서 상당히 편한 마음이 되었다.

그때 꿈속에서 본 엄마의 뒷모습과 지금 엄마의 얼굴
은 똑같은 애절함을 띠고 있다.

"아무것도 없지만, 가."

내가 아닌 다른 사람 같은 목소리가 대답했다. 하지

만 그건 역시 내 목소리였고 그대로 현관을 나왔다.

도쿄역까지 가는 전철은 굉장히 붐볐다.

몸이 비스듬히 실린 채 움직일 수 없는 상태로 역에서 역까지 옮겨졌다. 한 줄기 나뭇가지가 된 것 같았다. 주위를 돌아보니 역시 어느 누구나 제각기 나뭇가지라든지 엉겨 붙은 담쟁이넝쿨이라든지 기생목 같은 게 되어 잘도 뒤섞여 있었다.

역에 닿을 때마다 호흡하듯이 사람들이 내뱉어지고 들이마셔졌다. 괴로웠지만 멍하니 있었다. 알맹이가 없으니까 넋이 나가 있는 거겠지. 이제부터 해야만 할 일들과 많은 일정과 만나야 할 사람들이 빼곡하게 낳은 벌레 알처럼 몸 안에 비축되어 있었다면 넋 놓고 있을 수만은 없었을 것이다.

도쿄역에서 하행 전철로 갈아탔다. 바닷가 쪽 좌석에 앉았다. 아직 바다는 보이지 않는데 물 냄새가 났다.

"비가 올 것 같아" 하고 대각선 자리에 앉은 여자가 함께 온 남자에게 말하고 있다.

창 너머로 보니 하늘빛이 흐리다. 잿빛도 아니고 푸르

지도 않다. 새로 산 수채화 물감을 쥐어짜냈을 때 쭈르르 나온 끈끈한 덩어리의 주위에, 빨강이라면 아주 흐린 빨강이 검정이라면 아주 흐린 검정이 얼핏 감도는 물이 배어 나오는 일이 있다. 그런 물처럼 옅은 색이었다.

냄새는 비 냄새 같다. 바다 냄새가 아니다. 후지사와를 지났을 무렵에 내리기 시작해서 니노미야쯤부터 뜨문뜨문 보이기 시작했던 바다의 표면에 찌르듯이 비가 꽂히고 있었다.

집을 나설 때 본 엄마의 애절한 얼굴을 떠올렸다.

세이지도.

맨 처음 마나즈루에 갔을 때는 지금보다 조금 봄에 가까웠다. 날아다니는 솔개가 자주 보였다. 하늘은 가늠할 수 없을 정도로 넓게 펼쳐져 있었다.

"우산을 어딘가에서 사야겠네." 여자가 말한다.

"차를 타면 돼." 남자가 대답한다.

여자와 남자의 가볍게 얽힌 손끝이 기분 나쁘게 뚜렷하다. 빨갛게 물들인 그녀의 손톱과 손거스러미가 일어난 남자의 약지와 작은 점이 있는 여자의 새끼손가락과 혹같이 솟아오른 남자의 두 번째 손가락 마디가 확대경 너머로 보이는 것처럼 선명하다.

"죽지 말아요." 여자가 말한다.

잘못 들은 거겠지. 확인하려고 귀를 기울이는 짓은 하지 않았다.

남자는 대답하지 않는다.

"죽지 말아요." 다시 한번 말한다.

잘못 들은 게 아니었다. 하지만 어쩐지 울적할 뿐이다.

이제 곧 마나즈루에 도착한다. 여자의 가느다란 손가락이 초조해하며 남자의 손가락을 만지작거리고 있다.

비가 거세다.

편의점 키오스크에서 투명한 비닐 우산을 사서 거리로 미끄러져 나왔다. 바닷가로 가는 버스는 한 시간 뒤에나 있다. 걸어서 가기로 하고 가방을 단단히 옆구리에 잘 안았다.

발에 흙탕물이 튀어 오른다. 나 여기 왔어. 마나즈루에서 언제나 따라오는 여자를 불렀다.

대답은 없다.

20분 정도 걷고 있는 동안 몸이 얼어붙는다. 투명한

우산 너머로 하늘을 올려다본다. 쏟아져 내리는 물보라에 시야가 뿌예져서 아무것도 보이지 않는다. 젖은 코트 자락이 발에 감겨 붙는다.

길이 내리막으로 접어든 곳에 상점이 몇 채 있었다. 메밀집이 깃발을 휘날리며 열려 있다. 점심때라서 한창 붐비고 있다. 나베야키우동을 시켰다.

묵직한 사기 숟가락을 사용해 혀를 데여가면서 먹었다. 천천히 먹고 있는 사이에 손님이 빠졌다. 이 부근에 '스나'라는 이름의 숙소가 있었죠? 종업원에게 물어본다. 아아, 해안가에 있는 미나토야네 말이죠?

여자의 그림자 같은 것이 달라붙었다.

우동 마지막 국물을 숟가락에 모아서 마셨다. 그림자는 허리쯤에 도사리고 있다. 먹을 게 있는 곳에는 언제나 오는군. 중얼거리자 그림자는 조금 짙어졌다.

가게를 나오자 비는 그쳐 있었다. 한창 내리고 있을 때보다도 하늘은 어둡다. 잿빛의 길을 밟으며 바닷가로 향했다.

파도가 높다.

세이지를 떠올리려고 하는데 안 된다.

마나즈루에 오면 마나즈루 사람이 되세요. 여자 목소리가 들린다.

그림자였던 것이 어느새 뚜렷한 형체를 갖추고 있다. 긴 머리칼에 예전보다 아름답고 목소리도 맑아졌다.

"숙소는 잡았어?" 여자는 물었다.

"묵을지 말지 몰라서."

"잡지 않으면 돌아올 수 없게 될지도 몰라."

무슨 뜻이야? 묻지만 답해주지 않는다.

여자와 함께 해안으로 내려갔다. 우리들, 친구 같아. 말하자 여자는 생긋 웃었다. 손을 뻗어오기에 꼭 맞잡았다.

"처음이야. 이렇게 온전히 접할 수 있게 된 건."

여자가 작은 목소리로 말했다.

젖은 바위에 앉아서 바다를 바라본다. 만의 끝에서 끝으로 커다란 다리가 걸려 있다. 아직 손은 마주 잡은 채였다. 따뜻하다. 살아 있는 것처럼.

"어째서?" 하고 물으니 여자는 고개를 갸우뚱하며 답했다.

"몰라, 전보다 훨씬 가까워진 걸지도 모르지."

여자랑 아주 가까운 사이가 되어버려서 이렇게 다시 마나즈루로 끌려온 건가?

"레이를 만나고 싶어." 여자에게 졸라봤다.

"괜찮겠어?"

"괜찮아."

"못 돌아와."

"안 돌아올래."

"애는?"

"아이하고도 헤어졌어."

정말 그럴까? 여자가 눈살을 찌푸렸다. 그런 간단한 게 아냐.

"간단한 게 아니라도 괜찮아." 음미하듯이 말했다. 여자의 손을 세게 잡았다. 흐물흐물 무너져버린다. 손이었던 곳에는 허공이 있을 뿐이다. 여자도 사라져버린다.

가지 마. 불러봤다.

파도가 높다. 검은 트럭 두 대가 굉음을 내면서 다리 위를 나란히 달려간다. 여자는 돌아오지 않는다.

이렇게 인기척 없는 곳이었던가?

이미 충분히 걸어 다녀보았다. 해안에서 조금 높다란 언덕에 올라, 허름해져가는 벤텐사에서 절도 했다. 어두운 신사 안에 조각상 몇 개가 어슴푸레 보였다. 마을신을 모시는 장소는 허름해도 왠지 마음 편하다. 많이 봐왔던 장소에 있는 것 같은 기분이 든다. 왠지 예전부터 잘 알고 있던 사람이라도 쓰윽 나타나는 게 아닐까 하고 한동안 주저앉아 있었지만 아무도 나타나지 않았다.

추워져서 다시 걸었다. 계단을 내려가서 마을을 한 바퀴 빙그르 둘러보고 깨끗하게 잘 손질되어 집집마다 심어진 나무들을 바라봤다. 어느 집 창문이나 단단히 닫혀 있다. 정말 어디에도 인기척이 없다. 치고 신사에 올라가는 계단을 한 계단씩 짓밟듯이 올라갔다. 신전에도 경내에도 역시 인기척이 없다.

계단 중간에 있던 옆길로 되돌아와서 더듬어봤다. 좁은 길 양쪽으로 집이 늘어서 있다. 어느 문이나 모두 닫혀 있다. 귤나무에 작은 알의 귤이 가지가 휘어지도록 열려 있다.

새가 와서 콕콕 쪼아댄다. 새소리만 시끄럽다.

오르락내리락 기복이 심하다. 초등학교가 보여서 아

이들 소리를 들으려고 귀를 기울여봤지만 여기에도 인기척은 없다. 교정의 물웅덩이에 바람이 불어와 잔물결을 일으키고 있다. 종이 울려 퍼진다. 학교 건물에서 누군가 나오지는 않을까 싶어 기다렸다. 하지만 모습은 보이지 않았다. 어느 교실이나 어둡게 가라앉아 있다.

이봐요.

누구에게랄 것 없이 불러봤다.

이봐요.

다시 한번.

발걸음을 재촉해서 도소신*을 지나쳐 소방서 앞으로 나왔다. 빨간 소방차가 썰렁하게 늘어서 있고 여기에도 움직이는 것은 없다. 뒷길을 걷는 건 이제 그만두고 버스가 다니는 도로까지 내려왔다.

아무리 걸어도 차 그림자조차 보이지 않는다. 버스도 다니지 않는다. 정류장에서 운행 시간표를 봤다. 다음 버스는 10분 후다. 여름 축제 때 배가 뒤집혔던 곳이 이 부근이다. 추워서 가게에 들어갈까 하고 돌아보니 어디

---

* 道祖神. 길가에 석비나 석상의 형태로 모시는 신. 마을의 수호신이자 자손 번영의 신으로 근세에는 여행이나 교통안전의 신으로 모셔졌다.

나 다 닫혀 있다.

벤치에 앉아 있다가 문득 생각나서 자동판매기에서 캔커피를 샀다. 평소에 마시지 않는 단것을 골랐다. 벤치로 돌아와서 양손으로 감싸듯이 들었다. 뜨거웠던 캔이 금세 식어버린다.

캔의 고리를 꺾고서 마셨다. 운행 시간표를 보며 다시 한번 시간을 확인했다. 다음 버스는 10분 후. 커피를 다 마시고 나서 다시 시계를 봤다. 버스는 10분 후.

솔개 한 마리만 날고 있다. 좁은 동그라미를 그리며 바다 바로 위로만 빙빙 돈다.

버스는 10분 후.

그렇게 몇 번이나 확인했을까.

난 어디에 들어와버린 걸까?

바람이 약하게 불고 있다. 마나즈루 반도를 도는 유람선 매표소에 갈매기가 여러 마리 앉아 있다. 무너져가는 지붕에 풀이 자라고 있다. 갈매기는 커다란 소리로 운다.

어시장도, 시장을 따라 여러 채 모여 있던 라멘집과

술집도, 산 쪽에 있던 채석장도 어느새 전부 썩어 무너지고 있다. 도로 표면에는 균열이 나 있고 그 틈으로 줄기가 가냘픈 풀이 모여 자라고 있다.

버스 정류장 벤치에는 모기떼가 몰려 있다. 겨울인데 벌레는 정답게 모여들어 빠른 속도로 날아다닌다.

돌아와요.

여자 목소리가 들린다.

하지만 여자가 어디에 있는 건지 모르겠다. 버스는 10분 후. 벤치에서 떨어져 있는 게 무서워서 움츠리고 있었다. 귀에서 울리는 소리를 느끼는 듯한 몽롱한 기분으로 레이를 생각했다. 사랑하고 있었다. 사랑이라는 말의 진짜 의미를 아직 나는 모른다. 그렇다면 레이를 생각했던 그 마음을 사랑한다는 말로 불러도 좋을지 모르겠다. 사랑 따위 아무 쓸모도 없지만. 이런 장소에서는 특히. 그래도 레이를 사랑했다는 것을 생각한다.

나를 버리고 사라진 후에도 레이를 사랑했다. 사랑하기를 그만둘 수 없었다. 없는 사람을 사랑하는 것은 어려운 일이다. 사랑하고 있는 마음이 마음 그 자체 안으로 들어와버린다. 주머니 속이 밖으로 뒤집히듯이 마음도 뒤집혀버린다.

뒤집힌 사랑은 그럼 사랑의 반대가 되는 건가?

아니다.

사랑의 반대는 미움인가? 아니면 사랑과 동의어가 미움인가? 어느 쪽이든 그렇게 명확한 것이 되어주진 않는다.

어느새 그것은 어슴푸레하고 흐리멍덩하고 막막하고 이질적인 것이 되었다.

버스는 10분 후.

춥다. 솔개는 언제까지고 같은 곳을 계속 날고 있다.

레이와 봄 들판을 걸었다.

모모를 안고 노란 개나리와 하얀 조팝나무가 피어난 아득한 봄 들판을 걸었다.

"저기 그네가 있어." 레이가 말했다.

모모를 레이에게 맡기고 그네를 탔다. 높은 데까지 올라서 레이와 모모를 내려다봤다. 앞뒤로 흔들리며 올라갈 때마다 모모가 소리를 지르며 웃었다.

발에 힘을 빼고 움직임에 몸을 맡기자 금세 그네의

진동이 줄었다. 그대로 바로 멈추나 했더니 좀처럼 멈추지 않았다. 언제까지고 작게 계속 움직인다.

모모를 땅에 내려놓고 레이가 뒤로 돌아서 왔다. 등을 밀었다. 다시 그네는 크게 흔들린다. 모모가 일어서려고 한다. 아직 혼자서 걷지는 못한다. 발로 땅을 힘껏 밟는 듯하더니 순간 일어섰다. 바로 엉덩방아를 찧었다. 그대로 다리를 벌리고 앉아 손바닥을 치며 좋아하고 있다.

레이는 뒤에 서서 그네가 돌아올 때마다 세게 밀었다.

이제 세워줘.

말해도 레이는 웃기만 했다. 힘이 담긴 밝은 웃음소리.

눈을 감으면 흔들림이 크게 느껴진다. 고작 2미터 정도의 공간을 앞뒤로 오가는 것이 아니라, 땅에서 하늘까지 갔다가 돌아오는 기분이 든다.

지금 그네 줄에서 양손을 뗀다면 어디로 내던져질까?

꼭 감은 눈보다 훨씬 깊은 곳, 머리의 심지 쪽에서 생각한다.

레이의 손바닥이 등에 닿을 때마다 몸은 땅에 돌아오지만, 몸도 아니고 마음도 아니고 그저 모호하고 뭐라 할 수 없는 것이 하늘까지 올랐다가 다시 돌아오지 않는다.

눈을 크게 뜨니 그곳은 그냥 들판이고 모모랑 레이가 같은 눈빛으로 나를 바라보고 있었다.

다리를 힘차게 땅에 뻗어서 그네를 멈춰 세웠다. 모모가 또 손뼉을 쳤다. 레이가 높이 들어 올리자 모모는 한층 큰 웃음소리를 냈다.

또 같은 들판의 가을이었다.

들판 끝자락에 작은 케이블카가 다니는 역이 있었다.

산속에 낮게 쳐진 케이블을 따라 작고 각진 케이블카의 곤돌라가 땅을 기어 다니는 투구벌레처럼 움직이며 간다.

타자! 하고 레이가 말했다.

타고 싶지 않았는데 탔다.

도중에 또 역이 있어서 나와 레이 말고는 모두 내렸다. 자동으로 운행되는 곤돌라에는 우리 두 사람밖에 없었고 마이크를 통해 울리는 방송만 들린다.

다음 역에서 케이블카는 멈췄다. 방송도 뚝 끊기고

어쩐지 고장인 것 같은데 레이는 느긋하게 창밖을 바라보고 있다.

"내린 다음 곤돌라를 와이어에서 잘라서 떨어뜨리자." 레이가 번뜩 생각이 떠오른 듯이 말을 꺼낸다.

무리예요, 하고 말하면서 이건 분명 꿈일 거라고 생각하고 있다. 꿈이라면 잘라서 떨어뜨려도 괜찮을까.

아무것도 없는 역에 내려서 긴급 버튼을 누르자 곤돌라가 천천히 지면을 향해 떨어져간다. 경사지에 내동댕이쳐지면서 푹 눌려 찌부러진다. "레이, 무서워. 어째서 이런 곳에 우리가 있는 거야?"

"언제나 이런 거야. 평범하게 살다 보면." 레이가 답한다.

바람이 때때로 거세게 분다. 날아가버릴 것 같다. 꿈인데도 바람의 찬기와 몰아치는 모습이 또렷하다.

한참 아래쪽에는 가을 들녘이 보인다. 레이의 허리에 팔을 둘렀다. 어제 회사에서 돌아온 레이의 양복을 옷걸이에 걸 때 지면에 곤두박질치는 곤돌라에서 흩어진 나사의 모습과 맥없이 구부러진 은빛 강철의 반짝임이 뇌리를 스쳤다.

평범하게 살다 보면 이런 일은 흔히 있지. 그러고 보면.

응, 자주 있죠.

우리는 이야기를 나눈다. 가을바람이 나와 레이의 머리카락을 헝클어뜨린다. 오늘 저녁 메뉴를 생각하면서 빨리 다음 곤돌라가 올라오지 않나 하고 살짝 초초해하면서 기다리고 있다.

다시 같은 들판의, 하지만 봄도 가을도 아닌 여름의 끝자락이었다.

따지고 있었다.

여자에 관한 것을. 목에 검은 점이 있는 여자에 관해.

레이는 말이 없었다. 변명도 없었다. 오싹해서 레이를 들여다보니 앞을 향한 채 표정이 없었다.

레이라는 그릇 속에 나의 레이는 깊이 파고들어버려서 거기에 있는 건 레이의 형태뿐이었다.

뺨을 때렸다.

레이는 파랗게 질렸다. 하지만 역시 잠자코 있었다.

그 여자 탓이 아냐. 한참 있다가 레이는 툭 말을 꺼냈다.

이제 나를 사랑하지 않아?

사랑? 레이는 이상하다는 듯이 중얼거렸다. 그런 말, 나는 낯서네.

다시 오싹했다.

레이와 나눠왔던 많은 말들이 홀떡 뒤집어져서 다른 의미의 것이 되어버린 듯한 기분이 들었다.

레이에게 매달렸다.

나를 떨쳐내지는 않았지만 순간 주춤했다.

가족이 되어 몸과 몸의 경계가 뚜렷하지 않게 되었고, 모모와 나와 레이 셋이서 뒤섞여 녹아 있다고 생각하고 있었다.

여름 끝자락의 들판에서 레이의 몸은 나를 튕겨 나가게 했다.

그래도 매달렸다. 입술을 가까이 대고 귀에 속삭였다. 가지 말아줘.

가볍게 안겼다. 가까워졌는데 멀리 밀려나버린 것 같았다. 안겨 있는데 안겨 있어서 쓸쓸했다.

못 가게 할 거야.

소리쳤다. 레이는 나를 더 꼭 끌어안았다. 발광하는

아이를 붙들어 안듯이.

순간, 치밀어 올랐다. 칼이 있었다면 레이의 몸을 사정없이 찔러버렸을 텐데. 그렇게 생각했다.

뿜어져 나오는 핏줄기로 나의 온몸을 적시고 마지막 피 한 방울이 떨어지는 것까지 확인하고서 못 움직이게 된 레이의 몸을 힘껏 끌어안고 얼굴을 파묻을 텐데.

레이는 가만히 나를 바라봤다.

울 수도 없었다. 그가 나를 바라보니 내 몸이 미칠 듯이 레이를 갈구했다. 사랑하는 게 아니었다고 후회했다. 전부 없었던 일이라면 좋았을 텐데.

레이의 시선이 아팠다. 아팠고 또 기뻤다. 이렇게나 슬픈데. 이렇게나 쓸쓸한데 기뻤다.

레이, 하고 불렀다.

케이, 그가 되받았다.

여름 끝자락의 들판에는 모기떼가 짙게 몰려 있었다.

버스는 10분 후. 모기떼가 우글거리는 마나즈루 해변 벤치에 얼어붙어서 앉아 있다.

커다란 그림자가 비쳤다.

고개를 들어보니 새가 하늘을 가르며 간다. 하얀 날개가 소리를 내며 바람을 가른다.

"백로다."

소리를 내자 벤치에 달라붙듯이 앉아 있던 몸이 조금 흔들렸다.

백로는 산을 넘어 보이지 않는다. 시계를 확인해본다. 10분 후에 버스가 올 시각인 채로 짧은 바늘도 긴 바늘도 멎어 있다. 초침은 분명히 움직이고 있는데.

백로가 돌아온다. 한 마리였던 것이 두 마리 짝을 지어 돌아왔다. 산을 따라 늘어선 집 지붕에 한 마리가 앉는다. 다른 한 마리는 긴 다리를 살짝 구부린 자세로 옆집 지붕을 골라 머물 곳을 정한 후에는 얼어붙은 듯이 움직이지 않는다.

지붕의 기와는 절반 정도 떨어져 나갔다. 남은 기와의 틈을 이끼가 메우고 비자나무종 식물이 이끼 사이를 누비듯이 뚫고 나와 자라나 있다. 비바람을 막기 위한 덧문은 두껍닫이에서 절반 비어져 나온 채로 쇠사슬이 채워져 있다.

사람이 살지 않게 된 집은 10년 정도는 그냥 춥게 텅 비어 있을 뿐이지만 그보다 더 오래 내버려두면 오히려 생명을 가진 것처럼 되어간다. 덧문을 덮지 않은 유리창의 깨진 틈으로 담쟁이가 들어와 있다. 담쟁이의 잎사귀는 대부분 갈색으로 시들었지만 시든 나뭇잎 아래서 아주 작은 새로운 초록이 이미 싹트고 있다.

외벽은 거무스름하고 금이 가 있다. 의도하고 그린 선처럼, 금은 가로세로로 힘차게 내달리고 있다. 집의 형태를 없애며 휘감기는 담쟁이와 돋아나는 풀에 지배당하고 있기 때문이 아니라 조용히 썩어들어가고 있는 집 그 자체가 다른 생명을 가지기 시작한 것처럼 보인다.

일어나서 백로가 앉은 집 바로 아래까지 갔다.

나란히 줄지어 있던 백로 두마리는 이제 떨어져서 앉아 있었다. 그 모습을 올려다보니 서로 정반대 방향을 바라보고 있다. 날개가 하얗다. 부리는 검고, 단단하게 붙들고 있던 발가락 끝은 노랗다.

벌레가 파먹은 문짝에 손을 얹어 문을 연다. 경첩이 떨어져 나가서 삐걱거리더니 천천히 문짝이 떨어졌다. 마당은 그다지 어질러져 있지 않았다. 그저 짧은 풀이 가볍게 바람에 흔들리고 있다.

그대로 현관문에 손을 댔다. 잠겨 있을 거라고 생각했는데 간단히 손잡이를 당길 수 있어서 신발을 신은 채로 올라갔다.

곰팡이 냄새가 온몸에 달라붙는다. 숨을 멈추고 창호지가 거의 다 찢어진 장지문의 문살을 당긴다. 상인방*에는 사진이 세 장, 오른쪽부터 머리를 땋은 여자, 무사복을 입은 남자, 이불 속에 잠들어 있는 어린아이가 흐린 액자 안에서 제각기 아래를 지나는 사람을 지켜보는 각도로 걸려 있다.

아직 아기일 때 죽은 걸까?

왼쪽 끝 사진을 보면서 생각한다.

동그랗게 뜬 눈의 빛나는 모습이 모모를 닮았다. 방 안 깊숙이, 사각으로 윤곽을 잡은 구석에 둔탁하게 빛나는 불단이 놓여 있다. 세월이 지나면서 금박이 그을어가는 거겠지. 모르는 아이인데 눈물이 났다.

언제부터 이 마을은 이렇게 어둡게 가라앉아버린 걸까.

---

* 창문이나 벽의 위쪽 사이를 가로지르는 목재. 창이나 문틀 윗부분의 무게를 지탱해준다.

어느 집 문패나 낡아서 읽을 수 없다. 집에서 집으로 방에서 방으로 걸었다. 생활 전부를 완전히 정리해버리고 사라진 것처럼 먼지가 쌓인 텅 빈 집의 다다미랑 복도에 발자국을 찍으며 걸었다.

여자는 따라오지 않는다. 바닷가에서는 형태를 취하고 있었는데.

어느새 백로가 어느 집 지붕에나 다 앉아 있었다. 집 안을 걸으면서, 얇은 천정에서 지붕까지의 공간을 사이에 두고 바로 위에 앉아 있을 백로의 모습을 생각한다. 어둡게 가라앉은 풍경 속에서 거기만 환해진 듯 하얗게 움직이지 않는 백로.

소리쳐 부르자 레이가 왔다.

"나 외로워." 그렇게 말하자 레이는 희미하게 웃었다.

"안아줘!"

레이는 안는 대신 내 눈을 들여다본다. 눈빛이 강한 사람이었는데 지금은 흐리고 약하다.

"이쪽으로 올래?" 하고 묻는다.

가고 싶다. 하지만 가면 살아 있을 수 없을지도 모른다. 간단히 정할 수 있는 것이 아니다. 가고 싶은 건지 그렇지 않으면 살고 싶은 건지?

"올래?" 레이가 다시 한번 물었다.

"가고 싶어."

어느 쪽이야? 레이는 다시 희미하게 웃었다.

"그렇지. 자기가 맘대로 정할 수 있는 게 아닌지도 모르겠군." 낮은 소리로 속삭인다.

그리운 레이의 속삭이는 목소리.

"레이는 어떻게 정한 거야?"

그야 나는. 레이는 그렇게 말하더니 다시 한번 나를 들여다봤다. 아까보다도 강하게. 홍채에 빛이 비치고 있다. 쭉 알고 있었다. 이 눈동자를. 언제나 얼굴을 가까이하고서 들여다봤었다. 보고 있는 그 순간에도 또 그다음 순간에도 어느 때의 것도 결코 잊지 않으려고 기도하듯이 들여다봤다. 레이의 볼을 내 양 손바닥 사이에 끼우고, 아무 데도 가지 마, 알았지? 내 것이 되어줘, 하고 간절히 부탁했다.

이렇게 결혼까지 했잖아, 하더니 레이는 이해할 수 없는 표정을 지었다.

함께 있어도 부족해? 함께 있어도 애달파?

같이 있는 것만으로는 안 되는 거야?

좀 재미없다는 듯이 레이가 말했다.

레이라서, 당신이니까 내가 이렇게 된 거야.

꽤 열심히 좋아해주는군, 당신은. 레이는 웃고는 가까웠던 내 얼굴에서 멀어졌다. 매몰차게가 아니라 아주 다정하게.

그런 식으로 다정하게 대해주니까, 반대로 갑자기 저 세상으로 끌려 돌아간 것 같은 기분이 들었다.

끝을 알 수 없는 호수의 맑은 물속으로 어디까지고 가라앉아가며 내 몸을 스치는 무수한 거품에 뒤섞이는 사이에 내 몸도 휙 거품의 형태로 둥글게 말려, 이대로 끝내 바닥까지 완전히 가라앉아서 움직이지 않는 공 모양이 되어버릴 것만 같았다.

레이는 몰랐다. 그런 내 생각을. 그렇지만 나 역시 몰랐다. 레이의 생각. 엄마의 생각. 아빠의 생각. 세이지의 생각을.

모른다. 아무것도 모르는 채 여기까지 와버렸다.

레이의 손을 잡고 걸었다.

들판을 나와 물속에서 빠져나오고 허공에서 녹았다가 다시 들판으로 돌아와서 정처 없이 걸었다.

레이는 내 손에 끌려 가만히 따라온다.

꽤 왔다.

지쳐버렸다.

들판 끝에 있는 벤치에 앉았다. 레이도 옆에 걸터앉았다. 레이의 몸에 팔을 두르고 기댔다. 레이는 머리를 쓰다듬어준다. 나이 먹었군, 하고 말했다. 그럼 당신은 그때부터 나이를 먹지 않았어? 하고 물었다.

글쎄, 내 자신이 어떤지는 보이지 않으니까.

사랑스러워서 두른 팔에 힘을 넣었다. 백로가 날아간다. 몇십 마리나 무리 지어 날개를 크게 저으면서 들판 위를 미끄러지듯이 날아간다.

내가 레이를 죽인 거야?

대답은 없다.

목을 졸랐다. 그래도 죽지 않았다. 당신에게, 여자 손에 목 졸려 죽을 만큼 내가 약하진 않아. 레이는 웃고 있었다. 뺨을 때렸다. 작게 찰싹하는 소리는 울리지도 않고 맥없이 사라졌다. 아프지 않아. 레이는 다시 한 차례 웃었다.

죽이고 싶었어. 다른 사람 손이 아니라 내 손으로.

어째서 사랑하면 빠져나가버리는 걸까. 분명 몸의 무
게를 충분히 느끼고 있었는데 나도 모르는 사이에 레이
의 몸은 형태를 감추고 투명해져 뻗은 손은 몸이었던
곳을 허무하게 관통한다.

벤치에 앉아 있는 레이의 몸을 더듬어 찾는다. 허리
에서 옆구리로 가슴에서 목으로 턱을 따라 입, 코, 이
마로, 참을 수 없어서 입을 맞춘다, 타액이 흘러나온다,
탐한다, 등에 세게 팔을 두른다, 꽉 조인다, 이름을 부
른다, 사랑스럽다, 이렇게 하고 곁에 앉아서 빈틈없이
바짝 붙어 있어도 사랑스러운 마음은 옅어지지 않는다,
너무나 슬퍼서 몸이 사라져버릴 것 같아진다, 사라져버
려서 마음만 남게 된다, 마음도 흩어져서 거기에는 아
무것도 없게 되어버린다, 그래도 사랑스러움은 사라지
지 않는다, 끝이 없다, 백로가 날아간다.

몸을 떨어뜨려 지긋이 레이를 봤다.

거무스름한 머리칼에, 따뜻한 숨을 쉬었고 속세에 담
담했던 모습의 남자다.

"있잖아요, 조그맣던 우리 아기는 크게 자랐어요. 이젠 나를 떠나서 혼자서 어딘가로 가려고 해요. 저돌적인 눈을 하고서 당신을 닮은 눈을 하고서. 이제 곧 격렬하게 증오도 하고 사랑도 하겠죠?"

레이는 미소 지었다.

모모.

혀로 굴리듯이 이름을 부르고 있다.

백로가 낮은 곳으로 내려온다. 한 마리 두 마리, 날개를 치면서 들판으로 내려온다.

다시 한번 레이의 몸에 팔을 두르고 싶어져서 뻗는다.

있다고 생각했던 몸이 없다.

두르고 있던 팔을 좁혀간다. 둥근 원이 된 팔이 겹쳐져 나 자신을 안게 되었다.

가버린 거야?

불렀다.

있어.

여자가 온다.

당신 말고. 레이 말야.

레이는 애초부터 없지 않았어?

그렇게 듣고 보니 확실히 그랬던 것 같은 기분이 든다. 벤치 옆의 버스 정류장의 시각표를 읽자 다음 버스는 여전히 10분 후이고 들판에는 백로가 무리 지어 있을 뿐이다.

"이젠 지쳤어."

아까보다도 더 피곤해져서 여자에게 호소했다. 나는 지금 응석 부리고 있다. 조금 우스워진다. 지쳤던 적은 지금까지도 몇 번이고 몇 번이고 있었다. 소리쳐 외칠 듯한 괴롭게 울부짖을 듯한 북받쳐 오를 듯한 그런 기분. 지쳐서 마음만 날뛰고 몸이 따라와주지 않는 바람에 마음이 점점 더 날뛰어서 자기 안에서 자기가 뛰쳐나올 것만 같은 기분이 든 적도 있었다.

하지만 피곤을 추스르는 방법을 어느샌가 몸에 익혔다.

"대개의 경우는 달래지죠." 여자가 동의한다.

여자 주위에 여자의 딸린 식구들이 모여들었다. 늙은 여자. 젊은 여자. 늙은 남자. 젊지 않은 남자. 젊은 남자. 아이. 또 아이. 어느 식솔이나 여자를 건드리려 온다.

다리에 매달린 놈. 팔을 붙드는 놈. 어깨에 올라탄 놈. 목을 휘감은 놈.

"이러면 무겁단 말이에요." 여자는 가볍게 뿌리치면서 말한다.

그러자 대부분의 놈들은 떨어진다. 하지만 조금 지나면 다시 매달리러 온다. 뿌리쳐도 달라붙어서 결코 떨어지지 않는 놈도 있다. 끝이 없다.

"익숙하지만 말이죠."

무릎에 달라붙은 아이가 특히 끈질기다. 아이는 양팔과 양다리로 여자의 무릎을 조이고 있다. 점점 무릎 아래가 보랏빛이 되어간다.

아아, 이제 더 이상은, 하고 여자가 혀를 찬다. 다리가 차가워졌네. 피가 통하지 않아서. 하지만 익숙해요. 언제나 늘 이러니까.

여기는 이젠 싫어. 그런 기분이 강렬해졌다.

빨리 버스가 오면 좋겠다.

시계를 보니 초침이 째깍째깍 움직이고 있다. 하얀 문자판을 기어가는 생물처럼 째깍째깍 움직여 간다.

이제 여기에는 질렸어.

눈을 감으면서 생각한다. 그 순간 원래의 마나즈루로 돌아갈 수 있을 줄 알았다. 그래도 돌아갈 수 없었다. 버스는 아직 오지 않는다. 여자는 무거운 듯이 식솔을 주렁주렁 매달고 태평하게 서 있다.

그렇게 서 있는 여자를 버리고 레이를 뒤쫓아 갔더니 한 여자가 앞을 막아섰다.

목에 점이 있는 여자다.

턱으로 가리키는 곳을 보니 레이가 얇은 여름 이불을 덮고 잠들어 있다.

그대로 여자는 레이 곁으로 미끄러져 들어가 레이의 귀에 뭔가 속삭였다. 레이는 눈을 뜨고 여자를 안았다. 껴안기만 하는 게 아니라 다리를 벌리게 하고 그 안에 남근을 넣었다 뺐다 했다.

여자와 레이가 마주하고 이야기를 나누고 있을 때 보다 싫지는 않았다. 놀라지도 않았다.

몸이 마음보다도 구별하기 어렵다.

몸을 보고 있으니 누구의 몸인지 알 수 없게 된다. 저 몸이 레이의 몸인지 목에 점이 있는 여자의 몸인지 실제로 보고 있으니 점점 구별하기 어려워진다.

상상 속에서의 성교보다 실제 성교 쪽이 밋밋하다. 끈적끈적하고 소리도 나고 추잡스럽기는 하지만 결국 모두 비슷한 것으로 수렴되어간다. 어떤 이상한 자태를 취하더라도, 아무리 격렬하게 서로 부딪히더라도 어딘가에서 본 모습을 흉내 내고 있는 것으로밖에 생각되지 않는다.

마음의 경우 그렇게만은 되지 않는다.

모든 것이 거기에 존재하게 된다. 이 세상에 태어나 눈으로 직접 보았던 모든 것도, 훨씬 전부터 잊고 있었던 것들도 모두 마음속에는 생생하게 존재한다.

그뿐인가. 눈으로 본 적이 없는 것, 결코 상상조차 한 적 없는 것까지도 거기에는 존재한다.

레이는 여자를 옆으로도 하고 비스듬히도 하고 앞으로 뒤집기도 하며 넣다 뺐다를 반복하고 있다. 시시하다.

"이제 됐죠?" 하는 소리가 났다. 마나즈루의 여자 목소리다.

"왠지 화가 나지 않아." 여자에게 말했다. 계속 어리광을 부리고 있다.

"지나간 옛일인걸."

"하지만 난 지금도 레이를 사랑하고 있는데."

"오래전에 잊은 남자인데?"

레이를 잊은 적은 없어. 되받아 말하자 여자는 후후후 하고 웃었다.

잊고 있었어요. 당신이 마나즈루에 오는 건 레이 때문이 아니라 자기 자신 때문이에요.

여자가 신음 소리를 높였다. 레이랑 성교하고 있는 여자 쪽이다. 예쁘고 야한 목소리다. 나도 이런 소리를 냈던 걸까. 레이는 말없이 진지하게 움직이고 있다.

이런 남자 본 적 없는 것 같아.

거봐, 역시 잊고 있었죠? 여자가 다시 후후후 웃는다.

백로가 일제히 날아오른다. 날개 치는 소리에 레이와 여자가 얼굴을 든다. 허리를 맞붙인 채로. 시시하다고 다시 생각한다.

요즘은 목 깊숙한 부근의, 삼킬 때 넘기기 어려운 곳이 언제나 뭔가로 막혀 있는 것 같은 기분이 든다.

버스가 와서 탔다. 여자는 옆에 앉아 있다. 들판은 눈

깜짝할 사이에 멀어졌다. 레이와 목덜미에 점이 있는 여자가 뒤엉켜 있다. 어둑해질 녘에 떠도는 그림자 같은 그 형태도 금세 보이지 않게 되었다.

하늘은 어둡다. 집도 가게도 모두 푹푹 썩어간다. 버스는 거리를 지나 숲속을 달린다. 승객은 나와 여자 두 사람뿐이다. 버스 바닥의 기름 냄새가 역하다.

여자는 유리창에 코끝을 딱 붙이고 경치를 바라보고 있다. 어린아이처럼. 그렇게 생각한 순간 여자는 모모의 모습을 취한다.

"그건 싫어" 하고 말하자 바로 되돌아왔다.

"아이에게는 약하군."

"정말로 내가 레이를 잊고 있었던 걸까?"

여자의 말에는 답하지 않고 중얼거린다. 집착도 사랑하는 마음도 넘칠 정도로 있는데 그건 레이를 향한 게 아니었던 걸까?

"어느 쪽이든 상관없지 않아?" 여자가 말했다.

죽는 걸까, 나.

목을 만지면서 다시 중얼거려본다.

죽음에 가까워졌기 때문에 이렇게 종종 마나즈루에

오는 걸까?

"마나즈루는 죽음의 장소가 아니에요." 창밖을 바라보는 채로 여자가 분개한 듯이 말했다.

미안해. 작게 사과하자 여자의 기분이 좀 나아졌다. 그러고서 다시 열심히 경치를 바라보기 시작한다. 여자가 숲, 이라고 부르는 원시림 속을 버스는 달려간다. 저기 봐, 저기가 내가 항상 나무하던 곳. 저기, 저기가 맨처음 남자랑 안았던 곳. 저기, 바로 저기가 아이를 낳은 곳. 저기는 죽고 나서 묻힌 곳. 저기는 딱히 아무것도 없지만 굉장히 좋아했던 곳.

여자는 명랑하게 손가락으로 가리키면서 가르쳐준다.

이제 돌아갈 수 없는 걸까?

여자에게 물었다.

그럴 일은 없겠죠. 당신은 거기에 있잖아요.

있어?

거기에도 있을 수 없게 되면 돌아갈 수 없게 돼요.

그렇다면 레이는 그랬던 거야?

글쎄. 내 알 바 아니에요.

쌀쌀맞게 말하고 여자는 다시 가르쳐주기 시작했다.

저기가 살던 곳. 저기가 병으로 쓰러진 곳. 저기가 낫고 나서 계속 있었던 곳. 저기가 나이 들어간 곳. 저기가 태어난 곳.

버스가 속도를 떨어뜨렸다. 여자가 손가락으로 가리킬 때마다 그 장소가 희미하게 빛난다. 아, 예쁘다. 여자의 얼굴에 내 얼굴을 가까이 가져가면서 말한다. 예뻐요. 여자가 답한다.

숲에서 몇 줄기의 햇살이 쏟아지고 있다. 비는 완전히 갰다. 모모를 만나고 싶다.

죽고 싶지 않아. 강렬하게 생각한다.

내가 죽는다면 모모가 가엾다. 내게서 떨어져 나가버렸더라도 모모는 내가 죽는다면 울 테니까. 엄마도 울 테니까.

목 안이 딱딱한 이물질로 막혀 있다. 가슴에 통증이 밀려온다. 버스는 달리고 여자는 명랑하게 계속 가르쳐준다.

마침내 버스가 멈췄다.

내리자 반도의 튀어나온 끝자락이었다.

언젠가 왔던 장소다. 예전에 커피를 마시고 나온 후에 무너졌던 하얀 휴게소가 다시 나타났다. 지금은 원래 형태가 남지 않았을 정도로 완전히 썩어 있다.

곶부리에서 바다로 내려가는 계단을 여자는 앞서서 걷기 시작했다. 계단이 끊기자 콘크리트로 굳힌 비탈이 나타나고 한참 있으니 다시 계단이 된다.

파도가 잔잔하다. 밀물이 빠져서 바다에 있는 큰 바위까지 이어지는 암초가 드러나 있다.

"가볼래?" 여자가 묻는다.

여자가 손을 끌어준다. 바위에서 바위로 날듯이 간다. 큰 바위가 깎아지른 듯이 솟아 있어서 올라갈 수는 없었다. 되돌아서 해안에서 수평선을 본다. 저녁 해가 완전히 가라앉을 때까지 쭉 바라보고 있다.

"벌써 마음이 풀렸어?" 여자가 묻는다.

응.

아이가 엄마에게 하는 말투로 대답한다.

응. 이제 이번이야말로 돌아갈래.

"그게 좋겠어." 여자는 다정하게 말하고 다시 앞장서서 계단을 오르기 시작했다. 다리가 가늘다. 여자의 무릎에 매달려 있었던 아이처럼 나도 여자에게 매달리고 싶어진다.

"쓸쓸해."

"쓸쓸하지만 어쩔 수 없는 거야."

"그래도 쓸쓸해."

이제 가봐. 여자가 말하고 버스를 태워준다. 돌아보니 손을 흔들고 있다.

버스는 다시 숲속을 지나 언덕을 내려간다. 언덕 아래에는 마을이 있다. 마을은 이제 썩어 있지 않겠지. 집도 가게도 밝게 등이 들어와 있겠지.

누군가의 기척이 느껴져 보니 세이지가 있었다.

"세이지." 이름을 불렀다.

"세이지."

다시 한번.

얼간이 같은 표정으로 세이지는 이쪽을 향했다. 입이 벌어지고 뭔가를 말했다. 알아들을 수는 없었다.

바로 세이지가 사라지고 버스는 마을로 들어갔다. 바다까지 이어지는 모든 집 창문에 하양과 노랑 빛이 가득 차 있었다. 종점인 마나즈루역에 내려서 표를 샀다.

차내 말고 창구에서 사면 우등석이 얼만가 더 싸요. 개찰구에 모여 있는 여자들이 서로에게 알려주고 있다. 전철이 와서 바람을 일으켰다. 돌아보니 백로 두 마리가 반도 안쪽으로 날아가는 것이 보였다. 하얀 날개를 어둠 속에 녹이면서 줄지어 날고 있다.

마나즈루. 속삭여본다. 그리워진다. 마나즈루에 있지만 마나즈루가 그리워진다. 가슴에 다시 통증이 온다.

8

"이제 곧 열일곱 살."

모모가 말한다.

그렇다면 모모는 지금 열여섯인 거다.

아이의 나이는 잘 세지 않게 되었다. 마지막으로 모모 나이를 확인했던 게 언제였더라. 한 살하고도 11개월. 두 살하고도 8개월. 세 살하고도 2개월.

스물여섯에 나는 레이를 만났다. 모모의 지금 나이에서 10년 후.

레이가 실종되고부터는 쌓여서 지나가는 시간을 보지 않게 되었다.

"빠르구나." 그러자 모모는 웃으며 대꾸한다.

"빠르지 않아."

"그럼 느린 거야?" 엄마가 묻는다.

"느리지도 않아. 딱 적당해."

그럼 딱 좋네. 딱 맞아. 즐거운 듯이 엄마가 말한다. 그런 시절이 나에게도 있었을지도 모르겠구나. 지금은 시간이 그저 빠르게 지나가기만 할 뿐이라서.

셋이서 바느질을 하고 있다. 모모는 친구들과 똑같이 파우치를 맞춰서 만들고. 엄마는 행주를. 나는 잡지에서 본, 슈퍼에서 받은 비닐봉지를 모아두기 위한 것을.

"펠트로 만드는 거야? 귀엽네." 모모가 말한다.

비닐봉지를 접어서 서랍에 보관하면, 날개같이 쌓여가는 하얀 봉지들 아래에 먼지 알갱이가 쌓인다. 몇 장이나 되는 비닐봉지에 살짝 붙어 있던 먼지가 천천히 가라앉아 서랍 깊은 바닥에서 굳어간다.

"슈퍼 비닐봉지에서 나는 사각사각 소리가 좋아."

오늘은 모모가 잘 떠든다. 반듯한 모양으로 입을 벌리고. 이제 곧 아이의 허물을 완전히 벗어버릴 것이다. 이 아이도.

의자를 삼각형 모양으로 늘어놓아 가운데 빈 공간을 둘러싸고 셋이서 몸을 서로에게 향하고 있다. 모모는 다리를 흔들거리고 있다. 엄마는 의자 위에 무릎을 꿇

고 앉아 있다. 나는 연갈색 천을 짙은 밤색 실로 꿰매고
있다.

"열일곱 살 생일 때는 뭘 갖고 싶니?" 모모에게 물었다.

뭘로 할까?

속삭이듯이 묻듯이 모모가 말한다.

똑딱단추 부분이 어려워. 자리를 정하는 게 어렵네.
대답에 이어서 모모가 또 속삭인다. 그 순간 손가락을
바늘로 찔러 얼굴을 찡그린다. 입에 손가락을 가져가서
빤다.

"갖고 싶은 건 간단히 떠오르지 않아." 부드러운 입으
로 빨고 있는 손가락 사이로 모모가 대답한다.

간단한 걸로 해줘. 엄마가 웃는다. 실에 매듭을 짓고 실
을 끊는다. 누빔으로 만든 행주는 짙은 남색 실을 썼다.

오래 사용해서 낡은 수건의 빛바랜 하얀색 위에 남색
실이 눈에 잘 띈다.

"레이 위패에 인사하고 오려고 해."

세이지에게 고한다.

그에게 부탁받은 소설의 초고가 완성되어서 만났다.

지금 읽을까요? 아니면 헤어지고 나서? 세이지가 묻기
에 지금이라고 답했다.

종이를 넘기는 소리가 가게 안의 떠들썩한 소음 속
에서 떠오르는 거품처럼 때때로 귀에 닿는다. 세이지의
시선은 조용하다. 계속 읽어나가다가 때때로 앞으로 돌
아간다. 돌아가서 읽는 곳에서 원래 읽던 자리로 건너
뛰어 돌아오지 않고 반복해서 읽게 된 부분을 같은 속
도로 그대로 읽어나간다.

"농담(濃淡)의 정도가 이상한 이야기네요."

끝까지 읽고 음료수로 입을 적시며 세이지가 말했다.

"그래?"

"분명히 밝은데 보이지 않아. 그림자가 생긴 곳에 뭔
가가 보이기도 하고."

칭찬하고 있는 거야? 깎아내리고 있는 거야? 웃는다.

모르겠어요. 세이지도 웃는다.

이미 다 쓴 소설의 완성도는 별로 중요하게 생각되지
않았다. 그보다도 세이지와 함께 있다는 것에 긴장하고
있었다.

무슨 말을 해야 할지 몰라서 위패에 대해 말했다. 세

이지는 얼굴을 들었다. 서로 마주 보고 있었지만 그때까지 똑바로 세이지 얼굴을 볼 수 없었다. 세이지가 빠르게 반응했기 때문에 외면하기 전에 처음으로 눈이 마주쳤다.

"나도 갈까." 새어 나오듯이 세이지가 말했다.

"응?"

"세토내해에 있는 마을이죠?"

그러고 보니 한번 가보고 싶다고 말했었다. 햇살이 어슴푸레 비치는 언덕 마을이다.

"함께?"

"안 됩니까?"

헤어진 사람인데. 세이지의 곧게 뻗은 손가락이 컵 손잡이를 잡는다. 입에 가져간다. 뒤로 기울어진 목을 나는 바라본다. 만지고 싶지만 만질 수 없다.

좋아요. 함께 가요. 대답한다.

딸깍 소리를 내며 컵이 컵 받침 위로 되돌아갔다.

비행장은 훤하게 넓다.

이륙하는 비행기는 백조 같다. 뒤를 보이며 천천히

멀어진다.

세이지는 커다란 가방을 들고 있었다.

"짐이 적군요." 세이지가 말했다.

서류 가방보다 작은 크기의 검은 가방에는 갈아입을 속옷과 마 손수건이 들어 있다. 레이가 썼던 손수건이다. 레이의 물건은 이제 거의 없다. 실종된 지 5년이 되었을 무렵 한 번 정리했다. 채 버리지 못한 것도 10년째에 대부분 손을 떠났다. 일기와 그밖에 부피가 작은 잡화 정도만 조금 남아 있다.

좌석에 나란히 앉자 세이지 냄새가 어렴풋이 났다가 금세 사라졌다.

"추워"라고 하자 모포를 가방에서 꺼내서 건네주었다. 펼쳐서 무릎을 덮었다. 그래도 여전히 추워서 다시 어깨부터 덮었다.

"그렇게 추운가?" 세이지가 놀란다.

눈을 감고 세이지 목소리의 여운이 사라지지 않도록 마음을 몸 안에 그러모았다. 비행기는 바로 이륙해서 수평비행에 들어갔다. 모포를 다시 무릎으로 내려놓고 세이지를 올려다봤다. 옆에 있는데 멀다. 그래도 모습이 안 보일 때보다는 가깝다.

"가서 할 일이 있어?" 세이지에게 묻는다.

"한 사람 만날 사람이 있어요."

"저녁밥은?"

"둘이서 먹죠."

귀 안쪽에서 들렸던 소리가 갑자기 밖으로 빨려 나와 크게 퍼진다.

"귀가 뚫렸다."

"나도 이제 막 뚫렸어요."

같이 웃었다. 세이지가 작게 재채기한다. 쭉 함께였는데. 슬퍼진다.

그러모으고 있던 마음이 몸에서 배어 나와버린다. 세이지의 손에 닿는다.

"아아" 하고 소리 내더니 세이지는 살짝 내 손을 쥐어준다.

차가웠던 손이 점점 따뜻해진다. 승무원이 와서 무슨 음료를 마실지 묻는다.

커피요, 하고 말하면서 세이지는 잡았던 손을 뗐다. 커피요. 나도 말한다.

다 마시고 나서 착륙할 때까지 세이지는 쭉 책을 읽고 있었다.

조금 헤맸다.

집과 집 사이의 좁은 길을 한 차례 올라갔다가 다시 내려오고 다시 올라가면 신사가 있을 것이었다.

그런데 신사가 안 보여서 되돌아가려고 걸었더니 처음 온 길과 다른 길로 온 것 같다. 옆길로 빠져서 다시 올라가자 길이 어디까지고 끝이 없었다.

다 올라왔다고 생각하자 길은 계단으로 이어져 있었고 간신히 더 올라가자 작은 공원이 나왔다.

계단에 노부인이 앉아서 쉬고 있다. 지팡이를 길에 내려놓고 공원을 바라보고 있다.

"이곳 분이세요?"

"그래요." 노부인은 대답했다.

"번지를 보시면 어디쯤인지 아시겠습니까?"

번지는 잘 모르겠어요. 저도 이곳 출신이 아니라서. 도쿄에서 5년 전에 왔어요. 아들이 전근 와서요. 혼자 살았는데 아들이 걱정이 된다고 해서. 제게는 이 마을

언덕이 더 힘들지만 말이죠.

바다가 빛나고 있다. 마나즈루의 바다와 이 지방의 바다는 색이 다르다.

잠시 노부인과 나란히 앉았다. 누군가 흐리게 따라왔다. 여자인지 남자인지 어른인지 아이인지도 뚜렷하지 않다. 노부인이 작은 깡통을 주머니에서 꺼내서 열었다. 하얀 가루가 묻은 사탕이 들어 있었다. 드세요, 하고 권하기에 손바닥에 한 알 받았다. 박하 맛이 났다.

"날이 따뜻하네요."

"그렇네요. 내일이면 벌써 4월이에요."

노부인이 일어나서 허리를 털었다. 지팡이를 주워서 건네줬다. 고양이가 집과 집 사이에서 나왔다. 검은 고양이다. 노부인은 지팡이를 흔들어서 고양이를 쫓았다. 고양이는 완강히 버티고 있다.

쉬익, 하고 노부인은 크게 소리쳤다. 침이 튄다. 고양이는 몸을 날려 줄달음쳐서 언덕을 내려갔다.

간신히 찾은 레이 부모님의 집 마당은 나무가 잘 자라 있었다.

정원사를 부르는 것도 귀찮아서. 레이의 아버지는 내 시선을 좇으면서 천천히 말했다.

불단은 작았다. 손수건을 레이 사진 옆에 두고 불을 켜주신 촛불에 향불을 붙이고 손바닥으로 부쳐서 연기를 냈다.

정중히 절하고 무릎걸음으로 조금씩 걸어서 물러났다. 레이 사진은 못 보던 것이었다. 아마도 결혼하기 전, 볼이 완전히 홀쭉해지기 전의 것이다.

그 방에 불단과는 반대편 구석에 낮은 책상이 있었다. 복숭아 가지가 세 개 꽂혀 있고 유리 상자 안에는 히나 인형*이 진열되어 있다.

"사키 씨 것인가요?" 레이 여동생 이름을 꺼낸다.

"아니, 죽은 아내가 가지고 온 것입니다."

쭉 넣어뒀는데 수년 전에 꺼내보니 불단이 있는 방에 어렴풋이 빛이 비치는 것처럼 밝았어요. 넣어두지 않고 펼쳐두면 시집을 못 가게 된다는 옛말도 있지만 시집갈

---

* 양력 3월 3일, 여자아이가 건강히 성장하길 기원하는 행사인 히나 마츠리에서, 천황 부부와 신하들에게 전통 의상을 입혀 5단이나 7단으로 장식한 전통 인형.

여자도 이젠 이 집에는 없어졌죠.

곁에 가서 들여다본다. 남자 히나 인형과 여자 히나 인형은 가신들에 비해 체구가 한층 크다. 삼인관여[*] 중 두 사람은 서 있는 모습이다. 한 사람은 길쭉한 손잡이, 또 한 사람은 낚싯바늘 모양의 손잡이가 달린 빛바랜 금색 술 주전자를 손에 들고 있다. 아랫단에 앉아 있는 5인 악단 중 한 사람은 옆으로 횡적을 불고 두 사람은 장구를 친다. 또 한 사람은 부채를 손에 쥐고 나머지는 북채를 치려 하고 있다. 귤과 복숭아가 세 하인의 양옆에 놓여 있고 한가운데 있는 하인은 옻칠한 신발을 신발 받침 위에 받쳐 들고 있다. 하얗게 칠한 어느 인형의 얼굴에나 눈에 구슬이 박혀 있다.

"예쁜 얼굴이네요."

"아내를 조금 닮았습니다."

레이가 어린 시절 사진을 예전에 보여준 적이 있다. 볼이 통통하고 단발머리를 한 여자아이로 오해받은 적도 있었다고 투덜거리던 얼굴을 떠올렸다.

[*] 히나 인형의 7단 장식 중 위에서 두 번째 단에 장식하는 3인 1조의 궁정 여인 인형.

"사키보다 레이가 훨씬 아내를 닮았었어요."

레이의 앨범은 어디로 간 거지? 실종될 때 가져간 건가? 과거의 밝은 빛을 함께 가져가서 내가 모르는 곳에 두려고 했던 건가?

"죄송한 일입니다." 시아버지는 머리를 다다미에 닿도록 숙여 사과했다.

고개를 드세요. 저야말로 면목이 없습니다, 하고 말하자 고개를 들며 똑바로 나를 바라보셨다.

순간 흐릿했던 것이 다시 붙었다가 바로 떠났다. 남자 히나와 여자 히나 옆에 둔 육각 등롱에는 주홍색으로 뭔가가 섬세하게 그려져 있다. 흩어진 꽃잎으로도 보이고, 달라붙는 유령의 심지에 언제나 웅어리져 있는 작은 열기처럼 보이기도 했다. 하지만 불단을 모신 방이 어둑해서 잘 분간이 가지 않는다.

양옆에서 각각 끝이 둥근 양산, 끝이 뾰족한 우산을 받쳐 든 두 하인이 입술에 힘을 주고 지긋이 바라보고 있다. 히나 인형은 어느 것이나 눈코의 생김새가 서로 닮았다. 가신도 공주도 영주도 한 상자에 담긴 채 조용히 서 있거나 앉아 있다. 레이와는 이제 두 번 다시 만날 수 없다. 그걸 알고 싶어서 여기까지 왔다.

눈을 감으니 히나의 하얀 얼굴이 잔상으로 남았다.

역에서 조금 떨어진 호텔로 돌아와 신발을 벗고 침대
에 몸을 길게 뉘었다.

세이지에게 휴대전화를 걸어봤지만 받지 않았다. 그
대로 잠들었다. 꿈에 아까 만났던 노부인을 봤다. 계단
에 걸터앉아 있던 조금 전과 완전히 똑같은 자세를 하
고 있었다.

꿈속의 애매한 경치가 아니라 언덕도 집들도 눈 아래
보이는 바다도 모두 뚜렷이 원근감이 있었다.

"앞으로 어디로 가실 거예요?" 노부인에게 물었다.

"돌아가고 싶어요."

"어디로?"

"원래 있던 곳으로."

"레이도 원래 있던 곳으로 돌아간 겁니까?"

"다른 사람 일은 잘 몰라요."

꿈속에서 주고받는 말인데 흐트러짐이 없었다. 명확
했다. 명확하다는 걸 내가 깨닫도록 말하고 있다. 꿈속

이라는 걸 의식한 채로 꿈속에 있는 내가 생각했다.

휴대전화가 울렸다. 손을 뻗으려고 했지만 닿지 않는다. 잠에서 빠져나올 수 없다.

전화는 길게 계속 울렸다. 끊긴 순간 눈이 떠졌다. 서둘러 부재중 기록을 열었다. 세이지가 아니었다. 자택. 화면에 그렇게 떠 있었다.

"할머니가 열이 나." 전화를 되걸자마자 모모가 말했다.

"얼마나?"

"38.2도."

"많이 힘들어하셔?"

"아니, 멀쩡해."

전화 너머로 엄마 목소리가 들린다. 연락 안 하는 게 좋다고 했잖아. 병원에도 다녀왔으니까. 확실히 씩씩한 목소리다. 웃자 모모가 화냈다. 걱정돼서.

아직도 모모는 어린애구나, 하는 말은 삼키고, 애써 진지한 말투로 간병해줘서 고맙다고 말했다. 레이의 그림자가 완전히 떨어져 나간 듯한 마음이 되었다. 히나 인형과 마찬가지로 눈코의 생김새는 서로 닮았지만 레이와 모모는 이젠 거의 이어져 있지 않다.

"몸조리 잘해드려. 언제든 전화하고." 다정하게 말하고서 전화를 끊는다. 따라오는 자가 있다. 부드러운 자다. 상냥한 기분일 때는 상냥한 자가 따라온다. 세이지에 대한 것도 여기에서, 이 장소에서 단념할 수 있을지도 모른다.

안심한 순간 따라온 자는 싹 돌변했다. 차갑고 무서운 것으로 바뀌었다. 단념하는 건 역시 아무래도 어렵다. 엎드려서 세이지 번호를 다시 한번 눌렀다.

새파란 파로 만든 누타*에 젓가락을 뻗는 순간 여자가 따라왔다.

여자가 붙은 것은 마나즈루에서 돌아온 이래로 처음이었다.

"조용한 집이었어." 세이지에게 말했다.

"당신 조금 변했군." 내 얼굴을 보지 않고 따라온 여자 쪽을 응시하면서 세이지가 중얼거렸다.

* 잘게 썬 생선이나 조개를 파, 채소, 미역과 함께 초된장으로 무친 일본 전통 요리.

바뀐다면 다시 돌아와줄 거야? 그렇게 묻고 싶었다. 물어도 소용없다. 말이 보증이 되는 일은 적다.

지금 따라온 이 여자도 이제 곧 떨어져 나갈 거다. 그런 예감이 들었다. 전부터 들었던 예감이 아니라 여자로부터 직접 받은 느낌이었다. 모두 정말로 떨어져 가버리는구나.

식사를 마치고 세이지와 나란히 어깨를 기대며 식당을 나섰다. 사랑스러운 것이 아니라 덧없는 것이었다. 오래도록 함께 있었던 사람. 그에게서 놓여나고 보니 그저 허무하다. 세이지도 마찬가지겠지.

그대로 방으로 불러들였다. 몸은 원하지 않으니까, 하고 말하자 세이지는 웃었다. 나는 좀 당신 몸을 원해.

"춥네" 하고 말하자 세이지는 끄덕였다.

"좋아해" 하고 이어서 말하자 다시 끄덕였다.

좋아해도 허무해도 우리는 헤어졌다. 좋아한다는 것이 함께 있어야 할 이유는 되지 않는다. 몸을 세이지에게 기대어 안긴다. 나도 세이지를 안아준다. 그대로 서로 녹아들듯이 세이지와의 거리가 없어지게 되면 좋을 텐데. 제각기 이런저런 것들에 매어져 있는 채로 지낼 수밖에 없다.

"세이지는 어디로 돌아갈 거야?"

"원래 있던 곳." 꿈속의 노부인과 같은 대답이 돌아온다.

"고요하네."

"고요하군."

레이의 집과 같은 고요함이다. 불전을 모신 방의 장지문 너머로 정원의 나무 그림자가 보였다. 따라온 흐릿한 것이 떨어졌다가 다시 돌아왔다. 그러더니 마지막에는 히나 장식이 있는 유리 상자 속으로 빨려 들어갔다. 우대신과 좌대신이 등에 맨 화살이 부채 모양으로 멋지게 펼쳐져 있었다.

세이지의 심장 뛰는 소리가 들린다. 내 심장 소리인지도 모르겠다. 서로 뒤섞여 방 안에서 같은 것이 되어가고 있었다. 이렇게 떨어진 채 거리를 두고 있는데 같은 것이 되어가고 있다니.

허무함이 증폭된다. 손끝이 창백하다.

손을 잡은 채로 잠들었다.

몸은 닿게 하지 않고 그냥 손만 잡고 있었다. 세이지가 내 아들이었다면 좋았을 텐데. 아버지라도. 오빠나 남동생이라도. 그런 생각을 하는 사이에 잠들었다.

빛이 비쳐서 잠에서 깨자 이미 손은 잡고 있지 않았다. 세이지가 뒤척였다. 아침까지 계속 슬퍼하는 건 어렵다. 해가 비치는 사이에 안개처럼 사라져버린다.

"잘 잤어요?" 하고 말하며 세이지 코를 찔렀다.

작게 신음하면서 세이지는 눈을 떴다. 가슴이 잘 드러나도록 몸을 움직였다. 나를 버려서 아깝다고 생각하라고 염원하면서 한껏 보여줬다. 세이지는 멍하니 있다.

"몇 시?" 세이지가 물었다.

"8시."

아침밥 먹어야겠어. 어린애 같은 말투로 세이지가 말한다. 아직 세이지의 형태로 완전히 굳어지지 않은 거다.

"바보." 말하면서 다시 코를 찔렀다.

"바보 아냐." 아직 어린애 같다.

이대로 굳어지기 전에 떼를 써서 내게 좋은 형태로 만들어버리면 좋을 텐데.

세이지는 일어나서 욕실로 갔다. 물소리가 나고 그대

로 샤워 소리로 이어졌다. 물을 뒤집어쓰고 욕실 문을 열고 나온 세이지는 이미 자신의 형태를 되찾은 상태였다. 누워 있는 나를 흘낏 보더니 옷장에서 옷을 꺼내서 척척 입는다.

"소설, 조금만 고쳐주세요."

옷을 제대로 다 갖춰 입고 소파에 앉은 세이지가 천천히 말했다.

"어느 부분?"

"중간 부분에서 조금만."

세이지를 생각하며 소설을 썼다. 너무 슬퍼서 써나갈 수 없을 때도 있었다. 다 쓰고 나면 방황하는 심정도 결국 끝날 거라고 생각했는데 전혀 산뜻하지 않았다. 팩스로 받은 연애편지를 젖은 손으로 만져서 글씨가 다 번져버린다는 장면이 있었는데, 중간 부분이란 그 장면을 말하는 걸까?

"아니에요."

번진 연애편지는 아름다웠어요. 세이지가 말하며 나를 바라봤다. 잠옷 채로 세이지 옆에 나란히 앉으러 소파로 간다. 여자도 함께 따라온다. 그냥 아쉬운 거다.

이제 곧 완전히 헤어질 거다.

"또 언젠가 만나요." 세이지의 귀에 얼굴을 가까이하고 말한다.

세이지가 미소 짓는다.

"언젠가, 먼 언젠가." 되풀이한다.

여자가 사라졌다. 이젠 다시 따라오는 일은 없을 거다. 세토내해에 가까운 호텔의 창 너머로 작은 액자 속 그림처럼 수면이 보인다. 반짝반짝 빛나고 있다.

슬픔이 조금 돌아온다. 아침 햇살 속에 흩어졌을 텐데.

아마 이 또한 평범한 이별의 아쉬움이다. 세이지에게 미소를 지으며 눈을 감는다.

한참 입술을 포개었다.

어느 쪽이라고 할 것 없이 천천히 떨어졌다.

떨어진 부분부터 마르기 시작한다. 딱지를 무리해서 벗겼을 때랑 비슷하다. 맨 처음엔 축축하게 젖어 있지만 문득 정신을 차리고 보면 벌써 반은 말라 있다.

입술이 떨어졌다는 걸 의식하고 나자 바로 도쿄에 돌아와 있었다. 돌아오는 비행기에 나란히 타고 있었던 시간도 시나가와에서 손을 흔들며 헤어진 찰나도 뚜렷이 기억하고 있는데, 그 사이가 날아가버렸다.

모모가 교과서를 넘기고 있다. 학교에서 받아 온 다음 학년의 책에 이름을 써넣고 있다. 야나기모토 모모. 어째서 히라가나로 쓰니? 하고 묻자 모모는 웃으면서 한자로 야나기(柳)라고 쓰면 버드나무처럼 나약하고 안정감이 없어, 하고 답한다.

"실종 신고를 하려고 해."

쓱 입에서 흘러나온다.

아무래도 결심할 수 없었는데. 질척질척해서 언제까지고 마르지 않았는데.

"어머!" 엄마가 얼굴을 든다. 모모는 노트에 이름을 쓰고 있다. 엎드린 채다.

"야나기모토 씨 집은 어땠니?" 엄마가 묻는다.

"아주 고요했어."

이번엔 엄마가 엎드린다. 딸깍하고 고개가 꺾인 것 같아 놀라서 보니 잠든 것이었다.

"요즘 할머니, 종종 이런 식으로 졸고 있어."

몸을 똑바로 펴서 의자에 앉은 채로 그저 고개만 구

부리고 눈은 굳게 감겨 있다.

일어나.

엄마를 흔든다.

그렇게 안 해도 금방 눈을 떠. 모모가 고개를 갸우뚱한다. 그냥 주무시게 놔두지.

엄마는 살짝 눈을 떴다. 작은 벌레를 떨쳐버리려는 듯 손을 저었다. 그러는 사이에 이미 눈은 반짝 떴다.

"괜찮아?"

묻자 엄마는 당황한 기색으로 되물었다.

"뭐가?"

날이 흐렸다가 바로 다시 햇살이 돌아온다. 창 너머로 햇살이 세 사람의 얼굴에서 어깨 사이에 걸치도록 비치고 있다. 몸을 구부리니까 마침 빛이 머리 쪽으로 와서 왕관처럼 되었다. 똑같은 관을 쓰고 똑같은 피를 나눈 나이가 다른 세 명의 여자.

수속은 그리 번잡하지 않았다. 경찰서에 가서 자료를 부탁하고 호적등본을 떼고 신청서를 쓰고 가정법원에 가서 몇천 엔 정도를 지불했다.

"공시를 하고 난 다음 6개월 기다립니다"라는 설명을 들었다.

6개월이 지나면 사망이 인정된다. 이혼한 지 6개월 동안은 여자는 재혼할 수 없다는 걸 떠올렸다. 6이라는 숫자가 뭔가 기묘하다.

집에 돌아오니 엄마가 수속에 대해 물었다. 마치 보고 온 영화의 줄거리를 이야기하듯이 설명했다.

"어이없구나." 엄마는 어린애 같은 표정으로 말한다.

저녁이 다 되었는데 햇살이 잘 비치고 있다. 벚꽃은 벌써 지고 어린 잎새가 가지에 가득 싹을 틔우고 있다. 이 계절은 몸이 진정되지 않아서 싫어. 다시 어린애 표정으로 돌아와서 엄마가 중얼거렸다. 손으로 매만지고 있는 귀밑머리는 완전히 흰머리다.

"모모는?" 생각난 듯이 엄마가 묻는다.

학교 갔죠, 하고 답하자 다시 엄마는 귀밑머리를 매만졌다. 엄마, 죽지 마. 느슨하게 던지듯이 생각한다. 이렇게 햇살이 비치는 집이었던가. 거실 여기저기가 반짝이고 있다.

유리컵에 꽂은 민들레는 모모가 따 온 것이다. 활짝

펴서 빛을 모으고 있다. 식탁도, 앉는 주인이 없어서 식
탁 밑에 집어넣어둔 의자도, 의자 다리가 닿는 바닥도,
바닥에 벗어둔 모모의 슬리퍼도, 슬리퍼에 묻은 작은
먼지도, 먼지를 줍는 엄마의 하얀 귀밑머리도, 귀밑머
리를 때때로 매만지는 물일로 부풀어 있는 손바닥도,
손바닥에서 이어지는 주름진 팔도, 팔꿈치까지 걷어 올
린 소매의 주름도, 전부 반짝이고 있다.

"눈부셔." 그러자 엄마가 미소 지었다.

"이런 날엔 잃어버린 물건이 불쑥 나타나거나 하지."

정말 나올까? 되묻자 엄마는 다시 미소 지었다. 더 이
상 아무 말도 하지 않고 햇살에 눈을 가늘게 떴다.

우뭇가사리를 물에 끓여서 녹이는 거야. 엄마가 말
한다.

우뭇가사리는 막대기처럼 생겼네. 모모가 웃는다.

두 시간 정도 불려서 원상태로 되돌려놓았으니까 그
다음엔 잘 씻어서 티끌을 떼어내.

물을 가득 채운 볼 안에서 모모는 비비듯이 우뭇가사
리를 씻는다. "할머니, 이 정도면 돼?" 모모의 옆모습에

레이의 모습이 있다. 코언저리. 그리고 웃었을 때 입꼬리로 뻗는 줄기.

약한 불에 얹어놓은 물에 우뭇가사리를 뜯어 넣고 있다. 아, 물이 흐느적흐느적해졌어. 뭐! 흐느적흐느적이라니. 게슴츠레 풀린 것, 거기서 좀 더 뭉그러진 것.

참새 세 마리가 지저귀는 것처럼 여자만 있는 집에 가득 찬 소리는 곧잘 휘어진다. 어디까지고 닿을 듯이 뻗어가지는 못하지만 언제까지나 거기에 머무르며 사라지지 않는다.

냄비에 설탕과 우유를 첨가하고 맨 나중에 아몬드 에센스를 떨어뜨린다. 평평한 사각 접시에 부어서 열기를 식힌다. 모모의 키가 또 조금 자랐다. 모모 손은 따뜻하네. 엄마가 말한다. 따뜻해서 자꾸 물을 튀기는구나.

하얗고 매끄러운 아몬드 푸딩이 평평한 접시 안에서 굳어가고 있다. 냉장고에 안 넣어도 굳어. 엄마가 가르쳐준다. 하지만 차가운 게 더 맛있으니까 넣어요. 모모가 부탁한다. 음식을 다루는 손들—주름 깊은 손과 매끄러운 손과 조금 늘어져가고 있는 손—이 서로 맞닿기도 하고 떨어지기도 하고 포개지기도 한다.

이젠 아무것도 따라오지 않는다.

몸 주위가 텅 비어서 좀 춥다.

가슴에 통증이 조금 왔다가 금세 사라졌다. 이 통증에도 친숙해졌다. 친숙한 채로 앞으로는 어슴푸레한 곳을 걸어가는 거다. 어슴푸레한 길 끝에는, 지금 이 집에 비치고 있는 빛이 또 나타나려나.

지운 곳을 다시 쓰고 몇 번을 읽어도 계속 눈에 띄는 흠을 뜯어고쳤다. 아무리 고쳐도 계속해서 흠이 나타나는 데 질렸다. 세이지에게 전화를 걸었다.

"끝이 없게 느껴지는 정도가, 소설로는 딱 좋은 거예요." 소리 없이 웃으면서 세이지가 말했다.

세이지의 목소리가 몸에 스며든다.

만나고 싶은 마음이 있는 걸까? 확인해보려 전화했다. 멀지는 않지만 이젠 가깝지도 않았다. 만난다는 것을 쉽사리 떠올릴 수 없었다. 그러는 사이에 세이지라는 이름의 울림도 더 이상 아무것도 불러일으키지 않게 되겠지.

"원고 보낼 테니 다시 읽어줄래."

읽을게요. 조용히 대답이 돌아온다.

왜 레이는 없어진 걸까. 일부러 없어지지 않더라도 시간이 도와주는데. 시간이 이 세상 모든 것을 바꿔주는데.

"변함없군요."

내 마음을 꿰뚫은 듯한 세이지의 말에 놀란다. 변하지 않았다니?

"당신의 말투가 옛날부터."

'옛날' 같은 말을 사용하면 이상한 기분이 들어, 라고 하자 세이지는 은은하게 웃었다. 세이지를 만났던 것도 먼 옛일이다.

"모모가 레이를 닮아가."

레이라는 이름을 가능한 한 세이지에게는 말하지 않으려 했었다. 이제는 세이지와 멀어졌기 때문에 쉽사리 말할 수 있었다.

세이지를 사랑했던 마음은 잘 기억하고 있다. 바로 요전에 입을 맞췄던 일도. 몸속에 파고들듯 마음에 마음을 녹여 넣듯이 탐했던 것도. 하지만 다시 되돌리고 싶다고는 더 이상 생각지 않는다.

"아이는 빨리 자라는군요."

세이지의 아이들 셋 중 한 아이를 사진으로 본 적이 있다. 모모보다 두 살 아래인 남자아이로 초등학교에 갓 입학했을 무렵의 사진이다. 짧은 바지에 긴 양말을 신고 옷소매가 길게 남아돌았다. 세이지를 닮지 않았다. 아내하고도 안 닮았어요. 아직 뭐라고도 할 수 없는 어중간한 때죠. 세이지는 이렇게 말하고 미소 지었다.

전화를 끊자 기분이 밝아졌다. 세이지의 목소리의 다정함만 남아서 마음속에서 흔들거리고 있다.

아이는 빠르군요.

세이지의 말을 흉내 내본다. 모모의 폭발할 것 같았던 행동 방식도 꽤 누그러졌다. 나에게 상처를 주던 말도 전보다 상당히 적어졌다.

밤의 풀밭에 그림자와 함께 있던 과거의 모모의 모습이 떠오른다. 그 그림자는 분명 레이였다. 진하지만 덧없는 그림자였다.

마나즈루엔 도대체 뭐가 있었어?

모모가 물었다.

그게 뭐였을까? 떠올릴 수 있지만 그래도 생각나지

않아.

그 대답에 모모는 부족하다는 표정이었다. 나랑 할머니를 내던져버리고 그렇게 맨날 갔으면서.

그런가. 혼자서 간 건 세 번뿐이야.

정말? 모모가 눈을 크게 뜬다. 그랬어? 난 왠지 엄마가 없는 시간이 굉장히 길었던 것 같았는데. 그러고 보니 그랬던 것 같기도 하네.

모모는 알고 있었던 거다. 내가 마나즈루에 두고 온것이 있다는 것을. 버려두고 와서 두 번 다시 나에게 돌아오지 않는 것이 있다는 것을.

혼자서 방에 있을 때 이봐, 하고 허공에 불러도 아무것도 나를 따라오지 않는다. 흐린 것도 진한 것도 여자도 남자도 아무것도.

텅 비어버렸어.

중얼거린다.

그렇지만 텅 빈 곳에 이미 뭔가가 가득 채워지고 있다. 우뭇가사리의 티끌을 떼어내고 물에 끓여 녹이면 물처럼 투명하게 비친다. 그래도 물과 밀도가 다르기 때문에 흐느적흐느적하게 섞이는 동시에 텅 빈 가운데에 뭔가가 천천히 채워져간다.

모래는 아니지만 모래와도 닮았다. 텅 빈 그릇의 벽은 오돌토돌해서 우뭇가사리와 물의 질이 가까워진 것과 마찬가지로 오돌토돌한 벽과 모래의 감촉이 서로를 부른다.

모모, 풀밭에 함께 있었던 건 아버지였지?

모모는 한참 몸이 굳어졌다가 숨을 내쉰다.

"그게 아버지였어?" 모모가 되묻는다.

대답하지 않고 모모의 얼굴을 물끄러미 바라본다. 윤곽이 다시 또렷하지 않다. 다 성장할 때까지 몇 차례나 윤곽이 바뀌는 걸까.

"그게 아버지였어?" 다시 한번 모모가 묻는다.

잠자코 모모의 얼굴을 바라본다. 아버지는 무서워. 모모가 중얼거린다. 모르니까 무서웠어. 무서워서 끌렸어. 끌려서 따라가고 싶어졌어.

오싹했다.

안 따라가서 다행이다. 모모의 어깨에 손을 얹으며 말하자 모모가 끄덕였다. 모모를 꼬옥 껴안았다. 다시 한번 껴안았다.

길 한참 저편에서 오는 자가 있다.

바람에 부푼 상의의 옷자락이 자꾸 펄럭이고 있다. 나란히 오는 두 사람 다 눈이 부신 듯 눈을 가늘게 뜨고 있다. 그 눈꺼풀 틈새로 비치는 빛은 강하다.

언제나 바닷가를 걷기라도 하는 것처럼 발을 앞으로 내디딜 때마다 신발 뒤에서 아주 조금 모래가 새어 나온다. 남자의 각이 선 어깨는 걸으면서도 흔들리지 않는다. 여자의 다부진 허리도 흔들림 없이 척척 앞으로 다가온다.

잘 오셨어요, 하고 손을 흔들자 그쪽에서도 손을 흔들어준다.

오늘도 해가 잘 비치는 날이다. 약속 장소인 도쿄역 마루노우치 방면 출구의 높은 지붕에 휴일을 맞은 사람들의 소리가 메아리치고 있다.

"히로시마에서 신칸센을 타서 굉장히 오래 걸렸어요."

"사키가 비행기를 무서워해서지."

남자와 여자는 이야기 나누며 웃는다.

"오늘 잘 나와주셨어요." 사키가 머리를 숙인다. "이미 연이 끊겨버렸는데."

"아직 5개월 동안은 야나기모토가 성이에요." 하고 말하자 사키가 생긋 웃었다.

레이의 여동생은 시어머니가 돌아가셨을 때 만난 이후 이제야 보게 되었다. 어리고 가냘팠던 인상은 완전히 날아갔다. 사키는 실종되기 전의 레이보다도 상당히 부드러운 형태의, 야나기모토 집안의 특징인 뚜렷한 쌍꺼풀이 진 눈을 크게 뜨고서 나에게 시선을 맞췄다.

"호텔은 여기서 한참 걸어가야 해요." 사키의 남편인 류조가 말했다.

"모모는 나중에 올 거예요."

상경하게 되어 만나고 싶다고 갑자기 연락이 왔던 일요일에, 모모는 그날 선약이 있다며 망설였다. 아버지의 여동생이죠? 입 안에서 반죽하듯이 '여동생'이라는 말을 읊조렸다.

"갑작스럽게 와서, 이 사람은 항상 즉흥적이에요." 류조가 어깨를 흔들며 웃는다.

늦은 점심 식사를 역 안에서 먹고 다시 개찰구로 돌아가서 모모를 기다렸다. 사키도 류조도 먹성이 좋았다. 각자 로스카츠를 한 장씩 겨자와 소스를 듬뿍 찍어서 먹고 거기에 소고기 스튜를 절반씩 나눠 먹었다. 접시에 수북한 밥도 한 톨 남김없이 먹었다.

걸어오는 모모의 얼굴이 활짝 펴졌다.

"고모?"표를 자동 개찰구에 넣고 모모가 뛰어들며 말했다.

"모모, 오빠를 닮았구나."주저 없이 사키가 답했다.

"닮았어요?"

일요일 오후의 햇살이 역사 밖에서부터 쭉 뻗어서 개찰구 근처까지 닿아 있다. 가로수도 자동차도 빌딩도 반짝반짝 빛나고 있다.

어딘가 초록 잎이 있는 곳으로 갑시다. 사키가 말하며 지도를 펼쳤다. 도쿄 관광 지도를 모모는 신기하다는 듯이 들여다봤다. 와다쿠라 분수 공원이란 곳이 있네요. 잘 울리는 목소리로 사키가 말하고는 먼저 일어서서 걷기 시작했다.

"케이 씨는 쭉 일을 해오셨던 거죠."류조가 내 옆에 다가와 말했다. 모모는 사키에게 딱 달라붙어서 튀어오를 듯한 발걸음으로 앞서간다.

"일이라고 해도요" 하고 입을 연다. 수입이 들쭉날쭉해요. 그때그때 여러 가지 일을 했죠. 그래도 어찌어찌해서 생계를 꾸려올 수 있었던 건 다행이었어요.

류조가 느긋하게 끄덕이고 있다.

이렇게 해서 이어나간다.

쭉 뻗은 류조의 턱 언저리를 보면서 생각한다.

와다쿠라 분수 공원은 커다란 호텔 근처에 있었다. 이런 멋진 호텔에 묵어보고 싶어. 사키가 말한다. 비싸잖아. 류조가 짐짓 침착한 척하며 답한다. 스나라는 성을 가진 아들과 어머니 같았던 두 사람이 운영하던 숙소를 떠올렸다. 휴일에는 낚시하는 사람들이 많이 와요. 아들이 말했었다. 내가 혼자서 묵었을 때의 숙소와 낚시꾼들이 시끌벅적하게 묵을 때의 숙소는 공기가 전혀 다르겠지.

"내 사촌은 어떤 아이예요?" 모모가 묻는다.

도통 말을 안 듣는 애들이야. 고모도 모모 같은 귀여운 애를 갖고 싶었어. 활기차게 사키가 대답한다. 양육 방식도 그렇고 우리한테 나온 애니까 모모처럼 섬세한 아이가 될 리는 없지. 류조가 어깨를 흔들며 웃는다.

모든 것에 햇살이 비치고 있다. 손으로 이마 위를 가리고 모모가 하늘을 올려다보고 있다. 비행기가 하얀 흔적을 남기면서 움직인다. 저렇게 땅에 닿지 않는 하늘이 무섭지도 않은가 봐. 사키가 말한다. 비행기는 바늘 같아서 예뻐. 모모가 말한다. 모모는 사키네 친정집에 있는 히나 공주를 닮았구나. 류조가 말한다. 그 히나 공주, 케이스에서 꺼내서 놀다가 엄마한테 많이 혼났지. 사키가 말한다.

모모의 머리카락이 햇살을 받고 있다. 사키의 볼이, 류조의 귓불이, 공원의 잔디가, 분수의 물이, 아득히 먼 하늘이 모두 똑같이 햇살을 받고 있다. 나는 눈을 감고 양쪽 눈꺼풀 가득히 햇살을 받는다. 눈꺼풀 안쪽으로 세토내해가 떠오른다. 파도가 없는 따뜻한 바다 한가운데에 어선이 몇 척이나 늘어서 있었다.

레이, 먼 훗날 당신과도 만날 수 있겠죠.

마나즈루의 밤바다에 잔물결 이는 곳에서 불타올랐던 배는 가라앉아갔다. 아무것도 없는 곳에서 와서 아무것도 없는 곳으로 돌아간다. 모모의 부드러운 목소리가 멀리서 울리고 공원 가득히 빛이 넘쳤다.

'나'라는 유령─거리(距離)를 건드리는 말

《마나즈루》는 가와카미 히로미 문학 본연의 모습을 가장 잘 보여주는 소설이다. 그런 의미에서는 대표작이라고 불러도 어울린다.

첫 행이 그 사실을 단적으로 보여주고 있다.

'걷고 있는데 따라오는 자가 있었다.'

이것은, '글을 쓰고 있는데 따라오는 자가 있었다'는 것이다.

글을 쓰고 있으면 반드시 따라오는 자가 있다. 이렇게 누군가가 달라붙든 홀리든 뒤따라오든 쓰면 된다. 잘 알고 있는 일이다. 누구나 글을 쓰고 있을 때는 자신의 손에 의해 쓰여가는 문장을 보고 있다. 쓰이고 나면 마치 나에 의해 적힌 것이 아닌 것처럼 의미심장하게 반대로 이쪽을 주시하는 문장, 그 문장을 다시 응시하려는 자신. 따라오는 자는 으레 그 어느 쪽이기 마련이다. 굉장히 자연스럽고 굉장히 당연한 것이다. 그렇기에 이런 진실을 써버리다니 하고 읽는 사람 가슴을 철렁하게 만드는 멋진 첫 행이다.

연필로 쓰든 볼펜으로 쓰든 컴퓨터로 쓰든 다르지 않다. 쓰고 있는 나를 보고 있는 내가 있다. 대개는 써나가고 있는 옆에서 그것을 바꿔 쓰려는 나다. 그것에 저항하려는 나도 있다. 그럼에도 불구하고 적힌 것에 부추겨져서 더한층 격렬해지려는 나도 있다. 나로부터 삐져나오려는 나, 그걸 필사적으로 억누르려고 하는 나, 그것을 빠짐없이 바라보다가 아아, 나는 언제나 이런 식이라고 중얼거리게 되는 나. 나, 나, 나. 그리고 흔적 없이 사라져버리는 나. 맞아, 나 같은 게 있을 리 없잖아 하며 외칠 것 같아지는 나. 문장은 그런 나의 소용돌이 속에서 마치 '뱀'처럼 튀어나온다.

《마나즈루》는 글을 써나가는 그런 나에게 철저히 함께 지내주겠다고 자기 자신에게 선언하고 있는 소설이다. 그것이 첫 행의 의미.

'아직 멀어서 여잔지 남잔지 모르겠다. 어느 쪽이든 무슨 대수냐고 개의치 않고 계속 걸었다.'

물론 이제 막 글을 쓰기 시작한 참이니까 내가 무엇을 향해서 적고 있는 건지 다소 어림짐작은 하더라도, 확실한 건 모른다. 여잔지 남잔지 같은 건 모르는 것이다. 하지만 그럼에도 불구하고 계속 글을 써나가지 않으면 안 된다. 계속 글을 쓰지 않으면 나타나주지 않는 거니까.

무엇이?

물론 유령이다. 쓰고 있는 나를 보고 있는 나 같은 건 유령임에 틀림없지 않은가. 쓴다는 건 유령과 사귀는 것이다. 즉 나라는 유령과 함께 지내는 것. 그것이 두 번째 행의 의미이다.

*

유령이라는 말을 일본에서 맨 처음 사용한 사람은 제아미*다.

다시로 케이이치로의 책 《몽환노》에서 따온 말이다.

* 　제아미(世阿弥, 1363~1443). 일본의 전통극인 노(能)를 발전시킨 배우이자 이론가. 아시카가 요시미츠 쇼군의 후원으로 부친 간아미를 이어 노가쿠(能楽)를 대성시켰다. 일본의 예술론을 대표하는 20여 부의 전서를 썼고 대표적인 노 작품으로 〈이즈츠〉가 있다.

원령이라든지 망령이라고 부르는 것은 있었다. 하지만 유령은 그때까지 아직 일반화되지 않은 새로운 말이었다. 〈마츠카제〉에서 〈이즈츠〉로 이르는 과정은 그 유령이 세련되어가는 과정이라고. 자명한 얘기다.

그와 완전히 똑같이 가와카미의 소설 《뱀을 밟다》에서 《마나즈루》에 이르는 과정은 현대문학에서 유령이 세련되어가는 과정인 것이다. 그렇게 생각하면 가와카미 히로미 문학의 능선이 보다 뚜렷하게 보이게 된다.

유령이 세련되어가는 과정은 중요하다. 왜냐하면 결국 자기 자신, 즉 '나'라는 현상은, 원래 유령으로서 있는 것이니까. 제아미가 천재인 것은 유령을 문학의 중심에 뒀기 때문이다. 생각해보면 문학의 중심에 유령으로서의 '나'라는 현상이 자리 잡는 것은 필연이 아닌가. 어느 쪽이나 쓰는 것 말하는 것으로부터 유령이 피어오르기 마련이니까.

나는 나다. 하지만 누구나 다 나다. 그렇다는 것은 곧 나야말로 '따라오는 자'라는 얘기다. 그것은 이 소설의 작가인 가와카미 히로미의 생사와 상관없이 《마나즈루》 속의 '나'인 케이는 계속 '나'라는 의미다. 누구라도 '나'의 자리에 몸을 둘 수 있다. 즉 소설가로서 등장한 단계에서 가와카미 히로미는 이미 하나의 유령인 것이다. 그렇기 때문에 읽힐 수 있는 것이다. 그리고 사실 그것은 소설가에만 국한되지 않는다. 읽는 당신이 '나'가 된 단계에서 당신은 이미 유령이 된다. 적어도 유령을 키우고 있는 것이다. 가와카미 히로미는 이 사실을 계속 건드리고 있다. 계속 건드리는 것이 소설가의 임무라고 확신하고 있다.

일본 현대문학에서 유령의 중요성을 이해하기 위한 작은 스케치로서, 굉장히 간단히 말해본다면 문학이 유령을 다루는 건 당연한 거 아닌가, 하고 중얼거렸던 것이 무라카미 하루키. 그건 당연한 거 아냐? 하고 응한 것이 가와카미 히로미. 이것이 현대문학의 전환과 세련의 내실이다.

물론 징조는 있었다. 후루이 요시키치의 대개의 작품이 그랬다. 가나이 에미코의 《토끼》도 그랬다. 사실 사소설(私小説)이라는 것은 '나'라는 유령에 집착한 문학을 말하는 것이다. 요시다 겐이치의 《기괴한 이야기》도 그렇다. 비평가도 마찬가지다. 고바야시 히데오는 어머니가 반딧불이 되는 이야기를《감상》전부에 걸쳐 적고 있고,《모토리 노리나가》에 이르러서는 노리나가의 묘 이야기를 길게 적고 있다. 하지만 누구도 유령이 문학의 주류라고까지는 생각지 않았다. 그래서 전후문학은 시종 정치와 혁명의 이야기가 되어버렸다. 실제로 월간 문예지가 필요해진 것도 취급하는 대상이 현상 분석에 구애받는 정치와 혁명이었기 때문으로, 만일 대상이 유령이었다면 그런 건 필요 없다고 했을지도 모른다. 아니, 사실은 정치와 혁명 이야기도 최종적으로는 유령 이야기에 수렴될 텐데 아무도 거기까지는 생각지 못했던 것일 뿐일지도 모른다.

제아미뿐만이 아니다. 유령이 아닌 원령으로는《겐지모노가타리》가 훌륭한 선구자이다. 하지만 무라사키 시키부가 천재였던 것은 유령이라는 말을 쓴 건 아니지만 원령을 유령의 차원으로까지 세련되게 만들었기 때문이다. 그것이《우지십첩》*에 그려진 삼각관계의 의미

---

* 《겐지모노가타리》의 54첩 중 마지막 10첩. 겐지 사후의 이야기로 교토 우지 지역을 무대로 겐지의 아들 가오루의 반생을 그리고 있다.

다. 우키후네*는 '나'라는 현상을 붙잡을 수 없다는 점에서 유령 같은 존재인데, 우키후네에게 물들면 가오루도 니오노미야도 어딘가 유령 같아진다.

우키후네가 다시 살아나기 위해서는 우지강에 몸을 던져야만 하는데, 그것은 《마나즈루》의 화자 케이가 마나즈루에 혼자 세 번 다녀가야만 했던 것과 닮았다. '마나즈루(真鶴)'라는 토지는 그 이름 속에 츠루(鶴)라는 백로를 포함하기 때문에, 즉 피안의 의미를 담고 있기 때문에 선택된 것처럼 보인다. 가와카미 히로미의 내면에서 글 쓰는 이는 거기에 두 마리의 백로를 춤추게 함으로써 그 사실을 한층 강조하고 있다. 케이의 의식 묘사가 우키후네의 의식 묘사와 멀리 통하는 것은 지적할 필요도 없다. 언젠가 가와카미 히로미가《우지십첩》의 현대어 역을 시도해본 게 틀림없다는 생각이 들 정도다.

---

* 가오루의 애인으로, 니오우미야의 열정적인 사랑과 가오루 사이에서 고뇌하다가 우지강에 투신한다. 이후 승려의 구조로 살아나 불교에 귀의한다.

*

'나'라는 현상 자체가 유령이다. 그렇기에 유령이라는 말의 발명은 인간의 의식이 무엇보다도 목소리로 존재한다는 것으로도 알 수 있다. '양심의 소리'에 귀를 기울인다는 말도 '악마의 속삭임'에 귀를 닫는다는 말도 비유가 아니다. 문자 그대로 인간은 자기가 말하는 것을 듣는 존재인 것이다. 목소리야말로 의식이다.

줄리언 제인스의 《의식의 기원》에 의하면, 《일리아드》속 인물들은 항상 신의 속삭임을 듣고 있었다. 속삭임을 듣고 행동한다. 제인스는 인간에게 좌우의 뇌가 있는 것은 멋으로 달린 것이 아니라고 생각했다. 마음도 두 개로 나뉘어져 있었던 거라고. 그리고 고대인의 경우 좌뇌는 사람에게 우뇌는 신에게 배치되어 있어서 우뇌의 소리를 좌뇌에서 들었다고 말한다. 그것이 호메로스의 세계라는 것이다. 《마나즈루》와 마찬가지로 사람에게는 따라오는 신들이 있었던 것이다. 가령 《오디세이》에서 오디세우스에게는 언제나 아테네가 따라붙어서 속삭인다. 고대인은 신이 따라오길 바라고 있었다. 마치 케이가 여러 가지 것들이 따라오는 것을 아무렇지 않아하며 그들의 말과 기척에 일일이 민감하게 반응하고 있었던 것처럼. 하지만 인간은 근대가 되어 우뇌의 목소리를, 즉 신의 목소리를 듣지 못하게 되었다고 제인스는 말한다. 그 비참함을 그리는 것이 현대문학이다. 제인스는 이미 세상을 떠났지만 마치 가와카미 히로미를 해설하고 있는 것 같다.

이전에 인간은 자기의 목소리를 듣는 존재였다. 그 목소리는 자기 안의 아버지의 소리, 어머니의 소리, 조상의 소리, 그리고 신의 소리였다. 이윽고 자기 자신의 목소리를 자각하게 된다. 그 후에 자기가 쓴 것을 본다. 즉 읽는 존재가 된 것이다. 물건을 소유하듯이 사람은 쓴 것을 소유하게 되었다. 적힌 문자가 소유의 대상이 된다는 점에서 본다면 화폐도 소설도 마찬가지다. 읽고 쓰기가 경제와 하나가 된 것이다. 신의 목소리가 들리지 않게 된 것은 그 무렵부터다. 이 잃어버린 능력이 신학을, 철학을, 형이상학을 요청했다. 사람은 '목소리야말로 내면의 의식'이라는 사실을 잊어버린 것이다. 이는 제인스 이전에 데리다가 말했던 것이다. 데리다도 마치 가와카미 히로미를 해설하고 있는 것 같다.

현대에 통용되는 보통의 언어로 말하면,《마나즈루》
는 12년 전 남편의 실종으로 정신을 침해당한 여성이
엄마와 딸 셋이서 살면서 환시와 환청에 고뇌하면서도
자력으로 간신히 회복에 이르는 약 1년간, 즉 봄 여름
가을 겨울 그리고 다음 해 봄까지의 고뇌의 이야기가
된다. 그리고 침해당한 정신을 치유하는 장소가 마나즈
루, 라는 식으로. 이에 분명 누구나 '거짓말!'이라고 외
칠 것이다. 마나즈루라는 환상의 장소가 리얼리티로 차
있기 때문이다. 하지만 신문과 텔레비전이나 법정에서
사용되는 보통의 언어로 한다면 그렇게 설명된다. 간단
한 이야기다. 현대사회 전체가 자기 자신에게 거짓말을
하면서 살아가고 있기 때문이다.

거짓말을 하면서 살아가는 것을 견딜 수 없게 된 인
간이 소설을 읽는다. 가와카미 히로미의 소설은 그것을
매우 잘 보여주고 있다. '따라오는 자'의 존재가 비대해
짐에 따라 소설의 기운과 열정이 최고조에 달한다. 이
소설이 생생하게 느껴지는 순간은 유령이, 또 유령에

가까운 기운을 띠는 실종된 남편이나 연인 세이지가 케이의 의식 속에서 크게 부풀어갈 때이지, 일상적인 장면에서가 아니다.

가령 소설 전반부에서 가장 고조에 달하는 장면은 3장에서 딸 모모—덧붙이자면 케이(京)는 모모(百)의 천만 배 단위로, 엄마와 딸이 정신적으로 동족이라는 것을 강하게 인상 짓는 명명이다—가 사라진 때다. 여기에서 '따라오는 여자', 즉 유령이 케이에게 모모가 있는 장소를 가르쳐준다. 그때까지는 케이의 의식 속에서만 존재했던 '따라오는 여자'가 돌연 외부에 튀어나오는 장면이다. 잠깐, 이거 소설로서는 금기 아닌가 싶은 생각이 들게 할 정도인데 왠지 굉장히 리얼리티가 있다. 압도적인 압력으로 이거야말로 현실이라고 생각하게 만든다.

하지만 잘 생각해보면 당연하다고 수긍하게 된다. 묘사된 것은 소위 '무슨 일이 일어날 것 같은 예감이 든다'고 하는 사태 그 자체다. 감이 좋다 나쁘다고 하는 차원의 이야기가 아니다. 딸의 신변을 걱정하는 엄마가 '무슨 일이 일어날 것 같은 예감'을 느끼고 그 장소로 달려간다는 것은 크게 보아 있을 수 있는 일이다. 이쪽이 확실히 현실적이라고 읽는 사람은 감동할지 모른다. 그렇다고 한다면 현실에도 유령이 있는 것이다. 아니, 유령이 있는 쪽이 현실이라고.

*

후반부에서 가장 고조에 달하는 것은 물론 7장이다.

'끌려가듯이 몸이 향해 간다.'

이 첫 행이 1장의 반복이라는 것은 자명하다.

'끌려가듯이 몸이 글을 쓰는 쪽으로 향해 간다'는 것이다.

4장과 5장은 마나즈루에 지내는 동안의 묘사가 탁월한데 7장에 이르러 마나즈루라는 '글 쓰는 장소'를 한층 더 정면에서부터 마주하려고 한다.

'가고 싶어서가 아니다. 그냥 움직여서 가게 되는 거다.'

완전히 똑같다.

'가고 싶어서가 아니다. 그냥 써나가게 되는 거다.'

총 8장 중에서 쓰는 자의 의식이 쑥 드러나는 것은 1장과 7장뿐. 생각해보면 정말 교묘한 구성인데 아쿠타가와 류노스케나 미시마 유키오처럼 인공적이거나 기교적이 아니다. 약삭빠르지 않다. 쓰는 것이 쓰는 것 그 자체를 향해, 이렇게 될 수밖에 없었던 거라고 생각하게 만든다. 그리고 현실과 환상이 꼬여서 현실 이상으로 현실적인 광경이 전개되어간다. 시간이 멈추고 농밀한 공간이 겹쳐지듯 덮쳐온다. 보통의 언어, 신문이나 텔레비전이나 법정에서 사용되는 말로 한다면 착란적인 장면이다. 하지만 리얼리티가 살아 있으며 압도적이어서 이것이야말로 생의 현실이라는 생각이 든다.

소설의 마무리, 8장 마지막쯤 '길 한참 맞은편에서 오는 자가 있다' 이후 문장들은 화자의 정신이 평정하며 흔들리지 않는다. 화자는 이미 남편의 '실종 신고'를 마쳤다. 오랜 상(喪)—유령과의 대화—이 끝난 것이다. 그런 '나'를 위로하기라도 하듯이 실종된 남편의 여동생 부부가 상경해서 온다.

이 재회의 장에서는 모든 것이 선명해졌다. 실제로 '모든 것에 해가 비치고 있다'. 묘사의 전환은 뚜렷하다. 모든 것의 거리(距離)가 규정에 따라 측정된 것처럼 정확한 상태다. 흑백사진에 익숙해진 눈앞에 갑자기 컬러사진을 들이민 것과도 같다. 컬러사진을 보게 되니 오히려 이쪽이 허구 같아서 놀라게 된다. 그래서 이 소설 전체가 실은 '나'라는 거리를 둘러싼 이야기였다는 것을 알아차리게 된다. 아, 나라는 존재는 거리를 가지는 것이었던가 하고.

가와카미 히로미의 문체에 의해 사람도 사물도 옅어지고 짙어진다. 그리고 배어 나오고 넘쳐나고 흩어진다. 장소는 약해지고 강해진다. 요컨대 가와카미 히로미는 모든 거리를 건드리고 있는 것이다. 거리를 재는 것이 아니라 건드리고 있는 것이다. '모든 것에 해가 비치고' 있다면 그것은 일어나지 않는다. 일어나기 어렵다.

'나'라는 거리를 건드리는 말의 무리.

가와카미 히로미는 그런 식으로 유령을 세련되게 만든다. 나는 거리의 현상이고, 그것이야말로 인간에게 유령의 차원을 가져다주는 것이다. 거꾸로 말해서 유령을 말하는 것은 '나'라는 현상을 말하는 것이다.《마나즈루》는 그 사실을 선명하게 부각시킴으로써 가와카미 히로미의 대표작일 뿐 아니라 시대의 대표작의 면모를 지니기에 이르렀다.

노(能)에서 발레까지 무용 예술의 명작은 모두 명계하강담(冥界下降譚)*인데 문학도 기본적으로 마찬가지다. 《마나즈루》도 예외는 아니다. 하지만 이 현대의 명계하강담은 거리를 건드리는 말을 통해서, 인간의 성(性) 또한 유령의 차원에 관련되는 것이고, 부모 자식 관계도 성에 깊이 뿌리내리고 있으므로 결국 성은 유령의 차원에 관련된 것이라는 걸 보여주고 있다. 옅어지고 짙어지고 넘쳐흘렀다가는 배어 나오고 마침내 흩어져가는, 나라는 거리를 건드리는 말의 무리는 곧 성을 둘러싼 말의 무리이다. 《마나즈루》는 현대인에게 성의 쾌락과 불안 역시 나라는 거리의 연주에 의해서만 생긴다는 것을 강렬하게 각인시킨다.

케이의 체험은 조현병, 즉 분열의 증세에 가까운데 전혀 병적인 인상을 주지는 않는다. 《마나즈루》는 분열 증세를 모델로 사용하는 것이 현대인의 마음을 그리는

* 사랑하는 이를 찾아 삶과 죽음의 경계에 구애받지 않고 죽은 자의 세계인 명계(冥界)를 방문하는 이야기.

데 극히 자연스럽다는 것을 분명하게 보여준다. 이 질문은 예리하면서도 부드럽다.

성도 광기도 '나'라는 현상이 절반은 유령의 차원—말의 차원—에 있음으로써 인간적인 것이 되어간다. 이 사실을 이만큼 선명하게 묘사한 작품은 드물다.

시대의 대표작인 이유다.

미우라 마사시(문예평론가)

육체의 감각과 본능을 거쳐 빛의 세계로

가와카미 히로미의 작품은 사회규범과 제약에 구애받지 않고 인간의 본능을 고스란히 인정하는 것에서부터 출발한다. 또한 인간의 본능을 다루되 육체적인 것과 정신적인 것을 구분하려 하지 않는다. 오히려 육체적인 본능을 통해 의식의 흐름뿐 아니라 무의식의 흐름까지 놓치지 않고 있다. 성행위, 임신과 출산, 갓난아기의 목욕, 수유의 느낌 등 몸을 중심으로 서술되는 특징을 가진다. 육체적인 일체감과 분리를 인정하는 모습은 남녀 간의 성애에서뿐 아니라 자신의 육친인 엄마와 딸에 대해서도 동일하게 적용되고 있다. 이렇게 육체를 통해 인간을 파악하는 방식은 어떠한 훌륭한 논리보다도 인간에 대한 명확한 해석이 될 수 있다. 또한 유령과 함께하는 무의식 세계도 본능의 표현으로서 가장 진솔하고 정확한 내면세계의 형상이라고 할 수 있다.

특히 《마나즈루》는 주인공이 현대인의 일상사인 사

랑, 상실과 죽음을 어떻게 받아들이고 어떻게 치유하는
지에 대해 본능과 무의식 세계를 치밀하게 주시하며 추
적해나간다. 그 과정에서 사랑하는 사람을 상실한 채
또 다른 사람과 인연을 이어간다. 이러한 인연은, 따뜻
한 육체의 온기와 목소리를 통해 상실의 빈자리를 메꾸
며 직접적으로 위로해주고 있다. 그녀에게 존재와 상실
의 의미는 이와 같은 육체적인 사랑과 위로의 과정을
거친 이후에 비로소 정신적으로 자립하게 되고 종국에
는 밝은 빛의 세계로 나아가는 양상을 보인다.

일상과 환상을 통해 사랑의 상실을 마주하다

《마나즈루》는 일본의 일상생활과 풍속, 축제 문화 등
을 잘 담아내고 있다. 계절이 바뀔 때 옷을 정리하는 풍
경, 여자 셋이 모여 앉아 저마다 바느질하는 모습, 함께
반찬을 만들거나 우뭇가사리로 푸딩을 함께 만드는 등
평범하고 사소한 일상이 살아 숨 쉬고 있다. 엄마, 나,
딸의 일상 속에는 환상이 끼어들 틈이 없거나 유령이
끼어드는 것을 주인공이 용서치 않고 있다. 이러한 삶

의 구체적인 냄새가 밝은 힘을 만들어낸다.

또한 새해에 가족이 오세치 요리를 먹고 신을 맞이하는 소나무 가도마츠를 세우고 아이가 건강히 자라도록 히나 인형을 장식하는 풍속, 그리고 마나즈루에서 신을 모신 미코시를 떠메고 가파른 산으로 옮기는 흥분된 열기와, 배 위에서 수많은 남자들의 노래와 연주로 흥이 오른 축제의 모습 등 일본 고유의 문화가 소개되고 있어 작품을 읽는 재미를 더해준다.

남편의 일기장에 적힌 '마나즈루'라는 곳에 우연히 가게 된 주인공은 그 후 수차례 저절로 끌리듯이 그곳으로 향한다. 유령과 함께 환상과 현실이 뒤섞이는 경험을 하고, 그 과정에서 남편 레이와의 사랑, 아이의 출산과 육아의 경험을 육체의 기억을 통해 되살려낸다. 이윽고 레이의 영혼과 만나게 되었을 때, 살해 시도, 다른 여인과의 성관계 등 격렬한 사건들이 일어나면서 잊고 싶었던 무의식 세계를 용감하게 마주하게 되고 비로소 모든 것을 넘어서게 된다. 이렇듯 격렬한 환상 세계의 체험들은 마나즈루의 역동적인 축제와 교차하며 함께 진행된다.

왜 《마나즈루》인가?

이미 한국에서 《어느 멋진 하루》《선생님의 가방》《뱀을 밟다》《나카노네 고만물상》 등이 소개되며 가와카미의 작품을 찾아 읽는 독자층이 생겼다. 가와카미는 아쿠타가와상, 두마고 문학상, 무라사키 시키부 문학상, 이토 세이 문학상, 여류 문학상, 다니자키 준이치로상 등 대표적인 일본 문학상을 휩쓸었고 이젠 그 문학상의 심사위원으로 활동하고 있다. 특히 《마나즈루》는 2007년에 문학에서 뛰어난 업적으로 새로운 지평을 연 자에게 증정하는 예술선장 문부과학대신상을 받았고 영어, 프랑스어, 독일어, 러시아어, 폴란드어, 루마니아어 등 다양한 언어로 번역되기도 한 그녀의 대표작이다.

과거와 현재의 교차, 현실과 무의식의 공존이라는 내용상의 난해함, 유령의 등장으로 인한 음침한 분위기, 불륜을 소재로 한 내용 등이 한국인의 정서와 잘 부합되지 않을지도 모르겠다. 그러나 나 자신도 모르고 있던 나의 무의식 세계를 문학을 통해 사유하고 함께 치유해나갈 전망을 발견할 수 있는 작품이다. 한편, 가와카미의 문체는 아주 간결해서 순간의 느낌을 솔직하게 던지며 미묘한 심리적 동요를 섬세하게 묘사하고 있다.

다만 과거와 현재가 아무렇지도 않게 뒤섞여 있고 현실과 환상의 경계가 모호하기 때문에 독자 또한 어느새 그 모호함 속에 빨려들고 만다. 이렇듯 아무렇지 않다는 듯 인간의 일상사가 유령과 뒤섞이는 초현실적 이야기를 담백하게 표현하고 있는 것이 이 작품의 매력이기도 하다.

일본의 대표적인 문학 연구자 간 사토코(菅聰子) 교수는 생전에 '책임져야 할 존재(아이)가 있는 여성이 10년이 넘도록 상처를 마주하지 않고 살아오다가, 죽음으로 향하는 듯한 절망으로부터 상처를 마주하고 본능이 이끄는 대로 마음껏 무너지고서야 비로소 그 끝에서 새로운 재생이 시작될 수 있었다'며 이 작품을 극찬했다고 한다. 그 강의를 감명 깊게 들었던 이지현 박사의 추천으로《마나즈루》를 만나게 되었다. 이 책은 '인간으로서 꼭 읽어야 할 책'으로 선정해서 번역한 책이기도 하다.

인문학이 밀려나고 있는 오늘날, 작품의 가치를 알아봐준 은행나무출판사의 혜안과 신념에 깊이 감사한다.

그리고 작품이 잘 읽힌다고 여기셨다면, 뛰어난 실력과 열정으로 다듬어주신 정희수 편집자님의 즐거운 노고 덕분이다.

오늘은 마침 이태원 참사 1주기를 맞은 날이다. 아직도 나는 이를 마주할 용기를 내지 못하고 있다. 우리는 살다 보면 받아들이기 어려운 크고 작은 상실과 이별을 겪게 된다. 언젠가는 이를 마주하고 밝은 빛을 향해 나아가야 할 것이다. 그런 의미에서《마나즈루》가 부디 문학을 사랑하는 한국 독자들의 마음에 깊은 울림을 줄 수 있기를 바란다.

류리수

마나즈루

1판 1쇄 발행 2023년 11월 6일

지은이 · 가와카미 히로미
옮긴이 · 류리수
펴낸이 · 주연선

(주)은행나무
04035 서울특별시 마포구 양화로11길 54
전화 · 02)3143-0651~3 | 팩스 · 02)3143-0654
신고번호 · 제 1997—000168호(1997. 12. 12)
www.ehbook.co.kr
ehbook@ehbook.co.kr

ISBN 979-11-6737-370-0 (03830)